À Lyne

Le faste d'une autre époque
offert à une grande dame d'aujourd'hui.

Bonne lecture
Lise Bédard
28/07/2016

La rose des sources

Les Éditions du Vermillon reconnaissent l'aide financière
du Conseil des Arts du Canada,
du Conseil des arts de l'Ontario, de la Ville d'Ottawa,
et du gouvernement du Canada (Fonds du livre du Canada
du ministère du Patrimoine canadien)
pour leurs activités d'édition.

 Patrimoine canadien   Canadian Heritage

Catalogage avant publication de Bibliothèque et Archives Canada

Bédard, Lise, 1965-
La rose des sources / Lise Bédard.

ISBN 978-1-926628-41-7

I. Titre

PS8553.E295577R68   2011   C843'.6   C2011-902278-8

Les Éditions du Vermillon
305, rue Saint-Patrick Ottawa (Ontario) K1N 5K4
Téléphone : (613) 241-4032 Télécopieur : (613) 241-3109
Courriel : leseditionsduvermillon@rogers.com

Distributeurs
Au Canada Prologue
1650, boulevard Lionel-Bertrand Boisbriand (Québec) J7H 1N7
Téléphone : (1-800) 363-2864 (450) 434-0306
Télécopieur : (1-800) 361-8088 (450) 434-2627
En Suisse Albert le Grand
20, rue de Beaumont CH 1701 Fribourg
Téléphone : (26) 425 85 95 Télécopieur : (26) 425 85 90
En France Librairie du Québec
30, rue Gay-Lussac 75005 Paris
Téléphone : 01 43 54 49 02 Télécopieur : 01 43 54 39 15

ISBN 978-1-926628-41-7
COPYRIGHT © Les Éditions du Vermillon, 2011
Dépôt légal, deuxième trimestre 2011 Bibliothèque et Archives Canada

Lise Bédard

La rose des sources

Roman

Collection Romans, n° 52

 Vermillon

REMERCIEMENTS

Toute ma reconnaissance à ceux et celles qui ont participé à l'élaboration de ce roman : pour sa contribution exceptionnelle, à monsieur Michel Prévost, archiviste en chef de l'Université d'Ottawa et président de la Société d'Histoire de l'Outaouais, qui a guidé ma plume dans les détails historiques, à madame Louise Bédard pour sa documentation et ses photos du village de L'Orignal (Ontario), à monsieur Michel de Grosbois pour son soutien indéfectible, ses recherches et ses commentaires pertinents, à mes deux fidèles premières lectrices, mesdames Linda Crête et Élaine Croteau.

À Nicole,
mon amie,
ma sœur

PRÉFACE

CALEDONIA SPRINGS :
LA PLUS IMPORTANTE STATION THERMALE
DU CANADA

par Michel Prévost

Le thermalisme, qui est l'utilisation thérapeutique des eaux minérales, remonte à la haute antiquité. Au XVIIIe et au XIXe siècles, les villes d'eaux européennes deviennent le point de rencontre des souverains et de l'aristocratie. Les plus célèbres stations de la Belle Époque sont Spa, Karlsbad et Vichy. Cela dit, notre pays posséde tout de même quelques stations thermales dont la plus importante est Caledonia Springs, située près de L'Orignal, dans l'Est ontarien.

Le centre thermal reçoit, entre 1835 et 1915, des milliers de visiteurs et de curistes à ses hôtels, ses installations hydrothermales et récréatives et, bien sûr, à ses célèbres quatre sources d'eau minérale. Ces eaux sont réputées pour leurs propriétés curatives et leur grande pureté. De nombreux témoignages d'usagers et de médecins affirment qu'elles sont bénéfiques pour le traitement de plusieurs affections, particulièrement le rhumatisme et les problèmes digestifs. On attribue les bienfaits de ces eaux à leurs nombreux minéraux tels le sodium, le magnésium et le soufre.

I. DÉVELOPPEMENT DE LA VILLE D'EAUX

En 1806, Alexander Grant devient le premier Blanc à parler de ces sources. La construction, en 1835, d'un chemin carrossable vers Caledonia Springs et l'achat de la propriété par William Parker, l'année suivante, annoncent le coup d'envoi de la ville d'eaux. Parker y construit le *Canada House Hotel* et fonde la *Caledonia Springs Co.* pour distribuer l'eau des sources. Le dynamisme du propriétaire permet au centre de connaître en une décennie un essor remarquable. En 1846, la ville d'eaux loge convenablement les voyageurs et dispose d'installations pour le traitement hydrothermal et les loisirs. On distribue aussi l'eau minérale embouteillée dans une trentaine de villes du Canada-Uni et des États-Unis.

Parker affirme qu'un millier de personnes fréquentent son établissement chaque saison estivale. On peut évaluer le nombre d'estivants grâce au journal *Life at the Springs,* qui publie, de 1841 à 1850, la liste des clients des hôtels. La majorité des voyageurs sont originaires de l'Ontario, plus du quart du Québec et cinq pour cent des États-Unis et de l'Europe.

En 1847, la propriété est vendue et la station thermale stagne pendant une vingtaine d'années. Toutefois, une série de transactions financières aboutit, en 1866, à la fondation de la *Caledonia Springs Hotel Co.* La société construit un spatieux hôtel. Le centre loge alors quelque cinq cents voyageurs. Malheureusement, l'incendie de cet hôtel mine la compagnie que l'on dissout en 1874. L'établissement est vendu à deux propriétaires, James Gouin et le capitaine Bowie, qui nourrissent de grands projets, dont la construction d'un luxueux hôtel qui ouvre ses portes en 1875. Le *Grand Hotel* s'annonce comme l'un des hôtels les plus spacieux du pays. Le palace comprend aussi un complexe sportif. Les sports visent à divertir et contribuent au bien-être physique des curistes. Le *Grand Hotel* devient le centre de la vie culturelle, sociale et sportive du domaine. Les divertissements variés, notamment les bals, les feux d'artifice et les courses de chevaux attirent les villégiateurs. D'autres loisirs, comme les lectures et les concerts, s'adressent à une clientèle cultivée qui apprécie les arts.

Bien que la station ne soit pas comme en Europe fréquentée par l'aristocratie, elle accueille les membres de la haute société canadienne. La clientèle de l'hôtel de première classe compte des politiciens, des magistrats, des militaires et des hommes d'affaires. Parmi les visiteurs renommés, on remarque notamment le gouverneur général Lord James Elgin et le grand tribun Louis-Joseph Papineau. Les membres du clergé, dont les hauts dirigeants, tels le cardinal de Boston et l'évêque de Kingston, sont aussi bien représentés à la station, tout comme la grande bourgeoisie montréalaise. En fait, la station reçoit surtout des représentants de la classe dominante, puisque une cure ou un voyage de détente exigent un revenu élevé et beaucoup de temps libre.

Une cure de santé à Caledonia Springs s'effectue selon un rituel et sous la surveillance d'un médecin. Toutefois, au milieu du XIXe siècle, le traitement hydrothermal demeure peu élaboré et le curiste agit souvent à sa guise. Au tournant du XXe siècle, la thérapeutique hydrothermale se développe. Le médecin-résident au

Grand Hotel et les publications thermales conseillent alors le malade sur la consommation adéquate de l'eau ou sur l'usage des bains. Tout comme dans les villes d'eaux européennes, une cure à Caledonia Springs est fixée à trois semaines.

La commercialisation de l'eau minérale révèle une autre activité importante pour la station. Une partie de l'eau des sources est embouteillée sur place par la *Caledonia Springs Co.* qui produit plus d'un million de gallons d'eau minérale de 1895 à 1900. Avec plus de vingt pour cent de la production canadienne, Caledonia Springs s'avère en 1900 être le premier producteur d'eau minérale au Canada.

II. LA FIN DE LA BELLE ÉPOQUE DE CALEDONIA SPRINGS

Jusqu'à la fin du XIXe siècle, la station thermale, qui passe en 1900 aux mains du millionnaire David Russell, se voit constamment enjolivée. Le centre est de plus, à partir de 1896, relié au réseau de chemin de fer du Canadien Pacifique. Le *Grand Hotel*, renommé *Caledonia Springs Hotel* suite à son acquisition en 1905 par le CP, accueille maintenant les voyageurs à longueur d'année. On y ajoute aussi des installations récréatives, dont un terrain de golf. Et l'entreprise y aménage une ferme qui assure un approvisionnement constant et garantit la qualité des denrées. En 1913, le CP entreprend des travaux afin d'améliorer la canalisation de l'eau des sources vers l'usine d'embouteillage et l'hôtel. Ces investissements n'empêchent toutefois pas le Canadien Pacifique de fermer définitivement son palace en 1915.

Cette fermeture signifie la fin de la Belle Époque de la ville d'eaux. Le *Caledonia Springs Hotel* était en effet le pilier des activités de l'endroit. Avec cette disparition, Caledonia Springs perd sa vocation nationale et même internationale pour ne plus être, pendant encore quelque temps, qu'un centre local. En 1919, l'usine d'embouteillage cesse toutes ses activités et, l'année suivante, une cinquantaine d'hommes démolissent l'illustre palace. En 1943, le CP vend son domaine à monsieur Ubald Leduc, cultivateur de la région. Le dernier hôtel, l'*Adanac Inn,* ferme ses portes en 1947 et il est démoli à son tour. Enfin, en 1960, Caledonia Springs perd son bureau de poste et sa magnifique gare. Même la voie ferrée est disparue pour faire place à une piste cyclable.

III. LA VILLE D'EAUX RENAÎT

Heureusement, grâce à son roman *La rose des sources,* Lise Bédard fait aujourd'hui revivre l'ambiance extraordinaire qui régnait à Caledonia Springs, et particulièrement au *Grand Hotel,* dans les années 1890. En effet, madame Bédard, romancière de talent, a imaginé deux séjours estivaux à la station thermale de Rose, jeune fille issue de la grande bourgeoisie des affaires de Montréal. Sans vous révéler l'intrigue de cette histoire sentimentale aux sources, nous sommes convaincus que le lecteur prendra plaisir à se plonger dans le faste et l'ambiance unique que l'on trouvait alors à la plus importante ville d'eaux du pays. En fait, vous aurez vous-même l'impression de faire un séjour dans un palace ou de suivre une cure à la station thermale totalement disparue. Vous entrerez dans cette aventure qui redonne vie à la période la plus faste de Caledonia Springs.

Par ailleurs, ce récit romanesque fait aussi découvrir avec intérêt l'Est ontarien, notamment Hawkesbury, le lac George et surtout le magnifique village de L'Orignal qui était jusqu'en 1896 la porte d'entrée de Caledonia Springs. Il faut dire que L'Orignal occupe une place bien particulière dans la région, puisqu'on y trouve depuis 1825, au cœur du village, une prison, un Palais de justice et le centre administratif des Comtés unis de Prescott et Russell. L'endroit compte aussi plusieurs églises, dont la belle église de pierre Saint-Jean-Baptiste, et de splendides maisons patrimoniales habitées par les gens de la cour. Tous ces lieux seront le théâtre d'événements sortis tout droit de l'imaginaire de Lise Bédard. À vous de les découvrir tout au long de la lecture du roman *La rose des sources*.

À titre de vice-président du Comité de l'ancienne prison de l'Orignal, qui a fermé ses portes en 1998, nous avons particulièrement apprécié un incident décrit avec beaucoup de justesse dans le roman et qui se passe à l'intérieur de la vieille prison, maintenant désignée monument historique. Inutile de vous dire que ce lieu des plus sinistres constitue tout un contraste avec la magnificence du *Grand Hotel* de Caledonia Springs. En réalité, la romancière a l'art de faire vivre les lieux les plus sombres comme les plus brillants.

En terminant, nous tenons à remercier très sincèrement madame Bédard de faire ainsi renaître le lustre de Caledonia Springs qui s'avère mon champ de recherche et de passion depuis plus de trente ans. Nous avons beaucoup apprécié ce roman et je suis certain qu'il en sera de même pour vous.

Après avoir terminé la lecture de ce livre, nous vous invitons à vous rendre à l'ancienne prison de L'Orignal afin de voir notre exposition sur la Belle Époque de

Caledonia Springs. Ensuite, il faut visiter l'ancienne prison et particulièrement les cellules lugubres du XIXe siècle qui vous permettront de constater à quel point Lise Bédard a le don de faire revivre d'une façon très réelle un passé désormais révolu pour toujours.

Michel Prévost est l'archiviste en chef de l'Université d'Ottawa et le président de la Société d'histoire de l'Outaouais. Il s'intéresse à Caledonia Springs depuis 1980. Il a rédigé sa thèse de maîtrise et écrit deux livres historiques sur Caledonia Springs. Michel Prévost œuvre depuis plus de trente ans à protéger et à mettre en valeur le patrimoine de l'Est ontarien, de la région de la capitale fédérale et de l'Outaouais. Il donne régulièrement des visites guidées, notamment à L'Orignal.
On peut le joindre au 819 770-5995 ou par courriel à
michel.prevost@uottawa.ca

SOURCES

Bédard Louise, *Souvenirs et perles patrimoniales,* décembre 2004.

Brault Lucien, *Histoire des Comtés unis de Prescott et de Russell,* édité par le Conseil des Comtés Unis, L'Orignal, 1965.

Prévost Michel, *La Belle Époque de Caledonia Springs,* Lettresplus, 1997.

Journal

LeDroit, « La Belle Époque de Caledonia Springs », textes : André Guibord, samedi 19 juin 1971.

Costumes

Campbell's, *Historic Patterns and other Treasures,* vol. IV, 1990.

The Delineater, *Fashion for October 1900,* catalogue, octobre 1900.

Chapitre premier

ET ROSIE DANSAIT

L'orchestre de six musiciens installé en retrait enveloppait l'assistance de valses à la mode. Des effluves de lilas et de muguet embaumaient en ce mois de mai 1895. Rosie, au bras de Patrick, tournoyait légère sur un air de Strauss. Vêtue d'une robe de chiffon pêche au corsage ajusté, agrémenté d'une berthe en dentelle de Bruges retenue au centre par une simple rose, sa jupe ample gonflée de multiples jupons, elle faisait penser à un papillon. À son annulaire gauche un diamant de deux carats se dissimulait sous ses longs gants de satin blanc. Elle regardait l'homme en face d'elle, à qui elle allait confier sa vie. Grand, les cheveux brun foncé, la moustache légèrement retroussée, l'œil vif, l'air hautain, bien sanglé dans son habit à queue de pie et son gilet en brocard ardoise, il était parfait. Une femme n'aurait pas souvent raison avec un tel époux. Elle ne sentait aucune émotion, ni bonheur, ni tristesse. Par moments, il lui semblait qu'elle s'était détachée de son corps et qu'elle regardait leur couple danser. Puis, elle fut envahie d'une certaine culpabilité. Que de jeunes filles à marier auraient désiré être à sa place. Lorsqu'elle s'était rendue à Boston où la famille Steele habitait, elle avait remarqué les regards langoureux et les minauderies dont Patrick était l'objet. Son père, Daniel O'Brien, avait décidé d'un commun accord avec Peter Steele, un riche partenaire d'affaires, que ce mariage serait profitable aux deux parties. D'ailleurs, monsieur O'Brien n'avait pas lésiné sur le montant de la dot. Il savait que son argent porterait intérêt à la longue.

Rosie trouvait son fiancé séduisant, intelligent, bien éduqué. Avec lui, elle mènerait grand train. Mais son cœur restait muet, insensible au charme indéniable de Patrick. Sa mère lui avait expliqué que c'était le lot des femmes de sa classe et qu'elle devait s'estimer chanceuse que le parti choisi soit aussi bien de sa personne.

L'orchestre jouait maintenant une joyeuse polka. Les jupes virevoltaient, formant un arc-en-ciel, les mousselines, les satins, les taffetas, étincelaient sous les lustres en cristal de Bohême. Bien des regards étaient fixés sur elle et sur Patrick. Elle suivait la cadence avec aisance et souriait machinalement. Au passage elle entrevit sa mère, élégante dans sa robe de soie gris perle à manches gigot, en vogue en ce moment. Que de mélancolie dans ses troublants yeux verts! Pourtant, elle était si belle malgré ses quarante ans. Elle gardait une taille de guêpe, accentuée par le corset rigide de rigueur pour une dame. On ne trouvait pas de fils d'argent dans ses cheveux brun clair savamment coiffés. Elle aurait facilement passé pour sa sœur aînée. Une bouffée de tendresse l'envahit à l'égard de cette femme si affectueuse et si douce.

La soirée s'achevait. Une partie du gratin du *Golden Square Mile*[1] quittait les lieux. Les violons glissaient

---

1. Quartier le plus huppé de Montréal à la Belle Époque.

langoureusement sur les notes des Méditations de Thaïs, de Massenet, musique nouvellement arrivée des vieux pays.

Les berlines et les coupés se massaient devant l'imposante maison de pierre de style néogothique victorien. Un calme relatif régnait maintenant dans le grand hall d'entrée. Les Steele avaient regagné les chambres que leurs hôtes avaient gracieusement mis à leur disposition durant leur séjour à Montréal, tandis que les domestiques replaçaient les meubles dans la salle à manger séparée du salon par un demi-mur à colonnade corinthienne.

En effet, la demeure ne comptait pas de salle de bal proprement dite, mais les deux pièces maîtresses pouvaient accueillir une centaine d'invités.

Rosie s'était retirée dans la petite serre. Elle n'avait pas sommeil. La lune jouait aux ombres chinoises avec les plantes. Elle s'assit sur le large rebord d'une fenêtre et goûta le silence de la nuit. À son doigt, le volumineux diamant étincelait. Cette bague était un pur joyau. Pourtant, elle avait irrésistiblement le goût de l'enlever. Je suis ridicule, pensa-t-elle. De toute façon le mariage n'aurait lieu qu'à l'été suivant. Son père avait conclu les fiançailles un peu rapidement, histoire de briller dans la haute société et de mousser sa réputation. Quant à Patrick, avocat dans l'entreprise familiale, il devait s'embarquer pour l'Europe en juin. Il se rendrait à Genève pour régler des questions financières, puis, de là, en Angleterre où il rencontrerait des gros bonnets du domaine ferroviaire. Il étudierait les méthodes de construction et de fonctionnement des chemins de fer britanniques. Il serait accompagné d'un ingénieur chevronné, James O'Toole. La durée du voyage était indéterminée.

Rosie dormit peu et mal cette nuit-là. Elle se présenta au petit déjeuner avec quelques minutes de retard. Sa robe toute simple de batiste mauve mettait en valeur ses yeux profonds aux reflets d'améthyste. Elle s'excusa et prit place discrètement près de Patrick. Personne ne sembla tenir compte de sa mine fatiguée. Monsieur Steele, comme d'habitude, parlait d'une voix forte qui était en harmonie avec son corps replet et sa figure rubiconde. À ses côtés, sa femme sanglée dans un corset trop serré qui n'arrivait pas à masquer ses rondeurs, écoutait son mari avec fierté. Quand elle réussit à placer un mot, elle murmura :

– Quel dommage que nous devions vous quitter si tôt. Tout de même, nos enfants ont eu des fiançailles réussies.

– Ah! si la fête avait pu se tenir à Boston! répliqua son époux, sans délicatesse.

– Moi, j'ai bien aimé quand même, ajouta Patrick. As-tu vu chérie, comme les femmes admiraient ta bague?

– Elle est magnifique, éluda Rosie qui se fichait pas mal de l'opinion des autres sur cette question.

La jeune sœur de Patrick, qui venait d'avoir dix-huit ans, minauda à l'intention de son frère :

– J'ai bien hâte de voir la tête de Maggie et celle de Gloria quand elles découvriront ça. Elles vont se mourir de dépit, depuis le temps qu'elles espèrent.

Monsieur Steele regarda sévèrement sa fille qui se tut immédiatement. Effectivement, Patrick avait eu voix au chapitre quant au choix de sa future femme. Son père accordait sa préférence à Gloria. Elle était américaine et son père jouissait d'une grande influence politique en plus d'une fortune colossale. Il fallait avouer cependant que la demoiselle n'avait pas été gâtée par la nature.

Bien que svelte, sa poitrine était aussi plate qu'une planche à laver, son teint était cireux et elle avait un regard de fouine. Patrick était orgueilleux. Il ne voulait pas s'afficher avec une telle personne à son bras. Non, Rosie lui convenait mieux. Il éprouvait même une certaine affection pour elle.

Les deux domestiques avaient bouclé les bagages. Ils partirent les premiers dans une voiture de louage.

Quand vint le temps des adieux, on échangea force poignées de main. Les promis se tenaient face à face, un peu émus.

– Au revoir *Darling*. Ne m'oubliez pas. Vous allez me manquer.

– Prenez soin de vous Patrick. J'attendrai de vos nouvelles.

Au lieu du baise-main attendu, à la surprise générale, le jeune homme déposa deux baisers sonores sur les joues de Rosie et sortit. Un nouveau landau noir orné des initiales *DO* en lettres d'or, commandé expressément pour l'occasion, attendait les voyageurs. Ils se rendirent à la gare Bonaventure et prirent le train du retour. Ils passeraient à Concord et à Manchester avant d'atteindre Boston.

Après leur départ, Marie, devenue bien souvent Mary à son corps défendant, fit remarquer à sa fille restée immobile dans le vestibule :

– Je crois vraiment que ce garçon a du sentiment pour toi. J'ai entendu dire que c'était lui qui t'avait préférée à bien d'autres.

Rosie ne répondit pas et demeura songeuse tout en regagnant le salon.

Marie Gouin, de son nom de jeune fille, avait épousé Daniel O'Brien sans vraiment le connaître, une vingtaine d'années plus tôt. Elle avait fait des études chez les Ursulines, était une pianiste accomplie et avait une jolie voix. Elle possédait des notions d'anglais grâce à des leçons privées. Elle faisait les délices des salons aussi bien à Québec qu'à Montréal. Elle avait le béguin pour un étudiant en médecine sans le sou, un oncle curé payait pour le faire instruire. C'était un garçon doué, promis à une belle carrière.

Daniel était plus âgé qu'elle. Il approchait la trentaine. Il avait suivi les traces de son père, financier impliqué dans le commerce des fourrures, les compagnies de transport maritime, dans les chemins de fer qui prenaient de plus en plus d'expansion. Il était déjà riche. Son paternel le pressait de prendre femme. Lors d'une soirée bénéfice, il avait entendu la jeune fille jouer du piano. Il avait immédiatement été conquis par sa grâce et sa beauté. Il avait manœuvré pour la rencontrer. Il parlait un français détestable, alors naturellement la conversation avait tourné à l'anglais. Soudainement, Daniel O'Brien était devenu un adepte des réceptions mondaines.

Pour le dix-neuvième anniversaire de Marie, son père, un industriel de Québec, avait organisé une grande fête champêtre en son honneur où il avait invité le nouveau soupirant. Le lendemain, Daniel faisait la grande demande à monsieur Gouin. Celui-ci avait accepté sans consulter la principale intéressée. Il l'avait mise devant le fait accompli. Au souper, comme s'il parlait de la pluie et du beau temps, il avait glissé à sa fille :

– Daniel O'Brien m'a demandé ta main cet après-midi. J'ai accepté parce que c'est un bon parti pour toi.

Marie s'était étranglée de colère. Son père disposait d'elle tel un maquignon d'une jument.

– Je connais à peine ce monsieur et je ne désire aucunement l'épouser. D'ailleurs je suis encore jeune.

– N'oublie pas que tu me dois respect et obéissance. Les O'Brien sont reconnus comme des gens bien. De plus, Daniel est de souche irlandaise catholique. Ce mariage à la cathédrale ne pourra que servir ma candidature aux prochaines élections municipales.

– Je ne vais quand même pas hypothéquer ma vie pour vos ambitions politiques.

Elle s'était à peine levée de table qu'une gifle retentissante cingla sa joue.

– Ou tu épouses Daniel O'Brien ou tu vas réfléchir au couvent jusqu'à ta majorité. Choisis.

Sa mère n'était pas intervenue. Elle avait opté pour le mariage. En septembre 1874, les cloches de la basilique avaient carillonné dans le tumulte de la foule d'invités. En sortant de la cathédrale, elle avait entrevu une ombre aux yeux brillants. blottie dans une encoignure, la fixant avec tristesse. Elle n'avait plus rien fait de sa vie depuis ce jour. Elle était devenue le joyau que l'on exhibe, l'hôtesse parfaite, l'épouse couverte de parures pour l'homme dont les seules passions étaient l'argent et l'ambition. C'était sa manière à lui de l'aimer.

En plus, son paternel avait perdu ses élections, ironisa-t-elle intérieurement.

Elle passa sa main sur son front moite et chassa ces pensées. À quoi bon revenir en arrière. Depuis longtemps, elle souffrait de mélancolie qu'elle cachait sous un masque gracieux.

Elle se dirigea vers son piano et se mit à jouer des Nocturnes de Chopin. Elle ferma les yeux et son visage s'apaisa.

Autour d'elle, dans de magnifiques urnes dorées, s'épanouissaient une dizaine de somptueux bouquets blancs composés de roses, de lis et de lilas savamment agencés, vestiges de la soirée de la veille. En y regardant de plus près, on voyait qu'ils commençaient à se faner un peu. Après-demain, il n'en resterait plus rien, symbole de la beauté éphémère et fragile.

Une semaine plus tard, Rosie reçut un télégramme de Patrick disant que la famille avait fait bon voyage. Il annonçait une lettre avant son départ pour la grande traversée.

La fin de mai avait été maussade. La pluie tambourinait sur les vitres et glissait en larmes froides avant de s'engouffrer dans les caniveaux. Le vent faisait gémir la girouette sur le toit de l'écurie à l'arrière de la maison. Marie souffrait d'une fièvre dont le médecin ignorait l'origine. Elle avait dû s'aliter pendant quelques jours. Daniel était parti à Ottawa pour ses affaires. La maison était redoutablement silencieuse. Le 6 juin, Rosie reconnut la grande écriture sur l'enveloppe en papier fin que lui remit le facteur. Patrick s'embarquait le 8 juin sur un paquebot en partance pour Southampton. Il espérait que la traversée s'effectuerait sans tempêtes. Ensuite il gagnerait la Suisse par bateau et par train. Il l'assurait de ses bons sentiments et du plaisir qu'il aurait de la revoir. C'était tout. C'était peu.

Le même jour Daniel était rentré de voyage. Il trouvait que sa femme avait petite mine. Elle était installée dans la serre, dans un fauteuil en rotin, enveloppée d'une couverture de laine. Le docteur disait que c'était mauvais de se couvrir ainsi, mais elle en avait marre de frissonner sans arrêt. Elle était plus mélancolique que jamais.

Daniel, toujours aussi pris par ses trop nombreuses occupations, est inquiet de l'état de son épouse. Pour une rare fois, il la consulte sur les moyens qui lui plairaient pour améliorer sa santé. Il pense, avec raison, qu'un changement d'air lui serait salutaire. En a-t-elle la force et le désir?

– Vous souvenez-vous de mon oncle James[2]? Vous ne l'avez vu qu'à nos noces et aux funérailles de mes parents. Peut-être l'avez-vous déjà croisé dans vos réunions d'affaires? En 1875, il venait de se porter acquéreur, avec un certain Bowie, d'un établissement thermal à Caledonia Springs à une soixantaine de milles à l'ouest de Montréal. J'ai déjà lu des articles sur cet endroit dans *La Patrie*. Il semble qu'il y ait un hôtel avec tout le confort moderne, le *Grand Hotel*. On y prend les eaux, on se repose, l'air est pur et la clientèle de la plus haute société. Si Rosie voulait m'accompagner et avec votre permission bien sûr, un séjour là-bas me serait agréable. J'aimerais bien que vous preniez de plus amples informations mon ami.

– Je le ferai volontiers. Quand j'en saurai davantage, je vous en aviserai. Vous comprenez que je ne pourrai pas rester. Je viendrai vous voir le plus souvent possible. Vous avez là une excellente idée, ma douce.

Qu'il y avait longtemps qu'il ne l'avait pas appelée ainsi. Ces mots lui firent du bien.

Un peu rassérénée, elle décida de consulter Rose sur-le-champ. « Serait-elle intéressée par un tel voyage?

---

2. James Gouin et le capitaine Bowie furent propriétaires du *Grand Hotel* de 1875 à 1900. Tous les autres faits les concernant sont fictifs.

On disait qu'il y avait des distractions là-bas et sa fille apprécierait sans doute le havre de paix que le journal décrivait. » Il fallait qu'elle accepte, sinon ses vacances seraient compromises. Une femme ne voyage jamais seule, encore moins une dame de sa condition sociale.

Elle traversa l'immense salle à manger aux fenêtres ornées de brocard bourgogne assorti aux chaises dorées de style Louis XV. L'escalier massif en acajou conduisait à la chambre de la jeune fille. Celle-ci était assise à son bureau, en train d'écrire. Mary eut le cœur serré en pensant qu'après son mariage, elle ne la verrait guère. C'était une enfant émotive, un peu fragile, aux idées bien arrêtées. Elle craignait que Patrick ne la brise. Elle chassa cette idée importune comme on éloigne un frelon gênant qui vous harcèle sans raison. Rosie était penchée sur son écritoire, son reflet se voyait dans les vitres biseautées des portes de la bibliothèque qui surmontait le meuble en encoignure. Tout était délicat et féminin dans cette pièce : le lit aux montants cannelés, rembourré aux deux extrémités de toile de Jouy blanche imprimée de bleu, les douillettes bergères et les tentures de même tissu encore adoucies par la dentelle fine qui descendait du plafond jusqu'au plancher de chaque côté de la couche comme pour protéger la dormeuse durant son sommeil. Une cheminée en marbre clair ornée d'un médaillon et d'oiseaux grappillant du raisin, réchauffait la pièce par temps froid. Quelques bibelots de bonne facture, des Wedgwood surtout, qui reprenaient les tons de la décoration, quelques fleurs, un châle oublié et un livre inachevé décrivaient la propriétaire des lieux et ses goûts. Soudain, Rose eut conscience d'une présence.

– Ah! c'est vous maman. Je ne vous avais pas entendue. Il y a longtemps que vous êtes là?

– Je t'admirais ma belle. J'aimerais que nous causions un peu. J'ai une proposition à te faire et j'avoue que j'ai très envie que tu acceptes.

Mary lui fit part de ses plans.

– J'ai le goût de me retirer à la campagne. Et cette cure, je crois, ne pourrait que m'être bénéfique. Ton père prend des informations, mais à prime abord, il est d'accord. Qu'en dis-tu?

– Maman, pour vous faire plaisir, j'irais jusqu'au bout du monde. Puis, c'est peut-être le dernier été que nous passons ensemble ajouta-t-elle, une lueur de regret dans le regard. Ça nous donnera beaucoup de temps pour être proche l'une de l'autre. Je ne m'ennuie pas en votre compagnie et je suis certaine que j'apprécierai la vraie nature que je connais si peu. Ce sera une occasion rêvée de faire de nouvelles découvertes. Je souhaite vraiment que ce projet se réalise.

Les deux femmes restèrent à discuter un bon moment et l'encre sécha sur la plume abandonnée.

Daniel ne mit qu'une semaine pour obtenir les brochures et la publicité du *Grand Hotel* de Caledonia Springs. Il décrit ce centre hydrothermal avec beaucoup d'éloges. Il a rencontré un collègue qui y a séjourné en 1890 pour soigner ses rhumatismes. Il dit que ses douleurs ont considérablement diminué depuis.

– Et vous savez Mary, ces eaux semblent avoir des vertus curatives très diversifiées. On les recommande spécialement pour combattre la nervosité, l'insomnie et la dépression. Il y a un médecin résidant, ce qui me rassure. De plus vous ne risquez pas de vous ennuyer. L'hôtel engage un orchestre pour la saison estivale, il y a un plancher de danse, des concerts, du théâtre et que sais-je encore? Il paraît qu'on y compte une cinquantaine d'amusements. Bien entendu, les clients ne sont pas tous des curistes. Rosie, tu y passeras sûrement d'agréables vacances. Qu'en dis-tu?

– Je pense que c'est merveilleux papa. Mais c'est l'opinion de maman qui compte.

– Merci Daniel. Je suis très emballée par cet endroit, sans le connaître. Quand pourrions-nous partir?

– La cure dure trois semaines. Si vous vous plaisez dans ce décor, vous pouvez la prolonger. Patrick ne rentrera sûrement pas avant l'automne. Quant à moi, je prévois un été très achalandé. Aussi bien vous soigner et vous amuser en même temps, faire d'une pierre deux coups. La station est le site de grandes festivités pour le Dominion du Canada, le premier juillet. Vous devriez en profiter. Seriez-vous prêtes pour la fin juin?

– Oui, répondent les deux femmes en chœur.

Mary ajouta :

– Le 27 ou le 28, parce que cela nous donne moins de deux semaines pour nous préparer. Nous avons quelques emplettes à faire, Rosie et moi.

– Je vous laisse libre de choisir. Cependant le voyage est long. Vous prendrez le train à Montréal et vous descendrez à la gare de Calumet, un petit village en bordure de l'Outaouais. Un service de traversier vous conduira vers la rive ontarienne à L'Orignal. Une diligence vous prendra en charge pour vous emmener à destination huit milles plus loin. Cet itinéraire ne vous effraie pas?

– Oh! non. Ce sera amusant comme tout, s'il peut faire beau, s'écria Rosie. N'est-ce pas maman?

– En effet, cela a le goût de l'aventure. L'eau, l'air frais, la campagne, rien de mieux pour me remettre en forme. Sans oublier la thérapie.

Une minuscule flamme s'était allumée au fond des yeux de Mary.

– C'est excitant, maman !

Rosie avait pris la main de sa mère et la serrait dans la sienne. Elle vit un sourire s'épanouir sur les lèvres de celle-ci. Daniel ne fut pas insensible au changement opéré chez son épouse. Il en fut ravi et surpris. Il en fallait si peu parfois pour la rendre heureuse. Peut-être qu'il ne savait pas s'y prendre. Au fond, après plus de vingt ans de vie commune, il n'était pas arrivé à la connaître.

– Si cette escapade vous fait plaisir, vous m'en voyez comblé. Ne lésinez pas sur tout ce dont vous avez envie. Il y a le télégraphe là-bas. Nous resterons en contact tout le temps. J'ai bien l'intention d'avoir des nouvelles des deux femmes de ma vie.

Mary sentit revivre la petite Marie d'autrefois. Pas de réceptions à organiser, pas de responsabilités, pas de rôle à jouer, pour une partie de l'été. Rosie proposa avec enthousiasme :

– Dites, si nous allions chez *Morgan's* demain. Quelques toilettes champêtres me donneraient un tout autre air fit-elle un brin coquette. Et puis papa, convainquez donc maman de quitter les couleurs strictes du demi-deuil pendant nos vacances. Grand-maman, du haut des cieux, ne s'en formalisera pas, j'en suis certaine.

– C'est vrai Mary. Là-bas, vous n'aurez pas à tenir autant compte des convenances rattachées à notre nom. Alors une petite entorse à l'étiquette ne nous fera pas de mal. D'autant plus que c'est un endroit pour les curistes.

Le lendemain, le cocher les attendait à la porte à dix heures. Il y avait longtemps que Mary n'était pas apparue aussi resplendissante. Toutes deux se comportaient comme des collégiennes qui font l'école buissonnière.

Mary, se laissa tenter par une robe d'un vert foncé qui mettait ses yeux en valeur. Très simple, en satinette, tissu de coton aux reflets soyeux, col haut, manches légèrement plissées, un soupçon de dentelle au corsage et au col montant.

– Vous êtes ravissante, petite mère, murmura Rosie.

– Tu ne crois pas que c'est inconvenant? hésita-t-elle.

– Mais non voyons! Cela fait bientôt quatre ans que vous n'avez pas porté de couleur. Et cette teinte est si discrète.

Rosie, elle, fut charmée par un ensemble de toile écrue rebrodée de feuillage et de minuscules fleurs. Un délicat jabot de mousseline agrémentait le corsage. Les manches bouffantes, serrées au-dessus du coude, se terminaient par un volant laissant voir l'avant-bras. Une calotte de paille reprenant le motif du costume, entourée de mousseline à plis, ajoutait au charme de la toilette. Une ombrelle en tissu similaire était disponible.

– C'est de l'importation d'Angleterre, l'informa la vendeuse.

– Regarde maman, dit Rosie en tournoyant sur elle-même. C'est juste ce qu'il me faut. J'adore!

Mary, elle, ne semblait pas aussi emballée.

– As-tu remarqué ma fille que tes bras sont découverts presque jusqu'aux coudes. Je ne suis pas certaine que cela plaise à ton père.

– C'est moi qui vais la porter cette robe. Peut-être qu'il ne la verra même pas d'ailleurs.

– Oui, mais c'est lui qui paye.

– Ce n'est pas parce que c'est son argent que je suis son esclave!

– Rosie, ne dis pas des méchancetés semblables!

– Maman, je me plie aux désirs de papa tant et plus. Je n'ai pas beaucoup d'exigences pour les toilettes, c'est lui qui m'en fait le reproche. Mais cette robe est avant-gardiste et je la veux. Ce n'est pas un malheureux bout de peau qui va faire scandale.

Mary soupira et acquiesça. S'il le fallait, elle porterait des gants plus longs. Elle se garda bien d'en parler cependant. Sa fille était exquise ainsi vêtue. Et elle était entêtée...

Elles s'achetèrent des bottines légères à talons peu élevés. Puis, elles visitèrent une chapelière où elles ne trouvèrent rien à leur goût. Elles rentrèrent néanmoins les bras chargés de paquets et satisfaites de leurs achats. Elles avaient passé une bonne journée, malgré l'escarmouche au sujet des fameuses manches trop courtes.

Le lendemain, elles convoquèrent leur couturière personnelle. Celle-ci savait aller au-devant de leurs désirs. Elle possédait un nombre incalculable de catalogues et taillait elle-même les patrons. Une perle! Elle aurait tôt fait de confectionner ces petits riens charmants qu'elles emporteraient aux sources.

Elles prirent grand plaisir à préparer leurs malles. Comme elles n'avaient jamais visité un tel endroit, elles entassèrent un monceau de vêtements hétéroclites et farfelus dont elles riaient parfois. Jamais elles n'avaient pris autant d'agrément à la préparation d'un voyage.

Pourtant Mary, pour sa part, en avait effectué de bien plus prestigieux. Elle avait traversé l'Atlantique en 1888 avec Daniel. Bien sûr, elle avait apprécié ces moments où le ciel et la mer se fondaient l'un dans l'autre, au point où il était difficile de dire si le ciel avalait la mer ou l'inverse. Elle avait médité sur les misères de ces Irlandais mourant de faim au fond des cales insalubres

quarante ans plus tôt, fuyant la mère patrie qui ne suffisait plus à les nourrir, en quête d'un avenir meilleur et
qui n'avaient jamais atteint la terre promise. Ce qui l'avait
déçue, c'était les absences constantes de Daniel, toujours occupé à discuter chemin de fer, investissements,
profits. Il y avait aussi l'étiquette stricte qui à la longue
devenait une corvée. Tant de toilettes et toute cette course,
souvent envieuse, à celle qui exhiberait ostensiblement
les bijoux les plus dispendieux. Elle se refusait à ces jeux-
là. Elle aimait être belle certes, mais jamais aux dépens
des autres. C'est lors de ce voyage que Daniel et elle
avaient rencontré les Steele. La fibre des affaires avait
vite réuni les deux hommes au profit de chacun.

Là, ce n'était pas pareil, c'était une escapade avec
sa Rose chérie. Elle se sentait rajeunie et légère; elle avait
vingt ans à nouveau.

Deux jours avant leur départ Rosie avait été invitée
à souper chez sa meilleure amie, Margaret Steven, qui
habitait à flanc de montagne, une résidence de grès
taillé grossièrement et de pierre d'ornement de même
matériau. La maison se distinguait surtout par sa tourelle
en poivrière et sa porte cochère.

Les deux jeunes filles, en l'absence du père, avaient
obtenu la permission de manger dans le petit salon, car
les trois frères de Margaret prenaient toute la place à table
et affligeaient souvent leur sœur de facéties douteuses.

Mary, seule à la maison, s'était contentée d'un repas
froid. La soirée était tiède. Elle sortit dans le jardin
verdoyant qui descendait en pente douce jusqu'à la
grille en fer forgé. Elle prit un des sièges en bois, dis-
posés sous le grand érable. Près de l'allée gravillonnée,
des pivoines cascadaient dans un dégradé de pourpre,
de rose et de blanc veiné. À l'horizon, le coucher du

soleil passait du violet au pêche pour se terminer dans une apothéose de luminosité incandescente. Elle sentit une grande paix l'envahir. « Pourquoi était-elle devenue si déprimée au point d'en être malade? » De lointains souvenirs remontèrent à sa mémoire.

Dès son retour d'Europe en 1888, elle apprit que son père avait subi une attaque quelques jours plus tôt. Elle se rua à Québec, où elle trouva celui-ci paralysé des épaules jusqu'aux pieds. Il avait gardé ses facultés mentales et seule son élocution était un peu plus lente. Son état était irréversible. Deux infirmières avaient été embauchées pour seconder son épouse éplorée. Lui, qui avait l'habitude de tout contrôler n'avait jamais accepté sa terrible situation. Sa femme, Anna, avait fait les frais de son irritabilité et de son impuissance. Sans cesse critiquée, malgré des efforts surhumains, Anna s'était rapidement étiolée. Elle était devenue une ombre, sursautant aux moindres éclats.

Le père de Mary avait remis l'administration de la manufacture à son fils Pierre. Même pour les dépenses courantes, Anna devait quémander. Elle était devenue amère face à la position injuste dont elle était victime. Puis, un matin, en 1891, elle trouva son mari qui commençait à refroidir.

Le testament ne lui concédait que l'usufruit de la prestigieuse maison de la Grande-Allée et une pension ridicule. Après son décès, toute la fortune appartiendrait à Pierre. Un don particulier au montant de dix mille dollars était inscrit au nom de Mary. Il était mentionné que cet argent lui appartenait en propre, avec liberté d'en disposer à sa guise. Pour Rose, son grand-père avait placé cinq mille dollars en fiducie, qui deviendraient son bien personnel à sa majorité. Daniel avait signé les papiers pour garantir son accord.

La pauvre Anna s'était éteinte moins de deux ans plus tard, en 1893. Mary et sa fille avaient pleuré cette femme aimante, timide et dévouée qui avait peu connu le bonheur sur cette terre, malgré les apparences.

Puis, la même année, l'électricité, cette merveille, était arrivée à Montréal. Toutes les familles du *Golden Square Mile* s'étaient ruées sur cette invention qui allait révolutionner le monde. Chaque riche propriétaire voulait être branché avant l'autre... une course à l'électrification. C'était néanmoins une entreprise de titan que de passer des fils dans des murs aux somptueux lambris, aux tapisseries fines. Il fallait convertir des lustres coûteux sans les abîmer. Le travail des électriciens dura deux mois peut-être, la restauration beaucoup plus. La poussière, insidieuse ennemie, s'était glissée dans les tentures, dans les boiseries, dans tous les recoins et replis. Une bruine grisâtre avait recouvert l'intérieur habituellement si invitant. Certes, le résultat en valait la peine. Néanmoins, ces chambardements joints au décès de sa mère avaient vidé Mary de sa substance. Et ce n'était pas fini. Il fallait préparer l'entrée de Rosie dans le monde. Cela impliquait de nombreuses mondanités. Il y avait également l'ouverture d'un hôtel, le fameux Château Frontenac à Québec. Le bâtiment conçu par l'architecte américain Bruce Price était le premier édifice de ce genre au Canada. Il s'adressait à une clientèle fortunée dans le but d'attirer les touristes. On se bousculait aux portes pour assister au grand bal d'ouverture. Daniel insistait pour que Rosie soit de la partie, d'autant plus qu'il connaissait vaguement l'architecte. Il avait réservé des places pour eux trois et ne supporterait pas un refus de sa part, malgré son deuil. C'est lors de ce bal grandiose que Rosie avait rencontré Patrick, venu de

Boston pour cet événement. Lui, connaissait personnellement Bruce Price. Le lendemain, il avait invité Rosie à une
promenade sur la terrasse Dufferin. Daniel pavoisait.
Depuis, il y avait eu les déplacements vers Boston et les
réceptions que Mary donnait lorsque les Steele venaient
leur rendre visite, échanges de bons procédés qui avaient
abouti aux fiançailles de sa fille. Elle soupira. Une étoile
filante se perdit derrière un grand sapin. Le soir était
tombé. Mary frissonna. Elle comprit que l'ensemble de ces
événements avait posé une chape de plomb sur ses
épaules. En plus, elle n'était même pas certaine du bonheur de sa fille. Elle se leva lourdement et le sourire lui
revint en pensant à ses vacances. Elle prit place dans la
pénombre, là où l'on apercevait, quand il faisait jour, un
petit pan du grand Saint-Laurent. Quelque temps après
Rosie rentra. Elle vint embrasser sa mère et lui chuchota :
   – Plus que deux dodos maman!
   Enfin, le matin tant attendu arriva. Le soleil était
au rendez-vous. Quand Daniel vit l'entrée pourtant spacieuse complètement encombrée de valises, de boîtes à
chapeaux et d'une malle de bonne dimension, il ne put
s'empêcher de murmurer : «*For God's sake!*» Le cocher
stabilisa le tout et la voiture s'ébranla vers la gare. Chacun
sondait ses propres sentiments. Les deux femmes res-
sentaient de l'excitation mêlée d'une certaine appréhen-
sion. Elles ne partaient que très rarement sans escorte
masculine. Daniel avait l'impression désagréable de les
abandonner.
   – Soyez prudentes. Évitez les gens louches ou communs. Ne vous quittez pas l'une l'autre. Les conseils
pleuvaient comme une averse trop abondante. Il les
installa confortablement dans un compartiment de première classe. Il leur donna à chacune un baiser sur la

joue et c'est presque à regret qu'il les vit partir. Il agitait encore la main, alors que leur wagon avait disparu dans le lointain. Au fond, Daniel était un tendre, rongé par la fièvre du pouvoir et de la réussite. Dans des moments comme celui-ci, il lui arrivait de penser qu'il perdait sa vie à trop vouloir briller au-dessus de la masse. Il chassait vite une telle hérésie de sa cervelle. C'était lui le chef, au foyer et au boulot. Et ça, tout le monde le savait, alors pas de faiblesse!

Le train roulait à bonne allure depuis plusieurs milles. On traversait une région boisée quand une secousse brusque ébranla les voyageurs. À l'évidence, la locomotive avait freiné. « Pourquoi donc? Y a-t-il un problème? Un accident? Une panne? » Chacun y allait de ses suppositions. Une dame plus pusillanime que les autres s'écria d'une voix suraiguë :

– Et si c'était des brigands qui nous attaquent?

– Voyons, ma chère, ne dramatisez pas, la semonça son mari. Ah! les femmes.

Le train s'était remis en marche à une allure de tortue. Une rumeur se mit à circuler. Un chevreuil et ses deux faons couraient sur la voie ferrée. Effrayés par le gros œil lumineux et le vacarme de l'engin, ceux-ci s'enfuyaient en ligne droite. On n'avait pas le choix. Il fallait les suivre en espérant qu'ils bifurqueraient le plus tôt possible. Ils coururent ainsi sur une longue distance, retardant considérablement le convoi. Enfin, épuisé, un des petits tomba et dévala le long du talus au-dessus duquel passaient les rails. Les deux autres s'arrêtèrent, puis détalèrent dans les fourrés où l'accidenté les suivit plus lentement. Le train arriva au quai de Calumet avec un retard assez considérable. Après le transfert des bagages et des marchandises en provenance de Montréal, à bord du traversier à vapeur *Bonito,* les passagers prirent place. Les hommes étaient deux fois plus nombreux que les femmes. Cela ne gêna guère Rose et sa mère. Elles s'appuyèrent à la rambarde en silence et respirèrent à pleins poumons. La rivière majestueuse s'étirait paresseusement au soleil qui irisait de mille facettes sa robe sombre. L'air était bon et le mouvement du bateau les berçait doucement. Elles jouissaient du moment présent, conscientes de sa fugacité. Le bateau accosta en douceur. Monsieur Séguin, le propriétaire du traversier s'affairait déjà à transborder les effets personnels des curistes en partance pour Caledonia Springs à bord de la diligence.

Le village de L'Orignal était surprenant pour qui ne l'avait jamais visité. En effet, c'était le chef-lieu des Comtés unis de Prescott et de Russell et le siège judiciaire du district. À ce titre, il comptait un Palais de justice et une prison, édifice imposant construit tout en pierre. Un juge de division y avait sa résidence. On y trouvait quelques belles demeures et trois églises dont la plus imposante était catholique.

La diligence était confortable, le chemin un peu cahoteux tout de même, l'attelage, deux petits percherons gris mouchetés, à la crinière très pâle, tiraient consciencieusement leur charge. Rose aimait les bêtes, elle les admirait pour leur force et leur fidélité.

À l'improviste, au détour du chemin, les vitres de l'hôtel incendiées par le soleil qui baissait lentement – on avait juste dépassé le solstice d'été – apparurent comme des plaques d'or en fusion. Un « Oh! » admiratif s'éleva de la diligence. La voiture passa sous l'arche en bois rond et s'engagea dans l'allée centrale.

Quand les chevaux s'arrêtèrent devant la somptueuse galerie où foisonnaient de luxuriants paniers de fleurs et de lierre, les voyageurs furent surpris par l'élégance de l'établissement. Le bâtiment principal comptait quatre étages où couraient des vérandas abondamment ouvragées à la mode victorienne. Le toit pentu laissait voir de multiples lucarnes, le tout surmonté d'un belvédère au sommet duquel flottait l'Union Jack.

Le hall d'entrée était spacieux et clair. Des fauteuils à oreilles grenat, cloutés de bronze, des bergères moelleuses vous tendaient les bras, l'air de dire « je vous attends ». Un tapis d'Aubusson faisait une tache claire sur le plancher de chêne foncé. Une immense cheminée à colonnes s'élevait vers le plafond, exhibant en sa partie supérieure un grand miroir où les visiteurs pouvaient vérifier l'ordre de leur toilette après la promenade en voiture. Du côté gauche, se trouvaient la réception et la cage du télégraphe.

Comme c'était jeudi, les arrivées étaient moins nombreuses que durant les fins de semaine. Le 29 et le 30 ce serait la cohue à cause de la fête du premier juillet. Rose et sa mère s'approchèrent du comptoir et, dès que la jeune fille le vit, son cœur se mit à battre. Ses cheveux légèrement ondulés formaient une auréole à ses traits fins. Dans son regard des étoiles d'or dansaient. Il avait une voix et des manières douces, néanmoins, il occupait tout l'espace. Elle sut dès cet instant que cette rencontre changerait sa vie, pour le meilleur ou pour le pire. Déjà, il leur tendait leurs clefs respectives :

– La 302 pour madame, la 304 pour mademoiselle avec porte communicante, c'est exact n'est-ce pas ?

– Tout à fait, répondit Mary.

– Votre cure commence mardi madame. Quant à vous mademoiselle, je crois que vous accompagnez votre mère. Aucun traitement n'est inscrit au registre. Je vous remets un dépliant des activités aux sources afin d'agrémenter votre séjour. Une modeste bibliothèque est à votre disposition également.

Elle tendit sa main gantée en tremblant. Il n'était jamais arrivé à Michael de croiser un regard aussi profond et aussi troublant. D'habitude, il était d'une gentillesse polie avec les clients, il retenait leur nom et se montrait affable sans plus. C'était son rôle et il l'accomplissait très bien. Là, sans trop comprendre, il avait envie que cet instant dure.

– Si vous avez besoin d'assistance vous n'avez qu'à actionner le cordon près de votre lit et une femme de chambre sera immédiatement à votre disposition. Quant à moi, je me fais un plaisir de me rendre utile, mesdames, pour la télégraphie et pour l'agrément de votre séjour.

Il les vit s'éloigner à regret, notant au passage la taille souple et la démarche légère de Rose.

– Quel garçon charmant, fit Mary déjà conquise par l'accueil chaleureux. Je sens que je vais me plaire ici. Cette oasis en pleine verdure me changera des mondanités de la ville.

Rosie, entoura la taille de sa mère avec affection.

– Nous serons comme deux sœurs en vacances, ma petite maman et, je vous le répète, quittez donc ces couleurs fades du demi-deuil. C'est suffisant, de toute façon, personne ne vous connaît ici. Grand-mère aurait voulu que vous profitiez de votre séjour. J'ai gardé le secret, mais j'ai apporté votre robe menthe qui sied si joliment à vos yeux, comme celle que vous avez achetée chez *Morgan's*. Puis, je trouverai bien une modiste aux alentours qui saura vous confectionner une tenue d'après-midi simple et de couleur gaie.

Tiens! je m'informerai auprès de ce jeune homme en bas, qui semble si bien connaître l'endroit. « Bon prétexte pour le revoir », pensa-t-elle.

Elles pénétrèrent dans leur chambre où déjà la soubrette travaillait à défaire leurs bagages.

Chaque pièce était d'agréable dimension, les plafonds en tôle martelée, décorés en leur centre d'un lustre en laiton alimenté au gaz. Sur le mur du fond un foyer sobre, des fauteuils confortables dispersés savamment, un lit dodu à souhait. Le soleil jouait à cache-cache avec les ombres, s'infiltrait par les vitres nues, encadrées de généreuses draperies à motifs bucoliques retenues par de gigantesques glands de soie. Rose admirait et soudainement, elle eut une pensée pour son père.

— Dites, maman, je crois que papa serait content de savoir que nous sommes arrivées à destination saines et sauves. Cher papa, il s'en faisait tellement de nous voir partir seules, « pôvres » femmes que nous sommes. Nous devrions lui envoyer un mot.

Elles rirent de bon cœur.

— Tu as raison. Mais ne lui parle pas des chevreuils sur la voie ferrée. Il s'inquiéterait inutilement.

Avant de descendre, la jeune fille enleva le somptueux diamant qui ornait sa main gauche et le rangea dans son écrin qu'elle dissimula dans un minuscule compartiment de son armoire qui fermait à clef. Elle glissa à son annulaire droit une perle rose surélevée, sertie de diamants discrets. C'était un souvenir de sa grand-mère et elle avait toujours apprécié cette bague. Elle regarda sa main dépouillée de sa parure et haussa les épaules. Ici, elle était libre. Rosie préféra l'escalier à l'ascenseur. Elle avait des ailes.

– Excusez-moi, monsieur, je voudrais envoyer un télégramme à mon père, c'est bien à vous que je dois m'adresser?

Rosie se sentit rougir sans raison.

– En effet. Est-ce que vous voulez bien me donner votre texte.

Rosie s'empourpra davantage.

– Je ne l'ai pas encore écrit.

– Vous pouvez juste me le dicter, si vous préférez, ou je peux vous prêter un crayon avec une feuille de papier.

– Oui, je vous remercie bien, monsieur?

– Michael Keough, mademoiselle.

– Rose ou Rosie O'Brien, c'est selon, répondit-elle.

Il ne saisit pas la nuance immédiatement. Ce n'est que plus tard qu'il comprendrait qu'elle avait des parents de langues différentes, tout comme lui d'ailleurs. Elle lui remit un court billet. Michael pressa une petite manette pour mettre la machine en fonction, signala en morse le code de la station qu'il désirait joindre. Puis, il dicta le texte à l'aide de petits signaux qui représentaient chacun une lettre. Quand il eut terminé, il ajouta «OK MK», ce qui signifiait : terminé.

Rosie l'avait regardé, fascinée. C'était la première fois qu'elle voyait d'aussi près un télégraphiste à l'œuvre. Dans le bureau, trônait aussi une machine à écrire noire de marque Remington.

– C'est admirable le progrès quand même, réfléchit-elle tout haut.

– Effectivement. C'est comme l'éclairage au gaz et à l'électricité. Ces commodités offrent des possibilités infinies.

Ils se parlaient, tout naturellement, un peu plus que les convenances l'eussent permis. Comme hypnotisés chacun par la présence de l'autre.

Le souper était servi dans la grande salle à manger qui pouvait accueillir trois cents convives à la fois, soit la totalité des pensionnaires de l'hôtel. Les tables rondes regroupaient dix couverts. Les chaises de velours vert forêt s'harmonisaient aux hautes tentures qui faisaient une dizaine de pieds de hauteur. La lumière giclait des chandeliers de cristal et des appliques murales semées un peu partout dans la vaste pièce.

Un premier regard suffisait à constater que les messieurs étaient en plus grand nombre que les dames. Le menu était soigné. L'atmosphère, néanmoins demeurait plutôt décontractée et conviviale.

Quand les deux femmes se levèrent de table, Mary s'empressa de souligner l'absence de la bague de fiançailles de sa fille.

– Mon Dieu Rosie! tu n'as pas perdu la bague que Patrick t'a offerte? Qu'est-elle devenue?

– Non, non. Ne vous inquiétez pas maman. Je la trouve trop ostentatoire dans ce cadre. Et j'ai peur de l'abîmer si je fais un peu de sport, mentit-elle. Je l'ai mise sous clef dans l'armoire de ma chambre.

Mary la regarda d'un drôle d'air.

Fatiguées de leur journée, mais heureuses, elles regagnèrent leurs chambres respectives, Si la mère glissa dans un sommeil paisible immédiatement, ce qu'elle n'avait pas connu depuis longtemps, il n'en fut pas de même pour Rosie. Étendue dans son lit, ses cheveux épars sur l'oreiller, elle n'arrivait pas à fermer l'œil. Un visage doux aux traits fins, aux yeux couleur de pleine lune, l'entraînait dans une rêverie fantastique.

Les 29 et 30 juin étaient des journées de grande effervescence à l'hôtel, qui affichait complet cette année-là. Le train avait déversé un flot impressionnant de visiteurs le samedi. On avait dû retenir les services de deux caléchiers de Hawkesbury. Les calèches avaient même effectué plus d'un voyage entre L'Orignal et les sources.

Le *Queen Victoria* avait quitté la capitale comme d'habitude. Ce samedi, il était bondé. Il descendait la rivière des Outaouais jusqu'au quai de L'Orignal. De là, les passagers utilisaient des voitures pour se rendre à Caledonia. Habituellement, ils arrivaient à la brunante. À leur arrivée, les visiteurs étaient salués par une salve de feux d'artifice.

Le premier juillet, l'orchestre ouvrait la fête par un *God Save The Queen* retentissant. Ce jour du Dominion était consacré aux amusements. Les sports d'extérieur tels que le croquet pour les dames et les courses de haies pour les hommes, étaient particulièrement prisés. À midi, de grandes nappes blanches installées sur des tréteaux permettaient à ceux qui le désiraient de pique-niquer en pleine nature. En fin d'après-midi, chacun s'empressait de regagner sa chambre afin de s'habiller pour les fêtes qui allaient suivre. Le pauvre Michael, à la réception, en avait plein les bras. Toujours souriant, il s'efforçait de satisfaire les clients les plus exigeants. Et il réussissait. C'était l'unique fin de semaine de l'année où quelqu'un l'aidait à prendre les télégrammes. Encore qu'il était le seul à savoir dactylographier.

La fête nocturne commençait par un souper d'apparat, suivi d'un bal. Rosie avait décidé de se faire coiffer pour l'occasion. Elle ne savait pas pourquoi, elle n'avait jamais autant voulu être belle. Elle avait opté pour une coiffure différente. De son chignon un peu lâche s'échappaient deux anglaises qui lui caressaient le cou. Dans sa robe de taffetas pervenche, elle éclatait comme une fleur qui vient d'éclore. Son carnet de bal était rempli. Elle ne comptait pas ceux qui avaient été déçus d'être refusés.

La soirée était chaude, c'est pourquoi les grandes portes de la salle de bal étaient ouvertes. Michael avait terminé sa tâche et passait le long du couloir. Il irait prendre le frais en attendant le feu d'artifice. Comme attiré par un aimant, il leva les yeux. Dans le tourbillon des valseurs, il ne vit que Rosie qui dansait, souriait, éblouissait. Soudain il se sentit las.

Il sortit dans la nuit constellée d'étoiles. Les deux mains dans les poches, il se dirigea vers un pavillon où il s'écrasa pesamment. Juste avant minuit, la plupart des convives prirent place devant la grande galerie, le regard fixé vers le firmament. Il quitta son siège et s'éloigna un peu de la foule. À l'écart des invités, il se blottit dans une encoignure où il avait un poste d'observation idéal. Juste avant le début de l'illumination, il entendit un murmure et un frou-frou de jupes dans l'obscurité.

– Voyez maman, nous serons bien ici. Il y avait quelques importuns qui me contaient fleurette avec un peu trop d'insistance. Je n'ai pas envie de les côtoyer davantage ce soir.

– C'était quand même une fête magnifique. Je m'y suis bien amusée. Tu avais raison. Cela faisait trop longtemps que je portais le deuil. Je me sens plus légère ainsi.

Michael craignait d'être indiscret et ne voulait pas être découvert à l'improviste. Il avait reconnu Mary et Rosie avec émoi. Il crut bon de se manifester.

– Pardon mesdames. Je vous laisse le champ libre. Bonne fin de soirée.

– Mais non, ne partez pas. Nous regarderons ensemble le ciel s'embraser. Ce sera très agréable, s'exclama Mary.

– Je n'ai pas l'habitude de me mêler aux clients de l'hôtel, protesta Michael.

– Une fois n'est pas coutume, puisque cela nous fait plaisir, intervint Rose de sa voix mélodieuse.

Alors, il n'ajouta rien. Un grand parasol de lumière multicolore illumina la nuit dans une pétarade impressionnante. Dans le cœur de Rosie et de Michael, les lampions du ciel jetaient leurs reflets. Seul l'instant présent comptait et il était magique.

Chapitre II

PREMIER ÉTÉ À CALEDONIA SPRINGS

Le mardi matin, les clients de passage s'en allaient peu à peu. Ceux qui étaient venus d'Ottawa par le vapeur regagnaient la capitale. Le retour s'effectuait habituellement le lundi mais on avait fait une exception pour le *Dominion Day*. D'autres prenaient le train vers leurs destinations respectives. Au milieu de l'après-midi, le calme était revenu.

Rosie faisait la grasse matinée. Quant à Mary, elle s'était levée tôt. Elle avait pris rendez-vous avec le médecin afin de se faire prescrire la cure appropriée à son état, selon les propriétés thérapeutiques des quatre sources. Elle est dépressive, souvent fatiguée et souffre d'insomnie. Pour le reste, son état de santé est plutôt bon.

Le docteur lui explique que chacune des sources est identifiée au traitement de maladies spécifiques. Ainsi, l'eau saline est recommandée pour les problèmes du foie et de l'estomac; l'eau sulfureuse pour les rhumatismes, la constipation, les affections des reins, de la vessie, du sang et de la peau; l'eau gazeuse pour les dérangements digestifs et nerveux; et enfin, l'eau sulfatée de la source intermittente, pour les troubles intestinaux et du foie.

Le traitement de Marie est donc axé sur l'eau gazeuse recommandée pour traiter la nervosité, l'insomnie ou la dépression, symptômes qu'elle a déjà elle-même identifiés. Le praticien lui conseille fortement la marche, des bains thermiques et des massages. L'absorption d'eau saline avant le petit déjeuner est également souhaitable. Voilà, elle est prête à commencer sa cure. Ce programme lui plaît. Elle a senti l'eau sulfureuse et l'odeur lui a levé le cœur. Elle n'aurait pas aimé en boire.

Quand elle retourne à sa chambre, elle ne retrouve pas Rose. « Voyons, où est-elle passée ? » Pas à la salle à manger, pas à la réception ni sur la véranda. Elle s'avance en direction du premier kiosque, pas là non plus. Machinalement, elle lève les yeux et aperçoit une petite main qui s'agite sous l'ombrelle. Sa fille la salue du haut du belvédère, au faîte de l'hôtel. Elle lui renvoie son salut. Rose est seule là-haut et admire l'ensemble qui l'entoure. Marie pense parfois que Rosie est un peu trop délurée, toujours prête à explorer, prompte à la réplique, souvent rebelle aux conventions. C'est son côté garçon. Apprendra-t-elle à se soumettre ? Nul doute, Patrick l'y contraindra. Elle soupire en rentrant.

L'après-midi se passe à visiter les différentes sources et le pavillon thermal. La source intermittente est située à près de deux milles des autres. Elle doit son nom au fait qu'un jaillissement se produit toutes les quatre minutes. Au retour, Mary éprouve une grande fatigue :

– Le docteur m'a dit de marcher, pas de m'épuiser proteste-t-elle, je n'ai plus ton âge, ma grande.

– Pardon maman. Il m'arrive de l'oublier. Assoyons-nous un moment. Faisons une pause. Nous rentrerons très lentement. Tenez, j'ai apporté une petite bouteille d'eau saline dans mon sac. Elle est encore fraîche. Ça désaltère.

De retour à l'hôtel Mary monta directement se reposer. Rosie se dirigea vers le comptoir du télégraphe. Un garçon à l'air souffreteux l'accueillit. Elle fut surprise et déçue à la fois.

– Monsieur Keough n'est pas là aujourd'hui?

– Après l'achalandage de la fin de semaine, on lui octroie deux jours de congé. Il est parti il y a environ une demi-heure. Je peux vous être utile?

– Y a-t-il un télégramme pour Rosie ou Mary O'Brien?

– Oui mademoiselle. Voici. Michael l'a préparé lui-même avant de partir.

Le lendemain, Mary opta pour un bain et un massage. Rosie voulait explorer les environs. On lui a dit qu'il existe d'autres hôtels, de deuxième classe. La veille, du haut de son perchoir, elle a aperçu un grand nombre de constructions, ainsi qu'une vaste pièce d'eau. Certains clients du *Grand Hotel* manifestent une sorte de condescendance, voire de mépris à l'égard de ces établissements. Rose réprouve cette façon de juger les gens à l'épaisseur de leur portefeuille. Certes, elle apprécie les avantages de sa condition. Or il y a un prix à payer pour faire partie de la haute.

Comme la veille, elle s'engage sur les trottoirs de bois. Le temps est beau, le ciel est bleu, les oiseaux lancent des trilles joyeux dans les grands arbres feuillus. Elle se sent bien, paisible. Le premier hôtel qu'elle croise est le *Victoria Cottage*, à l'image des villas campagnardes de l'Angleterre. Bâtiment allongé avec rez-de-chaussée et un étage. Celui-ci est crème avec des volets verts. La galerie est modeste, à peine garnie. Des rosiers sauvages, en gros bouquets, lui donnent un air coquet. Seule une berceuse est occupée par un monsieur à la longue barbe blanche. Le second, le *Lake Cottage*, est similaire ou presque au premier, sauf qu'il est couleur lie-de-vin agrémentée de blanc. À une centaine de pieds, un étang aux eaux claires lui a sans doute donné son nom. Les bancs qui l'entourent sont tous occupés. On devine à certains détails, que les gens sont moins fortunés ici. Ils semblent plus malades aussi. Le troisième, *Brock Cottage*, est celui qu'elle trouve le plus beau. Bleu vif, touches de jaune aux fenêtres et à la porte festonnée, poteau décoratif au pignon qui coiffe l'entrée, des églantines blanches à profusion, il lui semble accueillant. Deux fillettes jouent à la poupée, à l'ombre d'un chêne.

L'enchevêtrement des trottoirs lui fait penser à un labyrinthe. Il y a bien quelques indications par-ci par-là. Néanmoins, il faut avoir l'œil attentif. Elle bifurque et marche maintenant pas très loin des limites du domaine. Une affichette « Post Office » avec une flèche lui indique le bureau de poste. Elle traverse à nouveau la clôture blanche qui sépare les riches des moins nantis. Un peu en retrait de l'entrée principale menant au *Grand Hotel* s'élève une maison de bonne dimension parfaitement symétrique. De grandes fenêtres laissent passer la lumière avec générosité, constate-t-elle en entrant. Elle fait face à un long couloir dont le plancher reluit comme un miroir. Du côté gauche, le bureau de poste avec son mur couvert de petits casiers numérotés, un solide comptoir en chêne, derrière lequel une jolie dame entre deux âges, bien sanglée dans une robe bleu ardoise, à la dernière mode, accueille les clients avec le sourire. Rosie regarde de l'autre côté. Elle n'en revient pas. Une délicate enseigne annonce : *Ida's Creations-Créations Ida*. À l'intérieur de la pièce plutôt étroite, disposée avec goût, une collection de chapeaux à faire rougir les chapelières de Montréal.

Sur une étagère, une profusion de fleurs, de rubans, des oiseaux, des plumes d'autruche chatoyantes, quelques fruits, enfin tout le nécessaire pour personnaliser le couvre-chef de la plus exigeante des élégantes.

Elle entre sur la pointe des pieds. Une voix agréable derrière elle :

– Bonjour mademoiselle.

– Madame, qui fabrique des chapeaux aussi magnifiques ? Les importez-vous ?

La dame laisse échapper un rire cristallin.

– Mais non, mademoiselle. C'est moi qui les confectionne. C'est tellement amusant. Ils vous plaisent ?

Rosie ne répond pas tout de suite, intéressée par une petite merveille en soie grège.

– Oh oui madame ! Est-ce que je peux en essayer un ? Tenez, celui-là, dit-elle en désignant du doigt un simple canotier blanc, orné de gros-grain marine et d'une minuscule aigrette. Pour la promenade, il serait pratique ici.

Ida tend la coiffure à la jeune fille. Au moment où elle se regarde dans la glace, elle aperçoit une figure qui se juxtapose à la sienne.

« Est-ce que j'ai des hallucinations maintenant ? » Elle se retourne vivement et aperçoit Michael dans l'embrasure de la porte. Incroyable !

– Excusez-moi mesdames. Quelle surprise mademoiselle O'Brien. Je vois que vous avec déjà découvert les petits chefs-d'œuvre de ma mère. Ils sont l'objet de tous ses soins.

Michael, dans son milieu naturel, semble encore plus beau, plus détendu qu'à l'hôtel.

– Maman, j'étais simplement venu vous avertir que je pars pour L'Orignal vérifier si tout se passe bien à la maison et si la cousine n'a pas d'ennuis avec le commerce. Je compte aussi rendre visite à monsieur le juge pour savoir s'il se porte bien. Je reviendrai demain en avant-midi. Avez-vous besoin de quelque chose?

– J'ai laissé une liste sur la table de la salle à manger. C'est surtout du tissu que je veux. J'ai eu des commandes.

À ce moment, un monsieur entre chercher son courrier. Ida traverse immédiatement vers le bureau de poste. Michael et Rosie restent face à face. Un courant mystérieux passe entre eux, qu'ils cherchent à dissimuler. Pour faire diversion, Michael s'exclame, admiratif :

– Ce chapeau vous va à ravir.

Rosie s'empourpre.

– Vous savez, ma mère confectionne aussi des robes. Elle s'est trouvé un petit cagibi où elle a placé sa machine à coudre. Rien ne l'arrête.

– Avec ce petit canotier, j'aimerais une simple robe blanche avec un liséré marine. Vous croyez qu'elle pourrait... Mais j'ai l'air d'une tête de linotte qui ne sait parler que de chiffons. Ce n'est pas le cas vous savez. J'espère que j'aurai la chance de vous le prouver.

– Je n'en doute pas un instant, mademoiselle.

Sur ce, il s'inclina et prit congé. Rosie ne sut pourquoi, elle aurait espéré un baise-main.

Ida revint juste après le départ de son fils. Rosie sortit un minuscule porte-monnaie d'une poche de sa robe et paya le chapeau.

– Je reviendrai avec ma mère. Peut-être que nous commanderons une ou deux robes. Il paraît que vous êtres couturière également?

– Oui, j'ai quelques bonnes clientes. Je suis toujours disponible, sauf à l'heure des repas. Michael et les deux télégraphistes qui l'assistent, ainsi que les membres de l'orchestre, logent ici. L'hôtel m'envoie une petite bonne quelques heures par jour, mais c'est peu. Il y a bien sûr le bureau de poste qui est prioritaire. Je serai heureuse de connaître madame votre mère et de vous donner satisfaction à toutes les deux, si possible.

Rosie fit examiner son casier. Il ne s'y trouvait rien. Son précieux achat à la main, elle regagna la bibliothèque de l'hôtel et se commanda une limonade.

Au souper, elle raconta à sa mère sa rencontre de l'après-midi. Il fut convenu qu'elles rendraient visite à la dame aux doigts de fée. Mary ne comprit pas pourquoi sa fille insistait tellement pour que ce soit le lendemain vers deux heures et demie. Elles abrégèrent leur souper afin de profiter de cet instant unique où des petits coins de l'horizon jouissent encore d'une vie éphémère qui s'éteint dans un ruissellement d'or et de pourpre.

Rosie espérait tellement retrouver Michael qu'elle calma ses nerfs en jouant du piano. Les notes s'égrenaient sous ses doigts agiles et leur son harmonieux la transportait en des jardins secrets où tout n'est que bonheur et félicité.

Enfin l'instant tant attendu arriva. Un homme de haute taille leur ouvrit galamment la porte. Les deux femmes se dirigèrent immédiatement vers la boutique. Quand Ida vint les rejoindre, une fois les présentations faites, elle s'adressa directement à Rosie.

– Michael a rapporté de L'Orignal où j'ai mon magasin ce coton fin moucheté, ainsi que le rouleau de liséré et celui de ruban marine.

Dans des catalogues mis à leur disposition, Rosie choisit un ensemble blanc, une blouse à col carré et une jupe taillée sur le biais s'élargissant en trois volants effleurant le sol à l'arrière, le tout abondamment garni de marine. Les robes étaient fréquemment confectionnées de cette façon, en deux morceaux. Mary décida d'abandonner pour de bon le deuil et de mettre un peu de bleu dans sa vie.

— Pour les mesures et les essayages, je me rends à l'hôtel après les heures d'ouverture du bureau de poste. Je ne dispose pas de l'espace nécessaire ici. Cela vous convient-il? Je viendrai après le souper.

Les trois femmes avaient sympathisé. Aussi, Rosie s'enhardit-elle à poser une question.

— Monsieur votre fils est revenu de L'Orignal et pourtant je ne l'ai pas vu à la réception. Peut-être prolonge-t-il son congé?

Elle savait très bien qu'il ne travaillait pas et jouait à la naïve afin de tirer les vers du nez de la modiste.

— En effet. Il en a profité pour se rendre à la source intermittente. Il me rapportera également de l'eau saline. J'adore son goût. Je regrette un peu de ne jamais avoir le temps de m'y rendre moi-même.

Rosie lui adressa un sourire aussi lumineux que les premiers feux de l'aurore. Subtilement, elle avait obtenu ce qu'elle voulait savoir.

Elle avait reconduit sa mère à sa chambre et, mine de rien, était partie se promener du côté des sources. Elle croise des curistes qui flânent, d'autres qui se sont rendus aux différents griffons ou à la piscine hydrothermale. Elle observe les silhouettes de loin. Aucune ne ressemble à celle qu'elle cherche. Elle a maintenant dépassé le pavillon thermal et la déception commence à la gagner. Et puis, comment va-t-elle l'aborder, s'il ne fait que la saluer et passe son chemin? Il ne faut pas qu'il la prenne pour une jeune fille effrontée. Tandis qu'elle rumine, elle lève les yeux et l'aperçoit à bonne distance, unique dans sa veste de lin écru. Elle ne sait pas expliquer pourquoi, dès qu'il apparaît, l'entourage s'estompe, parfois jusqu'à s'effacer. Elle s'efforce de rester calme et naturelle. Ils vont se croiser. Son cœur bat.

– Bonjour mademoiselle O'Brien. J'ai pensé à vous en allant à L'Orignal. J'ai rapporté du tissu et de la garniture. J'espère que le tout vous plaira.

– Je vous suis bien reconnaissante. Vous avez un goût exquis. J'ai passé ma commande à votre mère avant de venir marcher. C'est exactement comme si vous aviez deviné mes désirs.

– Je suis peut-être un peu devin, fit-il en badinant. Mais je ne voudrais pas vous retarder si vous comptez vous rendre jusqu'à la dernière source.

– Non, je crois que je vais rebrousser chemin. L'après-midi est déjà bien avancé.

– Me permettez-vous de vous accompagner alors? Nous pourrons bavarder, si cela ne vous ennuie pas, bien sûr.

– Ce sera une excellente occasion de converser loin de toutes vos machines et de votre boulot.

Rosie avait pensé que certains pensionnaires de l'hôtel pourraient remarquer qu'elle se promenait avec un employé. Elle ne se faisait pas de soucis. Ici, elle était libre et Dieu que c'était bon!

Ils conversèrent tout au long du retour, tant et si bien que Michael faillit oublier l'eau saline promise à sa mère. Tous les deux apprenaient à se connaître avec une facilité surprenante. C'est ainsi qu'elle sut que non seulement il était responsable du télégraphe et de la réception, mais le seul à connaître la sténographie et à se servir de la machine à écrire. En plus, il s'occupait de la facturation des chambres.

– Vous savez, je n'ai de comptes à rendre qu'au gérant et, bien évidemment, aux propriétaires, qui ne sont pas là souvent. Le travail doit être précis et sans faille. Les heures sont longues mais j'aime les différents aspects de mes tâches.

– Vous avez fait de grandes études pour être en mesure de combler un tel poste? questionna Rosie.

– Assez. J'ai eu beaucoup de chance. J'ai étudié au *Ottawa Business College*. Je logeais chez un grand-oncle qui avait appris le code morse. Il avait travaillé pour une compagnie de chemin de fer. Il m'a enseigné ce code. J'ai trouvé cette étude difficile. Beaucoup, même ceux qui ont suivi un cours de six mois à temps plein, échouent à l'examen. Pour réussir, il faut être capable de transcrire vingt mots à la minute. Il y a des lettres qui portent à confusion comme le C et le S par exemple. Tout ce qui les distingue, c'est un silence après le deuxième son pour le C, alors qu'il n'y en a pas pour le S. J'ai considéré comme une victoire personnelle de recevoir ce diplôme et mon vieil oncle était très content. Plus on possède de cordes à son arc, plus on a de chances de gagner sa vie convenablement. Mais je vous inonde de paroles et je ne vous laisse pas assez de place.

– C'est tellement intéressant, protesta Rosie. Et, ne craignez rien, je ne me sens nullement envahie. D'ailleurs, mes parents trouvent que j'ai la langue trop bien pendue pour une fille. Ils n'ont peut-être pas tort. Je me rebiffe contre les idées reçues selon lesquelles les femmes n'ont qu'une cervelle fragile et sont incapables de comprendre les affaires sérieuses ou d'y participer.

– Moi, mademoiselle, je n'ai qu'à regarder comment ma mère a su gérer son existence après le décès de mon père, alors que j'étais encore enfant, pour vous dire que je crois à l'intelligence des femmes autant qu'à celle des hommes. C'est la société qui les confine dans des rôles de mineures.

– Pardon, je ne savais pas que vous étiez orphelin de père.

Ils étaient en vue de l'hôtel. Ni l'un, ni l'autre n'avait envie de mettre un terme à leur conversation. Il le fallait bien pourtant.

– Mademoiselle, excusez mon audace. Le soir quand les clients se font moins nombreux, je termine mon travail de télégraphiste, puis je vais souvent m'asseoir dans un charmant petit kiosque, un peu à l'écart derrière le bâtiment principal. J'écoute le silence de la nuit et la lune aux cent visages me raconte de la poésie à voix si basse que je suis le seul à l'entendre. Si vous aviez envie de partager ce refuge avec moi, quand vos activités vous le permettent, j'en serais très heureux.

– Je viendrai chaque fois que je le pourrai, je vous le promets.

Puis, Rosie regarda l'heure, stupéfaite.

– Mon Dieu! Je vais être en retard pour le souper. Au revoir. À bientôt j'espère.

Elle releva ses jupons et partit en courant. Il resta là, à la regarder s'enfuir, et déjà elle lui manquait. Elle retournait vers son monde auquel il n'appartenait pas.

Rosie sauta dans l'ascenseur pour gagner du temps. Impensable de changer de tenue. Elle replaça quelques mèches échappées de son chignon, mit des chaussures propres et empoigna son châle de soie. Elle fit une entrée remarquée dans la salle à manger, les pommettes encore tout enflammées par sa longue excursion et sa confusion grandissante. Elle se glissa sans bruit à sa place, à côté de sa mère.

– Où étais-tu donc passée? D'habitude nous descendons ensemble pour le repas.

– Je suis allée marcher et je n'ai pas vu les heures filer. Je suis désolée.

– Un horticulteur de Montréal donne une conférence sur la culture des fleurs, des roses en particulier. Je nous ai inscrites. J'ai pensé que ça t'intéresserait.

Rosie n'eut pas le temps de répondre. Même si la salle à manger n'était pas remplie, deux personnes partageaient leur table : une dame à l'air revêche, au nez proéminant et son fils, grand échalas au teint souffreteux. Son appendice nasal n'était pas en reste avec celui de sa mère.

– Madame Stewart et mon fils Edward, émit la femme d'un air pincé, visiblement choquée que Rosie ne se soit pas présentée.

Puis, elle ajouta à l'intention de Mary :

– Vous n'avez donc pas un jardinier qui s'occupe de vos plates-bandes?

– Si, bien sûr, répondit Mary, agacée. Nous aimons les fleurs parce qu'elles sèment de la beauté. Nous ne craignons pas de nous salir les mains dans la riche terre du bon Dieu, de temps à autre. Je le faisais encore plus souvent quand j'étais jeune, chez mes parents à Québec.

– Ah! vous venez de Québec. C'est pour cette raison que vous parlez français. Personnellement, je trouve que c'est la langue des pauvres.

Rosie et Mary faillirent s'étouffer en entendant une remarque aussi grossière.

– Vous savez madame, mon nom de jeune fille est Marie Gouin et je n'en ai pas honte. Cela ne m'empêche pas d'habiter le *Golden Square Mile* à Montréal et de fréquenter la meilleure société de Boston.

La conversation tomba à plat pendant un moment. Avant que le malaise ne se gonfle trop, Mary questionna :

— Vous êtes ici pour une cure j'imagine?

— Bien entendu. Je viens soigner mes rhumatismes et mon fils a des problèmes intestinaux. Nous habitons Toronto.

Rosie pensa en son for intérieur : « Sûrement de la constipation avec l'air coincé qu'il a. » Elle dissimula un sourire narquois dans sa serviette, pendant que le dit Edward la dévorait des yeux d'un air béat. On avait beau faire, la conversation languissait. Puis, soudainement, madame Stewart déclara d'un air docte :

— Les jeunes d'aujourd'hui quand même, il faut les avoir à l'œil. Dans mon temps, jamais je ne me serais permis d'arriver en retard aux repas. Mon père était strict. Il n'aurait pas toléré la moindre entorse à la tenue vestimentaire appropriée non plus.

— Maman, voyons! protesta Edward en se tortillant sur sa chaise, comme si des aiguilles le piquaient.

Alors, Rosie ne se tint plus de colère :

— Sachez, madame, que nous sommes en vacances ici. Je me suis déjà excusée de mon retard. Et ma mère n'a pas besoin de me tenir en laisse. Je ne suis pas son caniche.

Mary serra le genou de sa fille pour qu'elle n'aille pas plus loin. Madame Stewart devint rouge comme un coquelicot et fit un geste pour se lever.

— Je n'ai pas fini mon thé maman, lui dit son fils. De plus, je trouve mademoiselle charmante telle qu'elle est. Je vous prie donc de vous rasseoir. Je crois que notre génération a un bel avenir devant elle, même si nous sommes différents sous certains aspects.

Edward se tut, comme épuisé d'une si longue tirade. Sa mère avait repris sa place. Le reste du repas se passa en silence.

Une semaine s'était écoulée depuis l'arrivée des deux femmes à Caledonia Springs. Les jours passaient à la vitesse de l'éclair. Le temps, qui semble statique, ne se mesure pas en minutes ou en heures. Il s'allonge dans le malheur et raccourcit dans la sérénité ou le bonheur.

Daniel envoyait des télégrammes à son épouse tous les deux jours. Il venait de recevoir une lettre de Patrick qu'il expédierait à Rosie par la poste. Jamais il ne parlait de venir leur rendre visite.

Rosie cueillait les messages de son père avec régularité. Le vendredi, elle glissa à Michael :

– Je viendrai dans la gloriette ce soir.

– Parfait. Je vous y attendrai avec impatience.

Déjà, elle avait oublié la missive de Patrick qui, au-delà de l'océan, viendrait la rejoindre dans ce coin perdu.

À peine Mary installée pour disputer une partie d'échecs avec un vieux monsieur à l'air débonnaire, Rosie s'éclipsa.

Elle avançait dans l'obscurité, faiblement éclairée par un quartier de lune. Elle avait le souffle court; l'émotion et la sensation désagréable qu'elle enfreignait les règles de son éducation. Elle assumait son geste en toute lucidité.

– Mademoiselle Rose! Vous êtes venue. Quel bonheur! émit Michael, la voix tremblante, en se levant.

– Bonsoir, mon ami. J'avais promis. Je suis heureuse d'être là.

– Je ne voudrais pas porter atteinte à votre réputation. Si on nous découvrait... les mauvaises langues se transforment vite en vipères.

– Je sais. Mais nous ne faisons rien de mal. J'ai l'entière confiance de ma mère. Puis, si nous voulons nous voir, nous n'avons guère le choix. Vous aussi vous risquez gros. Si jamais vous aviez des ennuis avec votre employeur, sachez que monsieur Gouin, l'un des propriétaires du *Grand Hotel*, est l'oncle de maman.

Ils prirent place côte à côte sur un banc rustique. Elle jeta mollement son châle de cachemire sur ses épaules. Il sentait son parfum de muguet qui les enveloppait. Cette femme, il la voulait à lui et il mesurait le fossé qui les séparait. Il le nommait et le haïssait. C'était le gouffre de la richesse. L'éducation ne lui faisait pas défaut, mais le valet n'épouse pas la princesse.

Peu à peu le calme les envahit. Des aurores boréales, tels des icebergs évanescents, coloraient maintenant le ciel. Elles menaient une farandole qui se déroulait au-dessus de leur tête, donnant au firmament un air superbe et funambulesque à la fois.

Rosie craignait la bizarrerie de ce phénomène. Elle aurait aimé glisser sa main dans celle de son compagnon. C'était un geste prématuré. Parfois, néanmoins, leurs doigts se frôlaient et toute la douceur du monde descendait sur eux. Ils restèrent un long moment sans se parler, à écouter le silence autour d'eux.

Quand Rosie se leva pour partir, Michael la retint un instant.

– Il y a une usine d'embouteillage d'eau minérale dans le domaine. Madame votre mère et vous, seriez-vous intéressées à la visiter. J'y ai mes entrées. Mardi je suis en congé.

– Sûrement. Je viendrai vous donner une réponse officielle à la réception demain.

Alors, il se pencha et déposa un baiser brûlant sur sa main où il s'attarda plus qu'il ne faut. Elle sentit les larmes lui monter aux yeux. Il ne s'en aperçut pas dans l'obscurité. Il la regarda s'éloigner jusqu'à ce qu'elle disparaisse de sa vue.

Ce même soir, Ida, une fois la salle à manger en ordre, s'était installée devant sa machine à coudre afin d'avancer sinon terminer la fameuse robe blanche de Rose O'Brien. C'est qu'elle en demandait du temps cette confection. Pourquoi Michael avait-il mis un soin si particulier à apporter tout le matériel pour cette toilette? Elle sentait un changement chez son fils depuis l'arrivée de cette fille. Certes, elle avait tous les attributs pour plaire, cette Rose. Jolie, simple, pas snob pour deux sous, spontanée, délicate... Mais elle était riche, très riche. Michael ne pouvait que se blesser au contact d'une personne aussi exceptionnelle, dont les parents étaient couverts d'or. Madame O'Brien semblait posséder de belles qualités de cœur également, cependant son mari réservait sûrement cette perle à quelqu'un du grand monde. Après tout, Michael était un garçon sensé. Il oublierait vite la demoiselle après son départ. Une amourette de vacances, voilà tout.

Ida activait le pédalier avec ardeur, ses mains faisaient le geste juste, au bon moment. Son esprit pourtant était rêveur. Mentalement, elle refaisait un voyage dans son passé avec une pensée attendrie pour son père et son Sam adoré.

Le ronron de la machine à coudre estompait à peine les mélodies jouées par le pianiste dans le salon, de l'autre côté. Le reste de la maison reposait, tranquille, tous les pensionnaires étaient remontés à leur chambre.

Les verges de ruban s'ajoutaient les unes aux autres et Ida revoyait son enfance à l'hôtel Ouimet, à l'angle des chemins de Hawkesbury et de Vankleek Hill où elle avait vu le jour. Émile, son frère aîné, étudiait déjà à Montréal à sa naissance. Il était peu intéressé par la campagne et il ne s'en cachait pas. Le cadet, Georges, montrait plus de goût pour l'aventure que pour le commerce, au grand désespoir de leur paternel qui comptait bien sur l'un d'entre eux pour prendre la relève. Elle n'avait que quatre ans lorsque sa mère mourut d'une pleurésie. Elle avait été élevée par des bonnes et par son père qu'elle suivait tel un chien pisteur. Entre elle et lui s'établit une grande complicité qui ne se démentit jamais.

Elle avait fréquenté l'école sur la route de Vankleek Hill. Grâce aux frères Hamilton qui offraient un octroi pour l'embauche d'un professeur de musique, elle reçut des leçons de piano. Elle divertissait parfois les clients qui séjournaient à l'hôtel, par des rythmes enlevants qu'elle n'avait pas nécessairement appris de son professeur. Néanmoins, ce qui la fascinait, adolescente, c'était la mode, parce qu'elle libérait sa créativité débordante. Si la clientèle de l'établissement se composait majoritairement d'hommes, il lui arrivait aussi de croiser des dames élégantes. Sa passion, c'était les chapeaux. Son père lui avait payé des abonnements à des catalogues et des revues qui venaient de Montréal. Elle passait de longues heures à observer les modèles, puis elle s'essayait à les copier. Malheureusement, le matériel lui faisait toujours défaut. Elle finit par commander de multiples colifichets dont elle ornait ses créations, qui commencèrent à avoir du succès. À dix-sept ans, elle possédait une petite vitrine dans la grande salle. Elle en était très fière.

Son frère Émile, s'était marié avec une Montréalaise. Il avait demandé une avance sur son héritage afin de s'ouvrir une modeste auberge en ville. Son père, le cœur brisé par le mépris de son fils envers son propre commerce, l'avait quand même aidé financièrement. Quant à Georges, il était parti très jeune vers la région de la rivière Rouge où, d'après lui, se trouvait l'avenir.

En 1871, elle avait fait la connaissance de Samuel Keough, un Irlandais au visage rieur, aux joues rebondies, à la chevelure blond roux abondamment bouclée. Sa bonne humeur était tellement contagieuse qu'à son contact, la vie semblait une véritable partie de plaisir. Sam travaillait dur pourtant. Il était celui qui, aux moulins Hamilton, avait la responsabilité de tout le transport du bois vers les grands centres. Il recevait de bons gages et était très respecté de ses patrons et de ses hommes.

Un dimanche il avait déclaré à monsieur Ouimet, en choisissant ses plus beaux mots :

– J'ai tout de suite été séduit par votre pétillante Ida, son nez mutin, sa luxuriante chevelure noire et sa facilité à converser intelligemment. Je la rendrai heureuse si vous me la confiez.

Ils s'épousèrent en 1872, sous l'œil attendri de monsieur Ouimet. Quand Samuel décéda huit ans plus tard, un grand cratère se creusa dans le cœur d'Ida, et la lave ne s'était jamais éteinte.

De l'autre côté de la cloison, le pianiste jouait le *Londonderry Air* qui lui rappelait son Sam chéri. Elle entendit dans sa tête le son plaintif de l'harmonica de son mari, qui dénudait l'âme meurtrie de son Irlande natale. Une petite larme glissa jusque sur le tissu blanc. « Je crois que c'est assez pour ce soir. Je dois être fatiguée pour être aussi émotive. » Elle ferma la machine, se fit chauffer un thé et s'assit à la table de la cuisine, dans le noir. Elle fixait le grand œil sombre de la fenêtre sans le voir. Elle sursauta lorsque Michael entra. Il était tout ce qui lui restait de précieux de son ancienne vie. Et elle avait aussi gardé sa créativité intarissable.

À Caledonia Springs, on avait construit deux modestes chapelles en bois surmontées d'un clocheton, afin que les clients puissent remplir leurs devoirs religieux le dimanche. L'une desservait les anglicans, l'autre les catholiques. Si les gens venaient soigner leur corps périssable, il ne fallait quand même pas négliger leur âme immortelle. Il y avait d'ailleurs plusieurs ecclésiastiques parmi les curistes. Ils faisaient partie des bien nantis de ce monde, alors qu'ils prêchaient les bienfaits de la pauvreté. Curieux paradoxe!

Les fidèles avaient pris place et le prêtre récitait l'Introït. Rosie et sa mère occupaient la deuxième rangée du côté gauche de l'allée. En tournant légèrement la tête, la jeune fille jeta un coup d'œil de l'autre côté où Ida et Michael assistaient à la messe eux aussi. Le patron du *Grand Hotel* accordait une heure et demie à Michael pour assister à l'office. Rosie inclina imperceptiblement la tête, en signe de bonjour. Elle était magnifique dans son ensemble écru qui avait fait tiquer sa mère à cause de ses manches qui laissaient voir quelques pouces de peau. Et, têtue, Rosie arborait des gants courts en dentelle, refusant les plus longs, que lui avait proposés Mary.

Ite missa est! Les fidèles sortaient sur le perron inondé de soleil. Comme par hasard, les Keough et les O'Brien se retrouvèrent côte à côte. Après les salutations d'usage, madame O'Brien remarqua :

– Dommage qu'il n'y ait pas de musique durant la messe!

– Ah! vous aimez la musique vous aussi! répliqua Ida.

– Maman et moi, nous nous défendons bien au piano.

– C'est merveilleux, il y a un piano chez nous. Je joue des ballades, oh! sûrement pas aussi bien que vous, mais lorsque Michael m'accompagne à l'harmonica, c'est quand même mélodieux. Si j'osais, je ne veux pas vous mettre à la gêne, nous pourrions organiser une petite soirée musicale. C'est juste une proposition, bien sûr.

– J'aimerais ça, renchérit Rosie. Et maman a une jolie voix.

– Bien volontiers, il ne reste que les détails à mettre au point, déclara Mary.

Michael s'était éclipsé à regret, dès sa sortie de la chapelle. Il devait retourner à son poste. Les trois femmes se séparèrent, d'humeur joyeuse. Il fut entendu qu'elles fixeraient une date pour leur projet le lendemain, quand Ida viendrait livrer la robe de Rosie.

Les deux femmes regagnaient tranquillement leur chambre quand elles croisèrent madame Stewart et son fils.

– Quelle agréable rencontre, émet Edward qui s'est entiché de Rosie.

« Je vais l'avoir sur les talons, celui-là. On dirait un épagneul qui me suit les yeux dans l'eau mais prêt à mordre si je l'écarte », pense la jeune fille, contrariée.

La marche reprit à quatre, Edward au côté de Rosie, aussi près que la décence le permettait. Derrière, suivaient les deux mamans.

– Tout de même, les jeunes s'accordent des libertés auxquelles nous n'aurions même pas songé de notre temps, n'est-ce pas, chère amie? minauda madame Stewart.

– Que voulez-vous dire? Je ne comprends pas, rétorqua son interlocutrice.

– Bien, comme cette façon qu'a votre fille d'exhiber ses avant-bras, surtout à l'église.

– Oh! vous savez, tant que Rosie ne commettra pas d'actes plus répréhensibles que celui-là, je m'en accommode bien. Le vingtième siècle frappe à notre porte. Je pense que le monde subira de grandes mutations et que les femmes s'émanciperont un peu.

– Mon Dieu! vous croyez vraiment ce que vous dites? Ce serait un grand malheur.

– Je ne crois pas, répondit froidement Mary. Je sais.

Ils avaient atteint les marches de la grande véranda. Avant de quitter Rosie, Edward tenta un baise-main. Celle-ci avait prévu le coup et fit semblant de replacer son chapeau. Ce garçon lui déplaisait, et sa mère encore plus.

Durant la journée, Rosie descendit à la réception pour dire à Michael qu'elle le rejoindrait dans le belvédère pendant une courte période. Puis, elle remonta à sa chambre ou plutôt à celle de sa mère, avec en tête une idée bien arrêtée.

– Pas facile, la dame Stewart, n'est-ce pas maman?

– Non, en effet. Heureusement que la plupart des gens apprécient notre compagnie. Puis, je trouve que la cure et le grand air me font le plus grand bien. Je me sens moins souvent mélancolique.

– C'est vrai? J'avais cru le remarquer. Aussi ai-je une proposition à vous faire. Nous avons plusieurs projets intéressants, nous sommes bien ensemble, votre santé s'améliore, papa est toujours très occupé, je crois que ce serait génial de prolonger notre séjour. Je n'ai pas le goût de retourner en ville. Qu'en pensez-vous?

– Je suis tout à fait de ton avis. D'ailleurs, Daniel m'avait dit de rester aussi longtemps que je le voudrais. Je vais lui écrire pour lui annoncer notre décision.

– Je suis bien contente, répondit Rosie, un peu trop rapidement. Elle redoutait tellement son départ.

Sa mère la regarda tendrement et lui prit la main :

– Sois prudente ma Rose. La vie est parfois très cruelle.

La jeune fille baissa la tête, songeuse. Ce qui ne l'empêcha pas le soir venu, d'aller retrouver Michael dans leur oasis secrète. En s'y rendant, elle utilisait des ruses de Sioux afin de ne pas attirer l'attention, de ne pas être suivie.

Chaque fois, elle ressentait le même délicieux émoi, le même élan incontrôlable. Quand ils étaient ensemble, leurs silences en disaient autant que leurs paroles. Rosie était excitée par la perspective de cette soirée musicale dont leurs mères avaient eu l'idée. Elle était également euphorique parce que les vacances étaient prolongées pour une période indéterminée qu'elle se proposait d'étirer au maximum. À la seule pensée de ne plus voir Michael, son cœur palpitait comme un oiseau qui sent le préda-teur à l'affût. Petit à petit le visage de Michael émergea de l'ombre, nimbé par les mèches foisonnantes et souples de ses cheveux. Que cette figure lui était chère! Comment avait-elle pu s'attacher à lui en si peu de temps?

Elle lui annonça, rayonnante, qu'elle espérait bien passer une bonne partie de l'été à Caledonia Springs. Il en fut si ému qu'il déposa un baiser sur chacune de ses mains.

– C'est un peu de bonheur volé à l'existence. Et vous savez, cette soirée que nous passerons ensemble, sans nous cacher, à la maison, je la souhaite mémorable. Quand je vous vois danser avec tous ces riches garçons à la salle de bal qui m'est interdite, je me sens triste. Voulez-vous valser avec moi ce soir-là? Ce sera peut-être la seule occasion que j'aurai de vous enlacer.

– Michael, je souhaiterais que cette valse dure toute la vie.

Elle se tut. Peut-être avait-elle été un peu loin. Elle oubliait trop souvent qu'elle était fiancée.

– Si ma mère vous invitait à souper, croyez-vous que la vôtre accepterait? Manger ensemble est un symbole de partage et d'intimité.

– Je pense que oui, Michael, si je dis à maman que ça a de l'importance.

Ils rêvèrent en silence, tout en regardant la lune presque pleine. Comme Rosie ne voulait pas que son absence attire l'attention, elle se leva pour partir.

– Attendez un peu. Nous allons toujours à l'usine d'embouteillage mardi? Je viendrai vous chercher avec mon boghei vers deux heures. Ce n'est pas loin vous savez. J'en profiterai pour vous montrer d'autres aspects du domaine. Est-ce que ça vous convient?

– Oui, murmura-t-elle d'une voix étouffée.

Il la retint par une main, puis elle s'échappa comme une ombre évanescente que l'obscurité engloutit.

Le mardi, Michael arriva, fidèle au rendez-vous. Il aida les deux femmes à monter dans le boghei. Il était un peu nerveux. Il connaissait à peine Mary et sentait l'importance de faire sa conquête.

– Quel beau cheval vous avez là! Quelles attaches fines! admira Mary.

– Merci madame. C'est un alezan. Je l'ai obtenu par l'entremise de monsieur le juge de L'Orignal. Il s'appelle Ulysse.

– Pourquoi Ulysse? fit Rosie un brin moqueuse.

– Peut-être parce que j'aimerais faire un beau voyage comme ce personnage mythique.

À environ dix minutes du *Grand Hotel*, à proximité d'une source se dresse un bâtiment en béton, assez imposant. À l'extérieur deux hommes s'affairent à recueillir l'eau dans des barils en bois. Les visiteurs pénètrent à l'intérieur. Michael salue les travailleurs.

– Je vous amène de la visite, ça ne vous dérange pas? Madame et mademoiselle O'Brien.

Les ouvriers sont intimidés. Ils n'ont pas l'habitude de recevoir du grand monde. Mais ils aiment bien Michael. Puis l'idée que l'on s'intéresse à eux est flatteuse. L'eau pénètre à l'intérieur par un système de tuyauterie très simple, pour être conservée dans une grande barrique munie d'un robinet. Un ouvrier lave les bouteilles, pose les bouchons et empile les caisses. L'autre s'occupe de l'embouteillage en actionnant la chantepleure. Ce qui frappe les deux femmes, c'est l'extrême propreté de l'endroit. En effet, l'eau en bouteilles était reconnue pour sa pureté. Comparativement à l'eau des grandes villes où les services d'aqueduc sont si déficients ou inexistants, l'eau de Caledonia Springs est célèbre justement pour ses qualités naturelles qui permettent d'éviter les maladies souvent causées par de l'eau impropre à la consommation. Là encore, l'eau pure n'est accessible qu'à ceux qui ont les moyens de s'en procurer.

Ils profitent de leur promenade pour admirer le lac artificiel où deux canots glissent doucement autour d'un îlot.

– Je me demande comment s'est formé ce lac, sur un terrain aussi peu accidenté, est-ce qu'on l'a creusé? demande Rose à son compagnon.

– Non, il y a un ruisseau qui coule non loin d'ici. On a construit un barrage pour détourner son cours, afin d'offrir ce plaisir supplémentaire aux curistes. Aimeriez-vous voir le barrage?

– Bien sûr. Cette promenade est tout à fait plaisante, assura Mary.

– Pardon maman, j'aurais une autre question. Quel est ce gros bâtiment de l'autre côté du lac? Je n'ai pas encore eu le temps de m'y rendre.

– C'est l'*Adanac Inn*. Le plus important établissement de deuxième classe. Après la visite du barrage, nous nous y rendrons.

L'air était tiède, les cigales chantaient joyeusement leur insouciance, le cheval avançait d'un gracieux trot paisible. C'était un jour où le bonheur est aussi pur que la voûte azurée.

Ils arrivèrent à un petit pont où ils mirent pied à terre. Tout en bas, le ruisseau s'engouffrait entre deux murets de ciment. Sur le terre-plein poussait un grand sapin d'un côté, de l'autre quelques bouleaux chétifs. À leurs pieds, des rosiers sauvages couraient le long du mur. L'effet était joli. Perchée sur le parapet rudimentaire, Rosie, la bouche ouverte, montrait du doigt le conifère:

– J'ai aperçu un oiseau tout rouge. Une merveille.

– C'est un cardinal. Vous n'en aviez jamais vu? s'enquit Michael.

– Je crois bien que non. Je ne savais pas que j'aimais autant la nature.

Ulysse fit demi-tour sous la main souple de Michael qui, ensuite, aida les deux dames à remonter en voiture.

L'*Adanac Inn* était un bâtiment de trois étages sans fioritures. Une vingtaine de chambres étaient mises à la disposition des touristes. Une grande enseigne, sorte de triangle inversé, un peu en forme de cœur, donnait un brin de fantaisie à l'ensemble. Rosie fut surprise d'avoir omis dans ses promenades quotidiennes ce coin important du vaste complexe.

– Oh! mademoiselle, vous ne pouvez pas tout voir en une dizaine de jours. Ce domaine dépasse les cinq cents acres. Même si vous y restiez l'été tout entier, certains détails vous échapperaient encore, lui expliqua Michael.

– Comme je vous l'ai dit lors de notre dernière rencontre, j'aurai tout le temps d'explorer à ma guise puisque nous prolongeons notre séjour, n'est-ce pas, maman?

Mary trouvait ce détail par trop familier. Et c'était quoi cette dernière rencontre? Sans doute à la réception. Elle répondit tout de même un peu sèchement.

– En effet.

Les deux jeunes gens ne remarquèrent même pas le changement de ton. À quatre heures trente, Ulysse se rangea sagement au pied de l'escalier du *Grand Hotel*, pendant que des commères murmuraient dans leur berceuse. Michael et Rosie s'éveillaient brutalement de leur rêve. Ces heures de bonheur leur glissaient des mains comme du sable sur la plage. Tous deux mesuraient la précarité de leur relation.

Mary, quant à elle, commençait à se faire du souci. Après tout, sa fille était fiancée. Il y avait des douleurs si profondes, qu'il valait mieux ne pas s'y perdre. L'amour impossible était de celles-là.

Mis à part un peu de crachin le premier vendredi suivant leur arrivée à Caledonia Springs, le temps avait été beau. Un jour, il devint soudainement exécrable. Un violent orage avait éclaté en après-midi. Les éclairs zébraient le ciel plombé, immédiatement suivis du tonnerre qui claquait comme le canon à la bataille. À un moment donné, un sillon orangé traversa l'espace devant le *Grand Hotel*. À trois cents pieds de l'établissement, la foudre avait fendu un chêne majestueux. Certains pensionnaires étaient effrayés. Puis, la nature s'était calmée. L'air cependant était resté chaud et humide. Des nuages bas laissaient présager un retour du mauvais temps.

Les joueurs de cartes avaient repris leurs parties laissées en plan dans le solarium moins lumineux que d'habitude. La bibliothèque s'était remplie. Rosie était allée à la salle de musique. Elle ne craignait pas les tempêtes estivales, mais aujourd'hui elle se sentait irritable. Il y avait cet Edward de malheur qui lui tournait autour. Parfois, elle avait l'impression qu'il la suivait. Elle trouvait aussi que Michael n'était pas assez libre. Ils avaient si peu de temps devant eux. Elle aurait souhaité qu'il soit là, près d'elle, du matin au soir. Chaque moment passé loin l'un de l'autre était un moment perdu. Elle se mit au piano et laissa courir ses doigts sur les touches d'ivoire.

Mary et Rosie étaient allées au lit tôt ce soir-là. Rosie lisait un roman d'Emily Brontë, *Wuthering Heights*. Elle se lassa vite de sa lecture pourtant captivante et éteignit la lumière.

Dans son sommeil, elle rêvait que quelqu'un sifflait tout en lançant des cailloux dans les carreaux de ses fenêtres. Elle se réveilla en sursaut pour constater que le vent mugissait avec colère et que des grêlons gros comme des billes martelaient les vitres. Toute blanche dans sa longue robe de nuit, Mary poussa la porte de sa chambre. Une natte généreuse tombait sur sa poitrine.

Rosie ne voyait pas souvent sa mère dans cette tenue. Elle en fut remuée.

– Rose, je ne sais pas, tout ce tintamarre me met les nerfs à vif. C'est plus palpable à la campagne qu'à la ville. Est-ce que je peux partager ton lit?

– Bien sûr maman. T'en souviens-tu quand c'était moi qui venais dans le tien? Ça fait si longtemps. Viens, nous serons bien.

La grêle diminua d'intensité rapidement. Le vent, lui, ne désarma pas avant les petites heures du matin. Le jour suivant, le temps avait fraîchi, le front froid était passé. La voûte céleste, lavée de ses nuages, laissait toute la place au soleil. L'air était cristallin et invitant. Les curistes en profitaient, les sentiers, les kiosques et les sources ne comptaient plus leurs visiteurs. L'hôtel était pratiquement désert.

Rosie était descendue dire quelques mots à Michael avant de sortir. Comme il était occupé avec un couple âgé, un homme qui se déplaçait avec une canne et une vieille dame toute menue et tremblotante, les mains couvertes de bagues de grande valeur, elle prit place dans une bergère et attendit. Ils étaient arrivés au milieu de l'orage et paraissaient fort nerveux. Michael les tranquillisait de son mieux.

– Cet hôtel est solide et les déchaînements de la nature ne se produisent que très rarement avec autant d'intensité. Je n'ai jamais vu la foudre frapper un arbre auparavant. Profitez de votre séjour parmi nous en toute quiétude. Voyez, les ouvriers achèvent de ramasser les débris.

Les vieillards sortirent en hochant la tête. Rosie s'approcha du comptoir.

– Les Wilson avaient besoin d'être rassurés. C'était une bien mauvaise arrivée, remarqua Michael.

La conversation à peine engagée, le cliquetis du télégraphe se fit entendre. Elle prit congé, son livre sous le bras.

Elle avait envie de s'isoler aujourd'hui. Elle remarqua une touffe de cèdres sur un petit monticule. On pouvait pénétrer à l'intérieur en écartant les branches. Quand des cèdres en groupe ont atteint leur plein développement, souvent ils laissent un espace au milieu d'eux. Cet endroit lui convenait. Une pierre plate au ras du sol lui servirait de siège et le tronc d'un arbre de dossier, peu confortable d'ailleurs. Les genoux relevés, elle y posa son roman et se mit à lire. Ce qui la touche dans cette histoire, c'est l'amour de Heathcliff et de Catherine. Pourtant, Catherine épousera le riche héritier, Edgar Linton. Elle s'arrête et son cœur se serre. Sera-t-elle celle qui abandonnera son amour, qui le monnayera vilement? Elle pense à Patrick. Ce qu'elle éprouve pour lui est insipide. Sa conscience murmure : « Et ton père ? » Là, le dilemme se complique. C'est assez pour aujourd'hui. Elle rentre lentement, perdue dans ses pensées.

Dans le hall, une effervescence indescriptible règne. Le couple Wilson, accompagné de madame Stewart qui vocifère, accablent le pauvre Michael et réclament le gérant. Celui-ci, d'ailleurs, a entendu les hauts cris depuis son bureau. Il vient s'enquérir des raisons de cette turbulence. Il n'a jamais été témoin d'une telle scène.

– J'ai été volée, lance madame Wilson. Un bijou d'une grande valeur.

– J'ai tout vu, renchérit madame Stewart.

Le gérant a envie de lui demander pourquoi elle n'a pas agi, si tel est le cas. Il se retient poliment.

– Si on ne peut pas se fier au personnel d'un établissement comme le vôtre, nous avertirons nos amis de se méfier.

Monsieur Kenly n'aime pas la tournure que prend l'événement. Il invite les trois personnes concernées à son bureau. Michael est livide.

Si Rosie s'occupe de l'envoi et de la réception des télégrammes, beaucoup de clients font appel aux nombreux chasseurs. Ils sont jeunes, viennent d'Ottawa et de Montréal pour la plupart, quelques-uns de la région, à condition de maîtriser l'anglais et d'être polis.

– Monsieur Keough, vous êtes blanc comme un drap. Voulez-vous un verre d'eau?

– S'il vous plaît.

– Que se passe-t-il? Est-ce exact qu'il y ait eu un vol?

– C'est ce que prétend cette femme. Mais le plus grave, c'est que madame Stewart accuse Robert Lavoie. C'est un garçon des environs, d'une famille honnête. J'ai beaucoup de peine à croire que Robert soit coupable. Vous savez, les châtiments peuvent être terribles. Nous habitons non loin du Palais de justice, de plus, quand je ne travaille pas ici, je suis le premier clerc du juge Olivier[3] à L'Orignal.

Dans son bureau, monsieur Kenly avait remis de l'ordre.

– Une personne à la fois, je vous en prie. Vous d'abord madame Wilson, puisque vous êtes la plaignante.

---

3. Louis-Adolphe Olivier fut le premier juge canadien-français à L'Orignal. Il est décédé en octobre 1889. Tous les détails le concernant sont donc fictifs.

– Avant de sortir avec mon mari, j'ai déposé ma broche en diamants sur le bureau, je crois. À mon retour, elle n'y était plus. Nous avons cherché partout et nous ne l'avons pas trouvée.

– Votre porte était barrée?

– Je ne me rappelle pas l'avoir verrouillée. Je ne suis pas certain, répondit monsieur Wilson. Mais cela n'autorise personne à entrer dans notre chambre. Or, à notre retour, un télégramme était appuyé contre le pied de la lampe, bien en vue.

– J'ai entendu du bruit dans le couloir, j'ai entrebâillé ma porte et j'ai vu le chasseur Robert Lavoie qui entrait, affirme madame Stewart avec force.

– D'après vous, quelqu'un d'autre a-t-il pu pénétrer dans cette pièce, durant l'absence de monsieur et madame?

– Je suis restée tout le temps chez moi et c'est la seule personne que j'ai vue.

On envoya quérir le jeune chasseur, un garçon d'à peine seize ans. En entrant dans le bureau de son patron, il pensa immédiatement au télégramme. Il se dit qu'il avait eu tort de le laisser dans la chambre vacante.

– Es-tu allé porter quelque chose chez monsieur Wilson cet après-midi?

– Oui monsieur. Je me suis rendu à la chambre 222. J'ai frappé à trois reprises. Je n'ai pas obtenu de réponse. J'ai tourné la poignée de la porte et celle-ci s'est ouverte. Alors, je suis entré et j'ai posé le télégramme. Je suis sorti tout de suite, répondit le garçon d'une voix où perçait une pointe d'anxiété.

– Ce n'est pas vrai. Il est resté longtemps à l'intérieur, proclama madame Stewart avec l'assurance de la certitude.

– Pardon madame, mais pourquoi me serais-je attardé. Mon travail était accompli et je suis reparti immédiatement.

– Tu as pris ton temps afin de nous voler, glapit Elisabeth Wilson. Voilà la raison.

Le garçon avait chancelé sous l'affront de l'accusation.

– Je ne suis qu'un chasseur, mais je ne suis pas un voleur!

– Et ma broche en diamants, elle s'est envolée toute seule peut-être?

– Que ferais-je d'une telle broche?

– Suffit! tonna monsieur Kenley. Si vous voulez bien, signez-moi une déclaration écrite pendant que je fais fouiller le jeune chasseur. Ensuite, j'enverrai chercher le shérif à L'Orignal.

À ces mots, le petit Lavoie s'effondra. Il se mit à pleurer.

– Pitié, monsieur Kenley. Je n'ai rien dérobé, je vous le jure sur la Bible, si vous voulez.

– Je n'ai pas le choix. Je vais faire mon possible pour éclaircir l'affaire, puisqu'on n'a rien trouvé sur toi, lui dit le gérant d'un air navré.

– Mettez-vous notre parole en doute? Ce petit va-nu-pieds sent la racaille, vitupéra madame Stewart.

– Nous avons des soupçons suffisants madame, cependant pas de preuves. Vous serez dédommagés messieurs-dames. Pour l'instant, laissons la justice suivre son cours.

Dans un coin, le jeune garçon sanglotait. Il connaissait la sinistre réputation de la prison de L'Orignal. Il pensa à sa mère, si fière de lui. Ses larmes redoublèrent.

Il partit les menottes aux poings, entre chien et loup. La voiture du shérif passa sous l'arche de l'entrée et disparut, happée par la forêt.

Le jeune Lavoie était terrorisé. Il suffoquait. Il se souvenait d'un homme qu'il avait vu, lorsqu'il était petit, fouetté devant la prison. La scène était horrible. Les cris du malheureux résonnaient encore dans sa tête. À la vue du sang qui giclait, il avait failli s'évanouir et ses parents avaient quitté les lieux, le soustrayant à un spectacle insupportable. Tout ça pour un vol. Si on allait lui infliger le même sort? Il se mit à vomir.

Quand le shérif ouvrit le fourgon, le petit lui fit pitié. Surtout, il ne savait pourquoi, il doutait de sa culpabilité. Un bijou de grande valeur, ça ne passe pas inaperçu dans un endroit comme L'Orignal. Comment en tirer profit? Non, quelque chose clochait dans cette histoire.

Robert n'était plus qu'une masse informe, recroquevillée en boule, sentant les vomissures à plein nez. Il trébucha pour descendre et atterrit durement sur le sol.

– Monsieur, est-ce possible de prévenir mon père? Peut-être qu'il pourra faire quelque chose pour m'aider.

– J'y verrai au plus vite. Compte sur moi.

Il entra dans le lourd bâtiment de pierre qui datait de 1825. Si, de l'extérieur, le Palais de justice et la prison n'étaient pas rébarbatifs, il en était tout autrement à l'intérieur. Celle-ci était déjà vétuste. Des rangées de portes munies de barreaux de métal s'alignaient dans un couloir sombre et étroit. Un grincement se fit entendre. On le débarrassa de ses menottes, puis le gardien le poussa sans rudesse et la lourde porte se referma sur lui. La clef glissa dans la serrure avec un bruit de ferraille. Hébété, Robert contempla le réduit dans lequel on l'avait placé. Deux murs à moins de quatre pieds de distance l'un de l'autre, une couche en ciment couverte d'une mince paillasse, une couverture grise et, dans une ouverture sous le lit, un seau émaillé très écorché pour faire ses besoins. À peine l'espace suffisant pour se tourner. Certes, il venait d'une famille pauvre, cependant l'odeur de la bonne soupe que sa mère préparait, du pain de ménage encore chaud qui embaumait la cuisine lui fit monter les larmes aux yeux. Il sentit de violentes crampes au ventre, des spasmes dans l'estomac et se remit à restituer. Sa mère... il la revoyait quand il avait enfilé son bel uniforme du *Grand Hotel*. Elle l'avait trouvé si beau. Ses parents en mourraient de chagrin si on le trouvait coupable. Ils avaient des principes et de la fierté dans la famille Lavoie. Ils ne pourraient jamais croire une histoire aussi injuste. Néanmoins, il savait qu'il existait de méchantes gens, toujours prompts à pointer un doigt accusateur, surtout s'ils étaient animés par la jalousie. Il se blottit, fiévreux, sur son grabat et attendit son père toute la nuit. En vain.

Le shérif avait pourtant fait vite. La ferme Lavoie se trouvait à plus de trois milles de L'Orignal, si bien qu'il était passé neuf heures quand il l'atteignit. Dieu! qu'il se sentait mal à l'aise de venir annoncer une pareille nouvelle. Quand il frappa, la famille se préparait à aller au lit. Arsène Lavoie vint à la fenêtre, la lampe à l'huile à la main. Quand il aperçut le shérif, il sut qu'un événement grave s'était produit. Il ouvrit, angoissé. Sa femme, et ses deux aînés, un garçon et une fille, s'étaient levés en même temps. Les autres enfants étaient déjà couchés.

– Écoutez-moi. Je suis désolé. Cette histoire n'est pas claire. Votre fils Robert est en prison.

À ces mots, Coralie Lavoie laissa échapper un cri étouffé et s'affala lourdement sur une chaise.

– Il a été accusé du vol d'une broche en diamants par une riche cliente de l'hôtel. Il jure qu'il n'a rien pris.

Le gérant l'a fait fouiller, sans résultat. Une certaine dame Stewart prétend qu'elle l'a vu entrer dans la chambre et s'y attarder. Il est effectivement allé porter un télégramme et personne ne sait réellement ce qui s'est passé. Votre fils voudrait vous voir, monsieur Lavoie.

– J'y vais tout de suite. Mon pauvre Robert!

– Inutile de venir ce soir. On ne vous laissera pas entrer. Venez plutôt demain matin. Je m'arrangerai pour que vous le voyiez. Il lui faudrait un avocat.

Monsieur Lavoie baissa la tête, accablé.

– On n'a pas d'argent.

Une larme lourde comme un caillou glissa le long de sa joue.

– Le jeune Keough qui travaille pour monsieur le juge, il doit en connaître des avocats, lui. Il pourrait peut-être donner un coup de main à Robert suggéra Alcide, le plus vieux des garçons. On allait à la petite école ensemble. On s'entendait bien.

– On verra ça demain, trancha le shérif.

Il prit le chemin du retour, le cœur gros. Parfois son métier n'était pas facile. En vieillissant, il avait développé un sixième sens qui le trompait rarement. Il reconnaissait pratiquement toujours avec justesse les coupables et les innocents. Il savait aussi, par ailleurs, la puissance de l'argent.

Le lendemain, monsieur Lavoie fut introduit dans l'aile des prisonniers. Une senteur nauséabonde le prit à la gorge. Ici et là des mains sales se crispaient sur les barreaux métalliques. Des yeux vitreux émergeaient de l'ombre ambiante, comme ceux des chouettes, la nuit. Le gardien lui désigna une cellule en lui disant sévèrement :

– Dix minutes, pas plus. N'oubliez pas que c'est un grand privilège que l'on vous accorde.

Arsène Lavoie tournait sa casquette râpeuse dans ses grosses mains habituées aux durs travaux.

– Papa, papa, vous êtes là. Je n'ai pas voulu vous faire honte. J'ai rien pris, je le jure sur la tête de la Vierge Marie. Vous me croyez n'est-ce pas?

Arsène avait peine à reconnaître son fils dans ce garçon hirsute qui empestait une odeur infâme. « Mon Dieu! aidez-nous, murmura-t-il tout bas. »

– Oui, je sais que tu n'es pas un voleur.

– J'ai peur. Ici, il y a une cour secrète, où on pend des hommes. J'ai trop peur. Il ne faut pas que je reste ici.

– Raconte-moi ce qui s'est passé.

– J'ai été imprudent. Je suis entré dans une chambre vide, déposer un télégramme. L'occupante d'en face dit que je suis resté longtemps, ce qui est faux. Et une broche a disparu. Je vais sûrement être accusé. Il faut faire quelque chose.

– Pourquoi elle dit ça, cette dame?

– Je crois qu'elle méprise les serviteurs et encore plus s'ils ont un nom français. Je ne sais pas, peut-être qu'elle est tout simplement méchante.

– Le shérif Butler dit qu'il te faudrait un avocat. Mais on ne peut pas le payer. Je vais voir ce que je peux faire.

– Maman, comment est maman?

– Toute la famille est bien affligée. Ta mère, elle prie et elle pleure. Tout le monde à la maison sait que tu es innocent. Il faudrait que tu te changes. Je vais t'envoyer des vêtements propres. Sois courageux, nous ne t'abandonnons pas.

– C'est terminé monsieur Lavoie. Il faut partir.

– Ça passe vite dix minutes, remarqua Arsène douloureusement.

Robert s'était mis à trembler. Il était près de l'évanouissement.

– Embrasse maman pour moi.

Il vit son père disparaître et la porte massive claqua comme le marteau d'un juge.

Le shérif Butler, que cette affaire tracassait, attendait le fermier à sa sortie de la prison.

– L'idée d'Alcide n'était pas mauvaise. Écrivez à Michael Keough et envoyez porter la lettre au bureau de poste. Peut-être qu'il connaît un avocat qui accepterait d'être payé en nature : bois de chauffage, bœuf, produits de la terre. Il n'y a rien à perdre.

– Je sais pas écrire, fit Arsène humilié en baissant les yeux. Juste signer mon nom.

– Alcide sait lui. Ça fera quand même. La demoiselle qui tient le magasin et garde la maison de madame Keough pourrait porter le message sans attirer l'attention. Ma femme peut lui en parler. Il faut que vous protégiez Robert. Pendant ce temps, moi, je vais enquêter. Comptez sur moi pour éclaircir le mystère. S'il le faut, je demanderai du renfort.

À l'hôtel, la nouvelle de l'événement s'était répandue comme une traînée de poudre. Les opinions étaient partagées quant à la culpabilité du jeune homme. À dire vrai, la majorité croyait au larcin. Madame Stewart y était pour beaucoup.

Michael avait peu dormi. C'était un des siens qui était accusé. Ils étaient si peu nombreux les employés du *Grand Hotel* qui venaient de la région. Allait-on salir leur réputation avec cette affaire? Il y avait aussi cette dame qui prétendait être un témoin important alors que dans les faits, elle n'avait rien vu du tout. Il se prit d'une violente colère à son endroit. Il se souvenait aussi de madame Lavoie qui fréquentait parfois la boutique de sa mère. Elle achetait du tissu bon marché et de la laine dépareillée que sa mère soldait à bas prix. Elle était toujours d'une propreté impeccable et payait rubis sur l'ongle. Il avait connu Alcide à l'école primaire et s'était souvent amusé avec lui. Puis, qui achèterait une épinglette de ce prix à un garçon de seize ans à L'Orignal ou à Hawkesbury? Non, cette histoire ne tenait pas la route.

Le samedi soir, il arrivait fréquemment qu'il y ait bal au *Grand Hotel*. Depuis le *Dominion Day,* Rosie n'y était pas retournée. Ce vendredi, alors qu'elle se levait de table, après le petit déjeuner, elle vit Edward se diriger vers elle, son plus beau sourire aux lèvres.

— Ma cure est déjà avancée et je me sens comme un homme neuf. Aussi, ai-je le bonheur de vous inviter au bal demain soir. Nos mères pourront fraterniser à leur aise.

Rose fut d'abord prise au dépourvu. Elle se ressaisit rapidement et rétorqua :

— Étant donné les événements d'hier, je ne me sens pas le cœur à la fête. Je ferais une piètre cavalière. Je vous prie donc de m'excuser.

Elle sentit le mécontentement chez son vis-à-vis.

— Pourquoi vous en faire pour un garçon sans importance? Ces gens ne nous concernent pas.

— Moi, si. Je pense à son désespoir. Il est si jeune. Pour tout vous dire, je ne le crois pas coupable.

Edward fit une moue désapprobatrice pour masquer sa déception.

— Mademoiselle préfère sans doute la compagnie de quelqu'un d'autre à la mienne.

Rosie sentit un danger, une menace, dans ces dernières paroles.

– Je ne sais pas de quoi vous voulez parler.

– J'ai deux yeux pour voir.

Le ton devenait acerbe. Rosie répliqua du tac au tac :

– Comme votre mère!

Elle regretta tout de suite ces trois petits mots. Edward tourna les talons, furieux. Rosie venait de se faire un ennemi. Elle resta là, désemparée.

Peu après une heure, Madeleine, la cousine d'Ida, arriva de L'Orignal à bride abattue, porteuse d'une missive. Elle attacha prestement son cheval et pénétra dans le hall du bureau de poste avec précipitation.

– Bonjour Ida. Je viens de la part de la famille Lavoie. Ils sont tellement découragés. Ce sont des gens sans le sou. Ils ne savent pas quoi faire. Ils envoient cette lettre à Michael parce qu'il connaît des avocats. Est-ce que tu crois qu'ils me laisseront entrer à l'hôtel?

– Bien certain. Si tu te recoiffes un peu. Puis, mets ce beau chapeau et ces gants, tu seras parfaite. Cependant, pour être franche avec toi, je ne sais pas exactement si Michael peut leur être d'un certain secours. C'est lui qui pourra te le dire.

Michael relisait la lettre pour la troisième fois. Il avait renvoyé Madeleine chez sa mère, pour se donner le temps de réfléchir. Il y avait bien ce nouvel avocat fraîchement diplômé qui semblait complètement fauché. Ils étaient jeunes tous les deux, ce qui les rapprochait. Il venait d'un milieu humble et la route avait été rude avant d'atteindre le but. Ce n'est cependant pas avec une cause pareille qu'il mettrait du beurre sur son pain. Michael était perplexe. Il était prêt à payer de sa poche si nécessaire, mais jusqu'où? Il en parlerait avec sa mère après son travail. Il essaierait de finir plus tôt.

L'après-midi s'étirait lamentablement, les aiguilles semblaient figées sur la grande horloge quand, à l'improviste, Michael entendit la voix de monsieur Kenley qui se tenait droit devant lui.

– Monsieur Keough, mettez le télégraphe en attente et venez immédiatement à mon bureau. Extrême urgence. J'ai envoyé quérir un remplaçant.

Intrigué, un peu inquiet, Michael obtempéra. À peine la porte refermée sur les deux hommes, monsieur Kenley explosa :

– Cette maudite broche de malheur appartenant à madame Wilson, ils l'ont retrouvée. Vous ne devinerez jamais où ? Entre deux piles de châles et de mouchoirs, dans le tiroir de la commode. Facile hein, d'accuser un des employés de l'hôtel ! Et cette madame Steward qui prétendait avoir tout vu. C'est une cliente difficile. Mais enfin, tout est bien qui finit bien. Voulez-vous être mon messager auprès du shérif Butler afin de faire libérer ce pauvre garçon qui doit se ronger les sangs en prison. Voici une dépêche signée de la main de madame Wilson. Dites-lui que sa place l'attend aussitôt qu'il voudra revenir. Je l'affecterai à un autre étage. J'ai fait atteler un bon cheval. Empressez-vous de partir.

– Monsieur, je suis bien content de ce dénouement. Je connais la famille Lavoie. Ce sont des gens honnêtes. Je cours porter la bonne nouvelle.

Il s'arrêta près de la poste afin d'avertir sa mère et la cousine Madeleine. Il entra en coup de vent. Ida plaçait du courrier dans les casiers.

– Ils ont retrouvé le bijou. Robert Lavoie est innocent. Je dois avertir monsieur Butler au plus vite afin que Robert soit libéré.

– Explique-moi, s'exclama Ida.

Elle ne reçut pas de réponse. Seules les roues de la voiture répondirent. À L'Orignal, Robert n'avait rien avalé depuis son arrestation. Il restait prostré au fond de son cagibi. Pendant de longues minutes, il répétait comme s'il s'agissait d'une incantation : « Je n'ai pas volé, je n'ai pas volé. » Il sentait sa raison vaciller. Les autres pensionnaires ne l'avaient pas incommodé. Il était une ombre au fond d'un trou noir.

Quand il vit le shérif devant sa grille, il ne bougea pas davantage.

– Robert, tu es libre, tu peux partir. Ils ont retrouvé l'épinglette égarée dans une pile de linge.

Alors il sursauta :

– Sainte Vierge Marie, merci. C'est vrai, je peux retourner chez nous ?

– Oui mon gars. C'est une dure épreuve que tu viens de traverser. Tâche d'oublier ce cauchemar.

Monsieur Butler lui donna une tape sur l'épaule.

– Va, monsieur Keough t'attend dehors. Bonne chance, mon jeune.

Il sortit en courant, mais l'éclat du jour joint à son jeûne le fit vaciller. Enfin, le ciel bleu, l'air pur, la verdure. Il respira à pleins poumons. Ça ne faisait pas tout à fait vingt-quatre heures qu'il était prisonnier. Comment survivaient ceux qui y passaient vingt-cinq ans ?

Quand le cheval tourna dans le chemin qui conduisait à la demeure d'Arsène Lavoie, les yeux de Robert pétillèrent de bonheur. Assise sur les marches de l'escalier sa mère était aussi immobile qu'une statue. En apercevant son fils, elle lança un cri :

– Robert !

Elle le serra fort dans ses bras.

– Monsieur Keough a réussi à te faire sortir?

– Ils ont retrouvé leurs diamants bêtement perdus. Il n'y a plus d'accusation. C'est fini maman.

Sans doute sous l'effet des nerfs, il se mit à sangloter. Les enfants l'entouraient.

– Pleure pas Robert. Y'a plus de danger. On est là. Célina, va chercher ton père et les autres dans le champ. Aujourd'hui, on ne travaille plus. On fête. Descendez, monsieur Keough. Venez célébrer avec nous autres.

– J'apprécie votre invitation. Je partage votre joie. Je n'ai jamais douté de Robert. Je dois cependant retourner à l'hôtel. N'oublie pas Robert, ton emploi t'attend toujours. Penses-y!

– Je ne sais pas. Il faut que je réfléchisse. Merci pour tout.

Au *Grand Hotel*, Rosie, troublée par son escarmouche avec Edward, s'était réfugiée dans sa chambre. Sa mère était à sa cure. Les Stewart étaient des gens malfaisants. Il fallait s'en méfier. Elle pensa à sa relation avec Michael. Elle devrait redoubler de prudence. Elle savait que Mary avait des doutes, mais elle ne voulait pas que ces gens salissent ce qu'il y avait de plus beau dans sa vie.

Pour dîner, elle s'était fait servir un en-cas dans sa chambre. Mary avait promis à ses partenaires de bridge de prendre le repas avec eux. La jeune fille était restée seule et s'était assoupie dans son fauteuil. Elle avait été réveillée par un cauchemar. « Allons secoue-toi les puces, ma fille. Ce n'est pas ce freluquet qui va te gâcher un si beau jour. »

Elle descendit, une broderie à la main et nota avec étonnement que Michael n'était pas à la réception. Elle vit qu'il y avait de l'effervescence du côté du bureau de poste. Cela piqua sa curiosité. De la grande berceuse où elle s'était installée, elle vit le jeune homme partir à bord d'une voiture de l'hôtel. « Curieux » pensa-t-elle.

Quelques heures plus tard, des chuchotements se mirent à circuler. Puis les murmures s'enflèrent. La rumeur commença à se répandre, selon laquelle madame Wilson avait tout simplement fait tomber, par mégarde, ses précieux diamants dans le tiroir de sa commode.

Certains prenaient ça comme une farce qui venait les distraire, d'autres s'indignaient du sort réservé au pauvre chasseur si aimable, si poli. Un homme à l'air moqueur dit à haute voix :

– Et madame Stewart qui avait tout vu. J'ai tout de suite pensé qu'elle avait un don pour discerner les gestes à travers les murs.

Un rire étouffé courut le long de la galerie. Au souper ce fut le principal sujet de conversation.

Le samedi, Michael avait repris son poste. Il fut entendu que Rosie et lui se retrouveraient dans leur havre habituel. La lune gardait encore ses rondeurs. Un halo brumeux l'entourait d'une enveloppe ouatée.

Rose avait accéléré le pas. Les ailes de son châle voletaient dans l'air du soir. Michael la compara à un elfe. Un peu essoufflée, elle entra dans la gloriette. Les battements de son cœur faisaient frémir le tissu léger de sa robe, soulignant le galbe parfait de sa poitrine. Le garçon sentit un trouble charnel l'envahir. Il s'avança vers elle et, instinctivement, il l'attira vers lui. Leurs souffles se mêlaient. Il l'embrassa délicatement et, domptant son désir croissant, il l'écarta doucement. Elle caressa sa chevelure soyeuse d'un geste attendrissant. Ils parlèrent de Robert Lavoie. Elle lui raconta les assiduités dont Edward l'affligeait.

– Je crois que je l'ai vexé. Je n'aurais pas dû, mais il m'énerve.

Tout en jasant, ils avaient glissé leurs mains l'une dans l'autre. Leur intérêt se portait surtout sur le souper et la soirée musicale du mercredi suivant qui avaient bien failli être annulés suite aux derniers événements.

– Imaginez-vous Rosie, nous serons en famille. N'est-ce pas merveilleux?

– Vous oubliez les musiciens.

– Non. Ils donnent un concert ailleurs ce soir-là. Ils ne seront pas dans la maison. Nous danserons, hein ma Rose? Je rêve parfois que je vous emmène dans un grand bal. Vous êtes ma princesse et moi votre prince. Hélas! quand les douze coups de minuit sonnent, c'est moi qui me transforme en citrouille, et non le carrosse.

Ils rirent de l'image grotesque que cette phrase évoquait, cependant qu'au fond d'eux-mêmes une tristesse demeurait.

Michael reprit :

– Voulez-vous me faire plaisir? Portez la robe et la coiffure qui vous rendaient encore plus belle le soir du *Dominion Day.*

– Vous ne croyez pas que votre mère sera gênée par une tenue aussi élaborée? Je ne veux surtout pas qu'elle soit mal à l'aise, qu'elle me prenne pour une snob.

– Je lui expliquerai. J'étais tourmenté ce soir-là de ne pas pouvoir rivaliser avec tous ces hommes qui tournaient autour de vous. Vous étiez sans contredit la reine du bal.

– Chut! murmura Rosie, j'entends un bruit infime et j'ai cru distinguer une silhouette. Oui! là. Vite, cachez-vous derrière le banc. Vos habits sombres se perdront dans l'obscurité. Ce doit être Edward. Je vais aller à sa rencontre, mine de rien. Ne bougez surtout pas.

Elle sortit nonchalamment du kiosque et marcha sans hâte vers la mince silhouette que les rayons de la lune allongeaient encore.

– Bonsoir, monsieur Stewart.

– Tiens, mademoiselle O'Brien. Que faites-vous par ici à une heure aussi tardive ? Il me semble avoir entendu parler.

Rosie pensa vite.

– Oh ! la voûte céleste, les étoiles, l'astre de la nuit m'inspirent parfois des vers de quatre sous. J'étais en train d'en réciter à haute voix. Je me croyais seule.

– Vous êtes certaine qu'il n'y a personne autour ? Ce n'est pas prudent pour une jeune fille d'être dehors seule à dix heures passées.

– Je vous sais gré de votre sollicitude. J'aime bien jouir d'un peu de liberté dans un endroit tranquille comme celui-ci. D'ailleurs, regardez la belle rencontre que j'ai faite.

Elle ne pensait pas un mot de ce qu'elle disait à son sujet. Elle avait envie de le giffler. L'important était de détourner son attention et de revenir à destination en sa compagnie.

– Si vous vous inquiétez pour moi, regagnons l'hôtel ensemble.

Il hésita un instant, flairant un piège. Puis, trop content de l'occasion qui s'offrait à lui, il accepta.

« Ouf ! » songea Rosie. « Il n'a rien découvert. S'il pouvait finir sa cure et débarrasser le plancher ! » Elle affichait néanmoins un visage lisse, exempt de tout soucis. Il lui répugnait de rentrer à l'hôtel en compagnie d'Edward et elle cherchait un moyen d'éviter cet embarras. « Si je décide de m'asseoir sur la galerie, il en fera autant et je serai embarrassée de sa présence encore plus longtemps. »

Soudain, un détail la frappa. Il ne portait pas d'habit de cérémonie.

— Vous n'êtes pas allé au bal?

— Non. Finalement, j'avais une autre occupation plus importante.

La lumière déchira le voile. Rosie comprit qu'il la surveillait. Il n'avait pas assisté à la soirée dansante dans l'espoir de la surprendre en compagnie de Michael. Il était jaloux, il avait découvert leur lieu de rendez-vous et se proposait de les confondre. Peut-être qu'il avait eu l'intention de la faire chanter ou, plus probablement, de rapporter au patron de Michael que celui-ci entretenait une relation clandestine avec une bourgeoise de l'établissement. Non, elle ne délirait pas, elle en était certaine. Une grande indignation s'empara d'elle. Il fallait qu'elle se maîtrise. Edward n'avait pas à mettre son nez dans ses affaires. Mais comment l'en empêcher? Elle se préoccupait plus de Michael que d'elle-même. Rosie décida que, pour l'instant, elle jouerait la comédie. Elle entra dans le hall avec Edward puis s'excusa et s'engouffra dans le grand escalier à la rampe sculptée.

— Attendez mademoiselle, nous pourrions prolonger la veillée dans le solarium.

— Non merci, je suis fatiguée. Cette promenade fut très agréable.

Elle grimpait maintenant les marches au pas de course et n'entendit pas Edward qui lui disait : «À demain. »

Rosie regagna l'étage très troublée. Elle raconta à sa mère que le fils Stewart l'espionnait. Elle ne parla pas de la présence de Michael dans la gloriette.

— J'ai pris la résolution d'être gentille avec ce garçon jusqu'à son départ, question de le neutraliser. Je vais jouer double jeu. Mais je le déteste, je le hais fit-elle en tapant du pied.

– Voyons Rosie, tu n'as pas l'habitude d'être aussi excessive. Tu ne me caches rien, par hasard?

Alors la jeune fille éclata :

– D'accord, j'étais avec Michael. C'est presque le seul moment que nous avons pour discuter. Il est de mon âge et il est intéressant. Nous ne faisons rien de mal. D'ailleurs, nous sommes en plein air et n'importe qui peut passer. Ce qui m'énerve c'est qu'Edward m'épie et nous savons toutes les deux de quoi ces gens sont capables.

– Tu penses que ton père approuverait?

– Je ne sais pas. De toute façon il n'est pas là. Maman, ne trahis pas ma confiance.

Mary soupira.

– Patrick dans tout ça?

– J'attends une lettre de lui en début de semaine. Tout est bien comme ça.

– Si tu le dis! N'oublie pas que tu es fiancée, Rose.

– J'y pense maman, crois-moi, j'y pense beaucoup.

Elle regagna sa chambre, se coucha frissonnante, tira l'édredon sous son menton, malgré la douceur de la nuit. Des images fugaces dansaient la farandole dans sa tête. Quelques heures plus tard, elle se réveilla toute trempée, les mèches serpentines de ses cheveux collées sur sa figure et ses épaules. Elle entendait encore la voix d'Edward qui hurlait en grimaçant :

– Je l'ai trouvée la garce. Regardez ce ver de terre qui prétend la courtiser.

Beaucoup de gens autour d'elle riaient. Puis, Michael, frappé par une branche, se dissolvait peu à peu dans une nuée blanche et disparaissait, traînant sa douleur.

Dans son rêve elle avait crié un «non» horrifié que l'écho avait répété avec malice. C'était ce cri qui l'avait sortie du cauchemar. Elle se leva et but un peu d'eau fraîche. Le lendemain matin Mary la trouva un peu fiévreuse.

– Ne viens pas à la messe. Repose-toi, tu as petite mine. Il m'a semblé t'entendre parler dans ton sommeil.

– C'est rendu qu'Edward me poursuit jusque dans mes songes!

– Voyons Rosie, ces gens vont bientôt partir et nous ne les reverrons jamais. Cesse de te faire du mauvais sang à leur sujet.

Après l'escarmouche de la veille, que Rosie avait affrontée seule, Michael avait regagné son logis le cœur gros. Il était peu fier de lui. Il s'était caché comme un lapin. Avait-il eu le choix? Pas vraiment. Il se trouvait quantités de demoiselles pour lui faire les yeux doux. Pourquoi s'être entiché de cette beauté richissime, de cette inaccessible étoile? Son argent n'entrait pas en ligne de compte pour lui. C'était elle qu'il aimait. L'amour. L'amour, c'est le seul mot qui ne s'explique pas. Ses yeux d'améthyste, son rire cristallin, son intelligence vive, sa voix mélodieuse l'habitaient constamment. Il avait trouvé sa moitié, sa complémentarité. Il n'envisageait pas la vie sans elle. Il ne voyait pas comment il pourrait obtenir sa main. Pour le commun des mortels, il n'était pas un pauvre. Il vivait dans une relative aisance, comparé à bien d'autres. Sa mère et lui habitaient une coquette maison habillée de fleurs, avec cour et jardin, à proximité du Palais de justice à L'Orignal. Il côtoyait le juge dont il était le premier clerc et l'ami aussi. Sa femme et lui n'avaient pas d'enfants et, depuis son jeune âge, il leur avait toujours rendu de menus services. Ceux-ci le traitaient avec affection.

Il gagnait de bons gages, aussi bien à l'hôtel que chez le magistrat. Il était plus instruit que la majorité de ses compatriotes francophones. Dans son milieu, il faisait partie de la petite bourgeoisie. Dans l'univers de monsieur O'Brien, il serait considéré comme un vulgaire serviteur, tout au plus un employé fiable. Pas le type à qui l'on donne sa fille en mariage. Il s'était mis au lit cherchant en vain une solution qui ne venait pas.

L'absence de Rosie à l'office dominical fut remarquée. Sur le parvis de la chapelle, Mary fut assaillie de questions :

– Mademoiselle Rosie n'est pas là? nasilla Edward.

– J'espère qu'elle n'est pas souffrante? interrogea Ida.

Michael ouvrit grandes ses oreilles. Il devait retourner à son poste au plus vite.

– Elle était un peu fiévreuse ce matin. Elle a fait des cauchemars cette nuit. Rien de grave j'en suis certaine.

« Maudit Edward », pensa Michael en allongeant le pas. Aussitôt remis au travail, il écrivit un message qu'il confia à un chasseur sous une enveloppe scellée.

Chère mademoiselle Rosie,

Je suis navré de votre indisposition. Je voudrais être à votre chevet et vous tenir la main. Ne soyez pas malade, ma petite fée. Cette imbécile aventure d'hier ne doit pas vous troubler à ce point. Songez à mercredi, ma douce amie, au bonheur qui sera nôtre en cette soirée tant attendue. Mon cœur est près de vous. Revenez-moi vite.

Votre tendre Michael

Rosie pressa le billet sur sa poitrine. Elle se sentit mieux. Une bonne lui servit un bouillon de poulet. Elle revêtit une robe très simple en popeline bleu azur. Devant la masse de ses cheveux, elle hésita. Elle renonça à les coiffer en chignon. Elle se tressa une longue natte qui frôlait la chute de ses reins et l'attacha avec un élastique et un ruban assorti à sa robe. Elle avait l'apparence d'une adolescente. Puis, elle descendit.

Michael lui trouva l'air pâlot. Elle lui glissa un billet dans la main. « Où pourrions-nous nous rencontrer désormais ? » Elle lui adressa un mince sourire et marcha lentement en direction du lac artificiel. Elle observa les gens qui faisaient du canotage, admira l'îlot en sa partie centrale où poussaient des fleurs sauvages. Une certaine paix l'envahit.

Le lendemain, elle se rendit au bureau de poste. Deux missives l'attendaient. Une lettre de Patrick que son père lui transmettait, et une de son amie Margaret Steven. Elle reconnut tout de suite la grande écriture de Daniel et celle toute menue de Margaret. Comme il y avait trois autres clients, elle n'eut pas le loisir de bavarder avec Ida. Elle se réfugia sur un banc à l'écart et entreprit sans émotion la lecture des pages envoyées par son fiancé. Il lui avait écrit de Genève, deux semaines auparavant. Elle apprécia la lettre comme un bon récit de voyage, sans plus. À la toute fin, il avait glissé « Je pense à vous souvent et vous espère heureuse. » Elle glissa les feuillets dans l'enveloppe. Puis elle prit connaissance de la seconde. Son amie lui racontait avec humour les potins de Montréal, ce qui la fit sourire. « Je vous envie d'être à la campagne où vous semblez vous plaire énormément. Quand vous reviendrez, vous me raconterez ce bel été enchanteur. »

Chère Margaret. Comme elle me manquera si je vais vivre à Boston. Ma mère aussi. Bien sûr, il est écrit dans l'Évangile « Tu quitteras ton père et ta mère... »

Pourquoi partir si loin? Elle vivrait dans une cage dorée. Elle servirait de faire-valoir à son mari, elle n'aimerait pas être derrière celui qui est le plus grand, celui qui occupe toute la scène. Elle habiterait un monde où le français n'aurait pas sa place. Alors, elle perdrait la moitié de ses racines. Ses enfants naîtraient Américains. Elle serait riche d'argent, le serait-elle d'amour, d'amitié, de bonheur? Elle en doutait fortement.

« Je n'ai pas envie d'être un pantin dont on tire les ficelles. Je sais que c'est le sort des femmes, mais moi j'ai ma personnalité, mes rêves et mes talents. Je suis autre chose qu'une poupée de luxe. Et puis, il y a mon amour qui est venu à moi comme si de tout temps il m'était destiné. »

En rentrant, elle faillit entrer en collision avec Edward, tellement elle était perdue dans ses pensées.

– De mauvaises nouvelles? interrogea-t-il, toujours curieux d'en connaître davantage.

– Non, non. Je songeais à mon père que je n'ai pas vu depuis longtemps.

Et elle passa son chemin.

Ida avait acheté deux gros morceaux de glace. Elle se préparait depuis trois jours. Les fraises des champs étaient tardives. Des fillettes des environs lui en avaient cueilli deux petits seaux, les dernières probablement. Ida en avait fait des tartes rebondies et bien dorées. La cousine de L'Orignal lui avait apporté de la crème fraîche et bien épaisse. Elle avait fabriqué des scones qu'elle offrirait avec une motte de beurre maison et du sirop d'érable du printemps. Pour l'entrée, elle servirait des œufs farcis sur un lit de laitue nouvellement éclose. Elle garnirait les assiettes d'une marguerite. Un potage léger, héritage de sa mère, suivrait. Des filets de porc braisés

à la sauce aux pommes tiendraient lieu de plat principal. Une grosse miche de pain de ménage compléterait
le tout.

Elle tenait de sa marraine une nappe de lin finement brodée. Elle y déposa la vaisselle en faïence, ornée
d'un motif bleu intense. Au centre, un curieux vase de
vitre cobalt, avec de minuscules pattes arrondies déborderait de boutons d'or, d'églantines, de marguerites, de
chicorée sauvage et de touches de cèdre, pour l'odeur.
Ida vérifia le tout et fut satisfaite du résultat.

Rosie, en se regardant dans la glace revit, à peu de
détails près, l'image de celle que Michael avait entrevue
le soir du bal. Elle avait suspendu à son cou une chaînette
ornée d'un mignon saphir oblong qui se logeait dans
l'échancrure de son décolleté. Elle trouvait cette tenue
trop élaborée, mais Michael y tenait. Tout pour lui faire
plaisir! Elle recouvrit sa tenue de bal d'une longue cape
et se rendit chez sa mère.

– Nous sortirons par une porte dérobée, afin de ne
pas attirer l'attention, déclara Rosie.

– Tes yeux brillent comme des escarboucles. Je ne
t'ai pas vue souvent aussi éclatante, remarqua Mary.

Elles réussirent à s'échapper de l'hôtel sans être
vues. Au plus rencontrèrent-elles deux messieurs goutteux qui lorgnèrent d'un regard concupiscent la beauté
qui passait. Quand elles atteignirent le bureau de poste,
Rosie retira sa cape et la confia à sa mère, afin de
ménager son effet.

Ida ouvrit la porte et resta bouche bée.

– Mademoiselle, vous êtes époustouflante!

Michael apparut, vêtu d'un complet sombre, agrémenté d'une veste à rayures ivoire. Ils se tendirent les
mains d'un geste spontané. Leurs regards parlaient si

fort qu'ils n'entendaient pas les paroles échangées par leurs mères. Ils auraient voulu se jeter dans les bras l'un de l'autre. « Un jour il faudra que ça change », se dit Rosie.

Michael regrettait le compte à rebours qui était commencé. Chaque seconde, chaque minute, le rapprochait de la fin de la soirée.

Le souper fut exquis. On bavarda à bâtons rompus. Il y avait une volonté évidente de faire plus ample connaissance. Rosie avait toujours été discrète sur certains aspects de sa vie. Elle évitait tout ce qui pouvait élever la barrière entre elle et son amour. Ce soir-là cependant, tout devenait plus facile. Michael était curieux de connaître davantage celle qui occupait ses pensées jour et nuit.

– Vous ne m'avez jamais beaucoup parlé de votre enfance. Pourquoi? Je veux tout savoir de vous.

– Oh! ce fut une enfance heureuse, toujours près de ma mère qui me racontait aussi bien les contes de Perrault que des histoires de Dickens. Je m'endormais sur les berceuses qu'elle me chantait. Mon père était souvent absent. Cependant il me rapportait de beaux cadeaux. J'ai fréquenté la Villa Maria, dirigée par les sœurs de la Congrégation. C'était une institution bilingue où on enseignait en français le matin et en anglais l'après-midi. On y apprenait les sciences, la musique et la couture. Les religieuses travaillent fort sur un projet fantastique : l'entrée des filles à l'Université. J'espère qu'elles réussiront. Voilà tout.

– Vous voyez, j'ai l'impression de mieux vous connaître et c'est merveilleux, s'exclama Michael.

Les tartes aux fraises des champs, nappées de crème fouettée qui s'élevait en pics neigeux firent sensation.

– Vrai, je n'en avais jamais mangé auparavant. Quel délice! complimenta Rosie.

Ida remercia en rougissant de plaisir.

– J'ai un vieux porto que je gardais depuis des années pour une occasion spéciale. Michael, ouvre-le.

Des coupes délicates, ornées de fleurettes reposaient sur un guéridon, prêtes à recevoir le précieux liquide. On passa au salon. La bonne apporta les verres qui brillaient de l'éclat du rubis.

On discuta musique. Mary se mit la première au piano où elle interpréta d'abord la polonaise héroïque de Chopin puis, de sa voix de cristal elle chanta l'Ave Maria de Schubert. Ensuite, ces dames se remplacèrent au piano. On chanta en chœur *Plaisir d'amour,* romance de Jean-Pierre Claris de Florian. Ida se tourna vers les airs irlandais : *My wild irish Rose* et le *Londonderry Air,* que le son plaintif de l'harmonica de Michael rendait poignants.

– Nous voulons danser, dirent les jeunes gens en même temps.

Alors les valses viennoises déferlèrent dans le grand salon. Quand Michael enlaça sa partenaire, un frisson parcourut les deux valseurs. Rosie plongeait un regard mouillé dans les yeux d'émeraude et de topaze de son amour.

– Je vous aime ma Rose. Je sais que tout nous sépare. Jamais je n'oublierai cet instant de bonheur pur.

– Vous savez, les roses meurent à peine écloses, Michael. Cueillez-moi, ce soir, rien d'autre n'existe que nous deux.

Dans la chaleur de leurs mains unies, de leurs bouches rapprochées, de l'étreinte plus accentuée que nécessaire, ils s'élancèrent, tellement magnifiques et fragiles. Michael était de taille moyenne, alors leurs lèvres si proches finirent par se toucher brièvement dans la pénombre. Ils voguaient par-delà la musique, leurs cœurs palpitant d'élans de tendresse. Ils baignaient dans un océan de bonheur.

Ils ne se lassaient pas de se toucher, de se regarder, de se perdre l'un dans l'autre. Qu'il aurait été doux de passer la nuit, serrés l'un contre l'autre. Hélas! les valses se turent. Se détacher était déchirant.

Alors Rosie se dirigea vers le piano et joua de toute son âme, la *valse de l'adieu* que Chopin composa pour Marie Wodzinska quand il apprit l'échec de leur projet de mariage. Cette œuvre fut publiée à titre posthume et il conserva toute sa vie les pétales de roses qu'elle lui avait alors donnés.

Michael connaissait cette histoire. Il y vit un mauvais présage. Rosie se leva, une petite larme au coin de la paupière.

– Moi, je n'accepterai pas l'adieu.

Sur ces paroles sibyllines, elle donna à regret le signal du départ.

Quand Rosie franchit la porte, Michael sentit un grand froid l'envahir. Son soleil s'était éteint. Il y a toujours un côté du mur à l'ombre. Il habitait cette face du mur et Rose était dans la partie lumineuse. Son amour sans bornes ne comblerait jamais le fossé social qui les séparait. Il était à peu près certain que la jeune fille était prête à abandonner son luxe pour lui. Cependant, ne le regretterait-elle pas un jour, ne lui en ferait-elle pas le reproche? Ses parents s'opposeraient à lui et Rosie était, non pas soumise, mais profondément attachée à eux, surtout à sa mère.

Ida demanda :

– Es-tu content mon garçon? Ce fut une soirée hors du commun. Je suis assez fière de moi.

Devant le mutisme de son fils, Ida insista. Celui-ci tressaillit, s'arracha à ses pensées moroses et répondit :

– Jamais je n'ai été aussi heureux que ce soir, grâce à toi maman. Néanmoins, je ne dois pas oublier qu'elle est une O'Brien qui habite le *Golden Square Mile.*

– Fais attention à toi, mon petit. Vous formez un bien beau couple. Il reste que j'ai peur que tu te fasses très mal dans cette histoire, lui dit tendrement Ida.

– Les heures de bonheur que l'on a connues, personne ne peut nous les dérober. Elles m'appartiennent et resteront à jamais gravées dans mon cœur. Bonsoir maman chérie, et merci pour tout.

Il lui déposa un baiser affectueux sur le front et monta à sa chambre.

Tout en marchant vers l'hôtel, Mary glissa à sa fille :

– Ces gens ont de la classe tout de même. Un repas à saveur champêtre, une soirée musicale remplie de plaisir. Michael et toi, un couple exceptionnel, et ça me fait peur. Quand tu le regardes, tu n'as pas les mêmes yeux qu'avec Patrick. Serais-tu en train de devenir amoureuse, Rosie ? Ton père ne le supporterait pas.

– Contentons-nous de l'instant qui passe. Voyez comme les étoiles étincellent dans le noir. Demain, elles seront invisibles dans la clarté du jour. Je suis une étoile filante. Qui peut dire où elle va ?

En attendant le départ des Stewart qui ne devait pas tarder, Michael et Rosie allaient se promener sous la longue pergola où les vignes grimpaient joyeusement. Ils partaient chacun de leur côté et faisaient semblant de se rencontrer. Ils devaient marcher à une distance convenable l'un de l'autre. Aucune intimité n'était permise, bien plus, si Rosie rencontrait une connaissance de l'hôtel, elle s'arrêtait poliment pour échanger quelques mots, pendant que Michael continuait, mine de rien. Donc, même si l'endroit était romantique à souhait et invitait aux confidences, les deux amoureux, loin d'en goûter le charme, regrettaient amèrement leur retraite violée par Edward. Rosie avait bien pensé à son coin secret dans les cèdres. Elle avait abandonné l'idée. C'était un bosquet trop isolé, sans éclairage, où l'on devait s'asseoir par terre. Elle avait craint que Michael ne lui attribue des intentions indignes de toute jeune fille bien élevée. En attendant, chacun rongeait son frein.

Ce soir-là, au souper, l'attention de Mary se porta sur un homme de haute stature, au port altier et d'une rare élégance. Son teint mat, ses yeux de jais, sa moustache finement relevée lui rappelaient vaguement quelqu'un. Soudain, leurs regards se croisèrent et l'homme déplia son grand corps pour marcher prestement vers elle.

– Eh bien! dis donc Marie, on ne reconnaît plus son vieil oncle?

– Oncle James, il y a si longtemps. Je cherchais à me remémorer. Je m'excuse.

– Ta, ta... présente-moi plutôt cette beauté qui t'accompagne. Ta fille, je suppose?

– Rose, ton grand-oncle James.

– Quel bonheur! La dernière fois c'était aux funérailles de grand-père, je crois.

– Rose, comme tu portes bien ton nom. Une véritable fleur éclose. Tu dois en briser des cœurs.

– Tant et aussi longtemps que je ne briserai pas le mien.

– Et de l'esprit avec ça! Je vous invite pour le porto dans la verrière après le repas. Je dirai à monsieur Kenley de sortir le meilleur. À tout à l'heure mes nièces.

Il reprit sa place à une allure montrant une souplesse surprenante pour un homme de son âge. Tous les convives avaient tourné la tête pour observer la scène. Ainsi, les dames O'Brien étaient des parentes du propriétaire de l'établissement.

Madame Stewart avait ressenti une violente jalousie face à cet état de choses. Heureusement, ils s'en allaient la semaine suivante. Edward, lui, était navré. Il avait tenté de résister à la volonté de fer de sa mère, sans succès.

Mary traversa la salle à manger au bras de son oncle. Ils s'installèrent dans le solarium en compagnie de Rosie. Le porto était vieilli à point et la conversation s'engagea aussi facilement que s'ils s'étaient quittés la veille.

– Vous n'avez pas l'air malade du tout. Vous êtes resplendissantes toutes les deux. Vous êtes venues pour l'agrément? C'est bien n'est ce pas?

– Oh! j'étais un peu mélancolique et lasse de la vie ultramondaine de Montréal. Je me souvenais que vous étiez associé à cet établissement et j'ai eu envie d'y venir. Daniel, mon mari, a pris des renseignements et nous sommes arrivées pour les fêtes du Dominion, répondit Mary.

– Moi, mon oncle, je me plais tellement ici, vous ne sauriez croire. C'est un ensemble merveilleux, renchérit Rosie.

– Vous savez, je me suis porté acquéreur de l'établissement thermal en 1874, avec le capitaine Bowie, pour une bouchée de pain. Le *Canada House* a passé au feu quelques années seulement après sa construction. C'était un terrible malheur. Le capitaine et moi nourrissions de grands projets pour Caledonia Springs. Nous étions visionnaires et un peu fous sans doute. En juin 1875, sur l'emplacement du défunt Canada House, le *Grand Hotel* a ouvert ses portes. Nous rêvions d'un chemin de fer reliant Caledonia Springs à L'Orignal. Malheureusement, ce projet ne s'est pas concrétisé. J'ai quand même pris des risques. J'ai englouti beaucoup d'argent dans cette aventure. Les curistes jouissent du confort moderne grâce au gaz pour l'éclairage. Le chauffage, lui, est alimenté à la vapeur. Ce sera mon monument quand je mourrai. Je laisserai une trace de mon passage sur terre. Nous sommes si peu de chose et notre argent, nous ne l'emporterons pas en paradis.

– Voilà une idée qui me plaît, mon oncle, renchérit Rosie. Le bonheur, c'est de réaliser ses rêves. C'est dommage que ce droit soit souvent refusé aux femmes, ne trouvez-vous pas?

– Euh! je n'avais jamais réfléchi sur le sujet. Il faudra que je le fasse. Il y a sûrement des femmes intelligentes après tout. Vous en êtes un exemple.

La conversation se poursuivit fort tard, et la bouteille de porto n'y était pas étrangère. Au grand soulagement de Rosie, miraculeusement, il ne fut pas question de ses fiançailles avec Patrick. On se promit de se revoir à Montréal, monsieur Gouin repartait le lendemain.

Quelques jours plus tard, alors que le temps était gris, Rosie furetait dans la bibliothèque. Elle hésitait avant de fixer son choix quand elle sentit une présence dans son dos. Elle se retourna d'un geste brusque et se trouva nez à nez avec Edward. Celui-ci déployait des efforts magistraux pour se ménager avant son départ un tête-à-tête avec celle qui habitait ses rêves.

– Mademoiselle O'Brien, je pars en début de semaine. Je voudrais avoir l'occasion de vous parler.

– N'est-ce pas ce que l'on fait en ce moment?

– Dans un endroit tranquille, je veux dire.

– Le kiosque en face de l'hôtel vous convient-il ? On ne peut guère s'éloigner. Étant donné les nuages bas qui courent le ventre gonflé, nous allons sûrement avoir de la pluie.

– Si nous y sommes seuls, ça va.

– Je n'ai pas beaucoup de temps. Une demi-heure tout au plus.

Il y avait peu de vacanciers à l'extérieur. Ils s'installèrent et Edward commença en bafouillant :

– Mademoiselle, j'ai été conquis par vos charmes. Vous savez, je viens d'une famille honorable et je suis l'unique héritier d'une fortune respectable. Je voudrais vous connaître davantage. Je suis chaviré par mon départ. Nous pourrions correspondre et, à l'occasion, je viendrais à Montréal vous rendre visite.

– Edward, je comprends vos sentiments mais, malheureusement, je ne les partage pas. Je crois qu'il est honnête de ne vous donner aucune illusion. Je me dois d'être franche avec vous.

La figure d'Edward se décomposa en un rictus de douleur et de colère qui lui donna un air chafouin.

– On sait bien, c'est le jeune Keough qui vous fait vibrer le cœur. Or il n'est pas pour la fille d'un magnat du chemin de fer. À peine est-il bon à lui cirer les bottes.

– Monsieur, je vous prie de rester poli et de calmer vos ardeurs. Mon cœur battra pour qui il voudra, cependant ce n'est pas pour vous. Vous m'en voyez désolée. Le reste ne vous regarde pas.

– J'étais de bonne foi, mademoiselle. Si je ne peux être aimé de vous, je préfère la haine à l'indifférence. L'occasion se présentera sûrement un jour. Il suffit d'être à l'affût. Je me vengerai. Alors vous réaliserez combien votre cruauté à mon égard a pu m'affecter. Adieu Rosie.

Il sortit, un peu voûté, sous les gros grains de pluie qui commençaient à tomber. Quand Rosie rentra à son tour, l'averse jaillissait avec violence en cataractes serrées qui la trempèrent en un rien de temps. « Maudit soit cet Edward, qui ose me menacer, en plus », pensa-t-elle en se secouant comme un chat mouillé. Michael ne put s'empêcher de rire en la voyant.

– Vous avez l'air rigolote. Pardonnez-moi d'en rire. C'est surprenant de vous voir ainsi. Allez vite vous changer avant que le gros méchant loup ne s'empare de vous et vous mange.

– Ha, ha, très drôle! Je sens que je vais attraper une pneumonie.

Elle fit semblant de tousser et s'engouffra dans l'escalier, l'œil coquin.

Parfois, le dimanche après-midi, l'hôtel organisait des promenades en charrette vers divers lieux susceptibles d'intéresser les vacanciers en bonne santé. C'était une façon de faire connaître ce coin de pays. Rosie se rendit compte qu'elle avait beaucoup exploré le domaine et ne s'était pas souvent aventurée plus loin. Le goût lui prit de connaître les environs. Après tout, c'était dans cet environnement que vivait Michael. Le plancher du véhicule recouvert de paille fraîche accueillait surtout des visiteuses qui prenaient place sur des bancs rudimentaires. Les chevaux gris pommelé étaient conduits par un employé au pantalon clair qui contrastait avec son veston sombre. Parmi ces dames peu habituées à ce genre de promenades, certaines laissaient parfois échapper de petits cris de frayeur. D'autres faisaient entendre de grands éclats de rire quand ça tanguait un peu. Tout cela était si nouveau. À Hawkesbury, on se rendit au chenal. On s'étonna de l'étendue des scieries. Outre les scieries, Hawkesbury comptait des moulins à moudre, une carderie, un fabricant de voitures, dix magasins, des églises catholique, presbytérienne, épiscopalienne et congrégationaliste. Les visiteuses étaient surprises de constater la diversité des lieux de culte. La meunerie suscita l'admiration des promeneuses. Cette industrie, installée sur les bords d'un ruisseau qui cascade en menus bouillons où folâtrent des canards, leur plaît tellement qu'elles veulent descendre pour admirer. Un peu plus haut, un barrage alimente la roue du moulin, couleur sang de bœuf.

La promenade se poursuit jusqu'aux rapides du Long Sault qui s'étendent sur quatorze milles. On pique-nique dans ce décor à la Monet. L'heure du retour sonne trop tôt. On chante en chœur, pour le plaisir, et les chevaux semblent accorder leur trot au rythme des mélodies. Oh! ces beaux jours si vite passés!

Au début de la semaine suivante, les Stewart partirent en catimini, au grand soulagement de Rosie et de Michael qui retrouvèrent leur nid avec bonheur. La jeune fille restait mal à l'aise suite à sa dernière conversation avec Edward où planaient des menaces. Bah! il l'oublierait vite, une fois de retour à Toronto, se rassurait-elle.

Ida, qui ne quittait que rarement le bureau de poste, proposa à Mary et à Rosie de venir avec elle à L'Orignal, le samedi à venir.

– Vous verrez notre modeste maison et ma boutique. Ce n'est pas luxueux. Néanmoins, c'est chez nous et nous y avons nos habitudes. Michael passe beaucoup de temps au Palais de justice et chez monsieur le juge. Il doit même s'absenter de temps à autre. Quand il rentre, il est toujours content de retrouver sa chambre bien douillette.

Rosie se présenta seule au rendez-vous. Sa mère souffrait d'une migraine et priait Ida de l'excuser. Rosie profita de son passage à la poste pour cueillir la troisième lettre de Patrick. Il pensait pouvoir lui donner une adresse permanente bientôt. Sinon, elle pourrait lui écrire poste restante.

Ida conduisait le cheval elle-même, avec une dextérité et une assurance qui surprirent Rosie, habituée au cocher.

– Est-ce que je peux tenir les rennes, juste pour essayer. J'aimerais ça.

– Après la colline là-bas, il y a un bout de chemin droit, je vous les passe.

– Que c'est agréable. Je n'avais jamais fait ça aupa-ravant, déclara Rosie qui s'amusait comme une gamine. Vous savez, il y a une nouvelle invention qui commence à circuler à Montréal : l'automobile. Cet engin avance tout seul. Un jour, je conduirai, même si c'est juste pour les hommes. Pourquoi est-ce toujours pour les hommes ?

– Vous savez ma belle, vous permettez n'est-ce pas ? quand on est née femme on doit lutter fort pour trouver sa place au soleil, ne pas s'abandonner à la facilité. On peut aimer de toute son âme, mais se laisser dominer, jamais !

– Vous avez bien raison. D'abord, peut-être s'agit-il de bien choisir.

Ida vit une ombre passer sur le visage de sa com-pagne. Elle ne comprit pas. Elles arrivaient maintenant au village. Le cheval se rangea de lui-même devant la maison.

Rosie sauta du marche-pied avec aisance, les sens en alerte. Elle devait photographier dans sa tête l'en-droit où Michael vivait, afin de ne jamais l'oublier.

C'était une maison victorienne, à deux corps de logis, peinte en blanc avec des garnitures vertes. D'un côté, un haut pignon orné de dentelures avec au rez-de-chaussée une baie vitrée où pavoisaient les chapeaux de la maîtresse de maison. Une longue galerie où trônaient des géraniums rouges, une berceuse à haut dossier et à gauche vers l'encoignure, la porte d'entrée qui donnait sur l'escalier. La cousine Madeleine, les embrassa toutes les deux, trop contente de leur visite.

Ida avait conservé plusieurs beaux meubles du temps où elle habitait l'auberge. Le tout était disposé avec goût et fleurait bon l'encaustique.

– Vous aimeriez que nous allions à l'étage ? Je sais que vous êtes habituée à des intérieurs autrement plus beaux, mais nous ne manquons de rien ici. Je mens un peu, je ne me suis jamais tout à fait habituée à l'absence de Sam, le père de Michael, après tant d'années.

– C'est fort l'amour, n'est-ce pas madame Keough ?

– Trop parfois. Mais suivez-moi. Nous ne sommes pas venues ici pour être tristes.

En haut, il y avait quatre chambres à coucher, chacune décorée différemment. Celle de Michael était meublée d'un lit à haut dosseret, en chêne. Sur la généreuse paillasse de plumes bien gonflée, une courtepointe avec en son centre une grande étoile bleu foncé qui tranchait sur le blanc du dessous. Un pupitre à cylindre, celui de son grand-père et, sur le coin supérieur un daguerréotype d'Ida et de Sam, le jour de leurs noces. Au mur, un miroir ovale ouvragé, une croix de bois, son diplôme et une image de la Sainte Famille, une étagère avec des livres. Dans le coin, près de la fenêtre, un fauteuil à oreilles. Sur une petite table, Madeleine avait déposé quelques glaïeuls. «C'était là que son amour dormait.»

Rosie était certaine de ne pas l'oublier. Elles s'assirent dehors pour prendre une collation. Il y avait un énorme potager et un peu partout des îlots, ou des rangées de fleurs. Rosie se sentit bien.

Le mois d'août arrivait à son mitan. À Montréal, Daniel commençait à s'impatienter de l'absence de son épouse. Cela ferait bientôt sept semaines que Rosie et Mary se trouvaient à Caledonia Springs. Mary envoya un télégramme annonçant leur retour pour jeudi le 15 août. Elle assurait Daniel qu'il lui avait beaucoup manqué, qu'elle était très impatiente de le revoir, le priant de venir les rencontrer à la gare.

Mary avait parlé de retour deux semaines plus tôt mais, devant les supplications de sa fille, elle avait prolongé leur séjour. Aujourd'hui il n'y avait plus d'atermoiement possible. Toute bonne chose a une fin. Rosie savait que ce jour arriverait. Elle s'était toujours refusé d'y penser. Une main de fer griffait son cœur quand elle remit la dépêche à Michael après la messe du dimanche.

– Nous partons jeudi, Michael.

Sa voix se cassa.

– Ça ne peut pas être terminé, n'est-ce pas?

Il y avait une prière dans les yeux de Rose.

– Venez me retrouver ce soir. Nous parlerons. Pour moi, il n'y aura jamais de fin. C'est pour toujours, murmura Michael.

– Je ne peux pas. Il y a un concert avec deux ténors invités. Ma mère veut absolument que je l'accompagne.

– Demain alors. Nous devons être forts et chercher les meilleures solutions.

Deux clients surgirent du grand escalier. Ils voulaient leur note avant de s'en aller.

Rosie se dirigea vers la petite chapelle. Elle voulait méditer, réfléchir. Elle pénétra dans l'oasis aux murs blancs sur lesquels se détachait un chemin de croix coloré. Des chaises en bois étaient placées de part et d'autre de la pièce. Sur une élévation de deux marches, un autel en bois, décoré de motifs peints à la main, recouvert d'une nappe à franges vert forêt, supportait un tabernacle très simple entouré d'étagères ornées de fleurs naturelles et de lampions. Un grand Christ crucifié s'élevait vers la voûte. De chaque côté de l'autel, placées sur des supports sculptés, des statues de la Vierge et du Sacré-Cœur, abondamment fleuries, accueillaient les fidèles. Dans un coin, sur une petite table, la lampe du sanctuaire veillait.

Rosie s'assit lourdement et se mit à pleurer. Elle sanglotait sans retenue. Peu à peu ses larmes tarirent. Elle se mit à prier.

– Sainte Vierge, ma bonne mère, j'ai tant besoin de vous. Ne me jugez pas. Vous avez été femme. Il me semble que c'est juste de choisir son destin. Je ne suis pas encore l'épouse de Patrick. Protégez-moi. Je n'ai pas dit à Michael que j'étais fiancée. Suis-je félonne ? Je crois que ce n'était pas nécessaire. Aidez-moi à convaincre mon père. Je l'honore de toute mon âme. Mais c'est Michael l'homme de ma vie. Je n'ai pas la force de sacrifier notre amour. Pitié !

Rosie regarda intensément la Dame en bleu. Au fond d'elle-même, elle entendit une voix douce qui lui chuchotait : « Il y a une petite lumière qui va s'allumer et avec un peu de chance, elle va grandir, grandir… »

Un peu rassérénée, elle cligna des yeux sous le soleil aveuglant de l'extérieur. Elle vagabonda sans but précis. Dans sa tête, une mélopée lancinante répétait inlassablement : « Je pars jeudi, je pars jeudi. » Rien ne pouvait la distraire. Elle pénétra dans le pavillon aux multiples fenêtres pour boire de l'eau saline. Derrière deux puits construits en dalles de céramique, un escalier de marbre permettait aux visiteurs de descendre puiser de l'eau à même des robinets fixés dans le mur des puits. L'endroit était assez fréquenté en ce dimanche plutôt torride. Elle ne s'y attarda pas. Elle marcha vers le lac et s'assit dans l'herbe. Une couple de tourterelles tristes échangeaient leur chant mélancolique. Sur l'îlot, elle aperçut quelques roses. C'était impossible! Les églantines ne fleurissent pas en août. En y regardant de plus près, elle se rendit compte que quelqu'un avait mêlé à la nature sauvage quelques rosiers cultivés. Résisteraient-ils à l'hiver comme son pauvre amour en péril?

Elle n'avait pas d'ombrelle, ce qui lui arrivait très souvent. Son teint commençait à être hâlé. Que dirait son père? « Et puis zut! il dirait ce qu'il voudrait. » Après une longue pause, elle regagna l'hôtel d'un pas las.

Le concert venait de commencer. Rosie avait prié sa mère de choisir une place un peu retirée. L'orchestre ouvrit sur un air de Rossini. Le premier ténor entonna l'intermezzo de *Cavallera rusticana* de Mascagni, puis enchaîna avec *Una furtiva lagrima* de Donizetti. « Une larme furtive ». Rose sentit qu'elle aussi allait pleurer. Le deuxième chanteur interpréta *L'amour est un oiseau rebelle*, de Bizet :

> *L'amour est enfant de bohême*
> *Il n'a jamais connu de loi*
> *Si tu ne m'aimes pas, je t'aime*
> *Si je t'aime, prends garde à toi*
> *Prends garde à toi.*

Les joues de Rosie étaient mouillées de gouttelettes d'eau qu'elle épongeait furtivement avec son fin mouchoir de dentelle. Le concert se poursuivait, toujours aussi émouvant. Elle s'esquiva au rappel, le visage tuméfié et rouge.

Sa mère la morigéna :

– Explique-moi ce qui te met dans cet état ?

Devant le silence de sa fille, elle continua, plus insistante que d'habitude :

– Si c'est ce Michael, l'objet de tes larmes, tu ferais mieux de revenir à la réalité. Les vacances sont terminées.

– L'amour n'a pas de loi, lança Rosie à voix haute, puis, elle claqua la porte de sa chambre.

Le lendemain, Rosie et Michael se blottirent serrés l'un contre l'autre sur ce banc qui avait vu grandir leur amour. Ainsi, il allait perdre ce sourire et ce regard qui avait réchauffé son cœur et coloré sa vie. Quel malheur ! Cependant, il le savait depuis le début.

– Rosie je vous aime, en vous je trouve le bleu du ciel, les étoiles de la nuit et la rosée du matin. Je sais que votre vie est ailleurs et je ne veux pas vous empêcher d'être heureuse. Je ne pourrai jamais vous offrir la richesse matérielle à laquelle vous êtes destinée. Il me semble que je n'ai pas le droit de vous en priver. Et pourtant, si tout cela n'était qu'un mirage ?

– Michael, vous gagnez bien votre vie. À ma majorité je toucherai un héritage de mon défunt grand-père suffisant pour acheter une maison et garder une modeste rente. Je recevrai également une dot confortable lors de mon mariage.

– Votre père ne consentira jamais à une mésalliance semblable pour sa fille unique. Je n'accepterais pas non plus de vivre à la solde de mon beau-père. Un généreux cadeau serait bien acceptable, sans plus. Songez-vous que votre monde basculerait? Vos relations vous tourne-raient irrémédiablement le dos. Êtes-vous prête à ça?

– Mes véritables amis me resteraient fidèles et les autres je m'en fiche. Non, la grande entrave, c'est mon père et les ambitieux projets qu'il nourrit à mon égard. Laissez-moi du temps Michael. Mon cœur vous appar-tient, n'en doutez jamais. L'existence près de vous ne m'effraie pas. Je pourrais même laisser libre cours à mon imagination en compagnie de votre mère. Mon tendre ami, ne permettons pas aux circonstances de nous sé-parer. C'est très précieux un sentiment comme le nôtre. Il ne doit pas s'étioler. Le temps est un grand maître. Nous sommes jeunes. Je vous promets de combattre, de m'acharner sur les obstacles qui se dresseront sur mon chemin. Je ne vous cacherai pas qu'ils sont nombreux. Promettez-moi de m'attendre, de me faire confiance. Mon amour!

Ils se jetèrent dans les bras l'un de l'autre, cheveux emmêlés, lèvres scellées.

Le mardi, ces dames allèrent faire leurs adieux à Ida. Mary en profita pour effectuer quelques achats. Ida n'avait pas son air enjoué habituel. Elle regardait avec affection cette madone de porcelaine qui avait envoûté le cœur de son fils. Son « petit » souffrirait tellement, et les mères, c'est bien connu, donneraient tout au monde pour éviter les malheurs à leurs enfants.

À peine Mary eut-elle serré la main d'Ida que d'un geste spontané, Rosie lui entoura le cou de ses bras graciles :

– Je ne vous oublierai jamais. Merci.

Ida essuya une petite larme et effleura la joue de pêche de celle qu'elle aurait volontiers acceptée pour fille. La porte se referma, mais la postière eut le pressentiment qu'en un jour plus heureux Rosie y apparaîtrait de nouveau. En tout cas, elle voulut y croire.

Michael n'avait pas paru. Ida avait mentionné qu'il était absent.

Les deux amoureux s'étaient mis d'accord pour passer la majeure partie de la journée ensemble le mercredi. Rosie en avait fait part à sa mère qui n'avait pas protesté. Ida leur préparerait un copieux panier de victuailles. Ils se rendraient pique-niquer du côté de la source intermittente, moins fréquentée à cause de la distance. Ils se feraient leurs adieux le soir. Le jour du départ, ils seraient entourés de monde, devant qui ils ne voulaient pas étaler leurs sentiments.

La femme de chambre s'activait à remplir les malles et les deux pièces étaient passablement encombrées. Le soleil se leva sur un jour magnifique, peu soucieux du sombre chagrin de Rosie. Elle se farda légèrement afin de masquer les traces de son désarroi. Elle se coiffa avec un soin particulier. Sous la caresse du soleil sa chevelure mordorée jetait des reflets d'or en fusion. Passés les trois premiers griffons, ils marchèrent main dans la main. Ils accomplissaient un pèlerinage dédié au triomphe de leur amour.

Assis autour d'une nappe à carreaux bleus où trônaient bien en évidence deux cœurs en sucre d'érable, vestiges du printemps dernier. Rosie et Michael tentaient en vain de faire honneur au repas. Là-haut, les oiseaux gazouillaient, la campagne environnante respirait la paix et la quiétude.

– Ma toute belle, je voudrais que vous sachiez qu'au-delà de vos charmes physiques, c'est votre intelligence, vos idées avant-gardistes, votre simplicité, votre bonne humeur, votre capacité de vous émouvoir, votre sensibilité, tout votre être qui m'a conquis. La beauté intérieure ne se fane jamais. C'est auprès d'une femme comme vous que j'aimerais vivre, élever quelques enfants et vieillir sereinement, simplement parce que nous serions heureux ensemble. Sans vous, ma vie sera vide de sens. Elle n'aura pas de saveur.

Il sortit de sa poche, une minuscule boîte enrubannée avec art et la lui tendit. La veille, il s'était rendu chez le bijoutier-photographe, P.- T. Soucier, à Vankleek Hill, pour choisir son cadeau.

Rosie tenait le paquet dans la paume de sa main, le souffle court. Elle ôta le ruban précautionneusement. Sur du satin blanc, reposaient trois roses en porcelaine; une broche et deux boucles d'oreilles allant du fuchsia au rose, dans un dégradé si subtil, qu'on aurait cru des fleurs naturelles figées par un magicien. Un petit carton était glissé dans le couvercle de l'écrin. « Pour la rose des sources. » Elle coula ses bras autour des épaules de Michael et le serra très fort, la tête appuyée contre son cœur qui battait. Ils restèrent ainsi perdus dans leur éden où tout était possible, avant la faute originelle.

Rose ne toucha presque pas à son souper. Une boule de chagrin lui barrait l'œsophage. Elle savait qu'elle avait une route semée d'embûches devant elle pour arriver jusqu'à Michael. Certains, nombreux sans doute, lui feraient voir les inconvénients de la vie plutôt modeste qui l'attendait loin des fastes de ce monde. Elle avait un choix à faire. Elle n'avait pas hésité. Les chemins les moins fréquentés sont souvent ceux qui dissimulent leurs trésors cachés à la masse.

Revêtue de la robe blanche à liséré bleu que lui avait confectionnée Ida, Rose était arrivée la première au rendez-vous. La lune enveloppait le domaine d'une clarté laiteuse jouant avec le paysage comme un peintre avec le clair-obscur. Sur le velours du firmament, les étoiles la regardaient, impassibles et muettes. Michael apparut, svelte, les traits fins, la démarche souple et rapide.

– C'est notre dernière soirée. Je ne peux pas y croire, chuchota-t-il en lui prenant les mains. Je n'aurai même pas un souvenir tangible de vous, pour me consoler de votre absence.

Elle sortit une mèche de cheveux, retenue par un ruban marine, de la poche de sa robe.

Pour vous. J'y ai mis une goutte de mon parfum. Je vous enverrai une photo dès mon retour. N'oubliez pas de me donner votre adresse. J'ouvrirai un casier postal à mon nom où vous pourrez m'écrire en toute tranquillité.

Il baisa le précieux viatique.

– Je la mettrai tous les soirs sous mon oreiller. Vous dormirez un peu avec moi, mon amour. En allant à Vankleek Hill, j'ai fait prendre ma photo pour vous.

Il lui tendit un carton où il apparaissait vêtu d'un complet sombre à fines rayures et tenait un canotier à la main. Elle le trouva splendide.

– Je vous aime Michael. Il ne faudra jamais douter de moi, quoi que l'on vous dise. La pensée que l'argent est plus important que vous ne doit jamais vous effleurer. C'est vous mon bonheur. Je ne peux supporter l'idée d'une si longue séparation. N'y a-t-il aucun moyen de nous revoir?

– Écoutez, j'ai à nouveau un fantasme. Comme celui de la soirée chez moi. Ce fut un des plus beaux moments de ma vie. Le samedi 12 octobre, il y aura un bal masqué, juste avant la fermeture le 15. Un bal

masqué… je pourrais y assister puisque j'y serais incognito, à condition d'avoir un carton d'invitation. Est-ce
que vous pourriez vous échapper pour venir?

– J'essaierai de convaincre mon père. Si je ne peux
pas, je trouverai un prétexte valable pour partir avec mon
amie Margaret. J'utiliserai des ruses de renard pour
réussir.

Michael lui avait souvent fait part de son désir de
contempler sa merveilleuse chevelure libre, comme un
mari l'admire le soir quand sa femme va au lit. D'un
geste preste, elle arracha les quelques épingles à cheveux
qui retenaient son chignon lâche. Alors jaillit un ruissellement de soie pure sur sa poitrine, tache sombre sur
sa robe immaculée, où les cheveux s'étalèrent, frôlant le
sol en une coulée de chagrin.

Michael se leva d'un bond, émerveillé. Il mit un genou
à terre et enfouit son visage dans la masse parfumée.
Longtemps il demeura immobile, la main de Rosie lui
caressant la nuque.

Ce soir-là, ils restèrent tard. Rose prit une des petites
portes peu fréquentées. Elle pénétra dans sa chambre,
le chignon de guingois, sous les reproches de sa mère.
Elle ne ferma pas l'œil de la nuit.

Après le petit déjeuner, elle remit sa bague de fiançailles
qu'elle dissimula sous une paire de gants. Elle avait
revêtu la même robe que la veille et coiffé le petit chapeau acheté chez Ida. Michael et Rosie se regardèrent le
temps d'une éternelle seconde. Ah! s'il fallait perdre ce
regard, quel malheur ce serait. C'est tellement dur de
partir, de se séparer, de s'éloigner malgré soi de celui
qu'on aime.

Rosie avait la tête qui tournait. Elle descendit
l'escalier en titubant, ivre de sa douleur. En montant

dans la calèche, elle accrocha son talon, perdit l'équilibre et atterrit sur la cuisse d'un vieillard corpulent.

– Pardon monsieur, j'ai le vertige. Elle reprit sa place, blanche et immobile comme une statue de sel.

À l'hôtel, Michael avait tout vu. Il regarda la voiture s'éloigner dans la longue allée jusqu'au moment où elle disparut happée par la verdure. Alors, il courut à la salle d'eau où il se mit à vomir. Il tenta de reprendre son travail, mais un haut-le-cœur le fit courir à nouveau aux cabinets où il fut encore malade. Désorienté, craignant d'indisposer les clients, il avertit monsieur Kenley, l'assurant qu'il remettrait le temps perdu. Il regagna la maison où Ida le serra dans ses bras :

– Mon pauvre petit! Il faudra te faire une raison.

– Jamais! Elle m'aime.

Un grand silence envahit la maison, comme si la mort avait passé.

À la gare, Daniel attendait la venue du train avec impatience et remords. Il aurait quand même pu se rendre à Caledonia Springs une fois. Mary ne lui avait adressé aucun reproche. Il se doutait bien qu'elle revenait convaincue que ses affaires passaient bien avant elle. Il tâcherait de remédier à la situation dans les mois à venir.

Enfin, le gros œil du train, surmonté d'un nuage de fumée, apparut dans un grincement de roues essoufflées. Mary descendit les marches du deuxième wagon, la taille mince, coiffée d'un époustouflant chapeau, arborant un air épanoui qu'il ne lui avait pas connu depuis des lustres. Il courut lui prendre la main et l'embrassa devant tout le monde, geste qu'il ne se permettait jamais.

– Que vous êtes belle Mary! Vous m'avez manqué. Je devrais faire plus attention à vous, ma chérie.

– C'est bon de vous revoir Daniel. J'ai espéré votre visite sans trop y croire, vous savez.

Rosie, qu'une importune avait séparée de sa mère, apparut dans l'encadrement de la portière, un pâle sourire aux lèvres.

– Comment vas-tu ma grande? Quelle est cette triste mine? Serais-tu souffrante? fit-il en la serrant contre lui.

– Ne vous en faites pas papa, j'ai un peu le tournis depuis ce matin. Ça va passer. Je suis contente de vous revoir petit père.

La vie reprit son cours normal dans la vaste demeure, même si des changements subtils s'étaient opérés en catimini. Daniel était plus présent. Il se montrait tout attentionné pour son épouse, redevenue pleine de vie comme aux premiers jours. Rosie par contre s'isolait davantage. Elle glissait comme une ombre, à la recherche d'un paradis perdu. Elle sortait pourtant tous les deux jours, « pour sa marche de santé » disait-elle. Mary savait qu'elle se rendait régulièrement au bureau de poste le plus près. Parfois, quand elle revenait, il était évident qu'elle avait pleuré. Ainsi donc, ce Michael n'était peut-être pas qu'une tocade. Si c'était le cas, que faire?

Un jour, Rosie se présenta à table, portant des bijoux nouveaux : une rose et des boucles d'oreilles en porcelaine. Mary, sans malice, remarqua :

– C'est joli ces roses. Je ne les ai jamais vues auparavant. Est-ce nouveau?

Rosie rougit et balbutia :

– Je les ai aperçues dans la vitrine d'un modeste bijoutier. Elles m'ont plu. Rose, c'est mon nom. Pour moi c'est un symbole. Je les aime beaucoup.

Daniel était resté en dehors de la conversation. « Pourquoi le visage de sa fille s'était-il empourpré? Elle disposait d'une somme d'argent suffisante pour se permettre de menus achats sans permission. » Sur le coup, l'incident attira son attention. Il l'oublia rapidement, les dépenses de Rosie ne l'avaient jamais préoccupé, il n'allait pas changer de cap. Ainsi était Daniel, peu perspicace quand il s'agissait des émois des autres.

Depuis que Rosie avait appris qu'il y aurait un bal masqué le 12 octobre à la fermeture de la saison de 1895 au *Grand Hotel* et que Michael, à la faveur d'un déguisement, pourrait y assister, elle n'avait eu de cesse, afin de pouvoir s'y rendre, que son père consente au voyage.

On était maintenant début septembre. Rosie avait pris son temps avant de parler de ce bal. Il ne fallait rien brusquer, ne pas mettre la puce à l'oreille de son père. Elle s'était d'abord assurée, assez facilement, du support de sa mère. Assis au salon en famille, l'atmosphère détendue se prêtait bien à sa demande.

– Mon petit papa, maman et moi voudrions vous faire goûter aux joies que nous avons nous-mêmes connues. Voyez comme votre épouse est plus épanouie. Cet été, vous nous avez manqué. Pourquoi ne pas nous accorder ce plaisir? Nous ferions le voyage en famille. Ce serait délicieux. Je gage que vous n'avez pas dansé depuis mes fiançailles.

– Qu'en pensez-vous Mary? La saison sera commencée à Montréal. Il ne faut pas risquer de froisser des gens importants.

– Mon Dieu Daniel, si nous avons un engagement ailleurs, on ne saurait nous en tenir rigueur. Nous irons à Boston pour *Thanksgiving* et personne ne trouvera à redire. Je serais heureuse d'assister à cette soirée à votre bras, Daniel.

— Ce voyage fatigant pour une seule fin de semaine? De plus, octobre, ce n'est plus la saison estivale. Il peut faire froid.

— Ce peut être l'été des Indiens aussi. Ce sera mon cadeau de Noël à l'avance. Rien ne peut me combler davantage. Si nous réservons assez tôt, nous prendrons les mêmes chambres. Ce sera romantique, répliqua Rosie.

Daniel céda, heureux soudain de se pavaner avec son épouse à son bras. Dans son incessante course, ce bref arrêt auprès de Mary ne lui ferait pas de mal. Sa femme semblait rajeunie depuis son séjour aux sources. Elle était encore très séduisante. Il l'aimait toujours et se reprocha à nouveau de trop la négliger.

— D'accord, nous irons. Vous vous habillerez chaudement afin de ne pas geler sur le bateau. Mary, pouvez-vous retenir les chambres? Je vous fais confiance.

— Avec plaisir. Quant à geler en traversant la rivière au mois d'octobre, ça m'étonnerait, répliqua Mary avec un sourire. Mais nous suivrons vos conseils.

Rosie étouffait de bonheur. Elle sauta au cou de son père.

— Quelle exubérance ma fille, alors que vous assisterez à des soirées autrement plus éblouissantes à Boston. Décidément, je ne comprendrai jamais les femmes.

La jeune fille n'ajouta pas : « Michael n'y sera pas. C'est là toute la différence. »

Il fallait qu'elle partage son euphorie. Assise à son secrétaire, elle choisit son plus beau papier et écrivit :

Cher, cher Michael,

Je flotte sur un nuage rose. Je vais vous revoir bientôt. Je viens au bal masqué. Nous passerons la soirée ensemble à la face du monde. Façon de dire puisque notre visage sera dissimulé.

Michael, je m'ennuie tellement de vous. Ce soir-là, je veux vous en mettre plein la vue, non pas par vanité, juste pour exprimer ce que je ressens pour vous. Michael, vous êtes en tout point digne de ce monde qui n'est grand que par son argent dans bien des cas. C'est ce que l'on est qui compte, non ce que l'on a.

Je rêve au moment où vous m'enlacerez et où nos souffles chauds se mêleront de nouveau pour ne plus faire qu'un. Comme l'été dernier. Je me nourrirai de ce bonheur pour des semaines à venir.

Votre Rose des sources

La jeune fille étant assurée de revoir Michael un mois plus tard, son humeur changea comme par enchantement. Ses lettres se firent plus brûlantes. Celles de Michael également. Le fait qu'elle l'introduise, même clandestinement dans son monde, constituait une preuve d'amour supplémentaire pour lui.

Mary fit les réservations, Rosie commanda un carton supplémentaire pour une amie qui serait de passage pour le souper d'apparat et le bal seulement. Ensuite, elle se mit à courir les boutiques jusqu'à l'épuisement de sa mère.

– Laisse-moi un peu de répit Rosie. Ce n'est qu'un bal à la campagne. Qu'est-ce que ce sera quand tu choisiras ta robe de mariée?

– Mon mariage ne m'intéresse pas. N'importe qui pourra décider d'une tenue convenant au rang de Patrick. On n'a pas besoin de faste pour conclure un contrat.

– Rosie, tu exagères parfois. Ton père t'aime et ne veut que ton bonheur.

– Ah oui! On verra bien dans quelque temps.

– Qu'est-ce que tu veux dire?

– Rien...

Alors, la jeune fille se jeta sur les catalogues de mode. Elle convoqua la couturière et refusa à tous la porte de sa chambre lors des essayages.

Elle commença, comme une enfant, à compter les dodos qui la séparaient de Michael. Ils arriveraient le vendredi. Elle et Michael devraient retenir tout élan qui les porterait l'un vers l'autre en se revoyant. Ils établirent un plan afin de pouvoir se rencontrer dans l'intimité. Rosie prétexterait le désir d'aller saluer son amie Ida au bureau de poste et le tour serait joué, du moins elle l'espérait. Pourvu que son père ne se mette pas en tête de la présenter à quelque gros bonnet qu'il rencontrerait pas hasard.

Le matin du 11 octobre, le soleil rutilait sur le grand érable qui flamboyait, mêlant l'or, le vermillon, l'ocre, en une symphonie qui bientôt laisserait la place à la grisaille et au silence. Un petit vent cru rendait la température fraîche. Les dames s'emmitouflèrent dans des capes de lainage afin que Daniel ne trouve pas matière à redire.

Le voyage en famille s'effectua dans la bonne humeur.

– Rosie, ma fille, je t'ai rarement vue être en une verve aussi drôle. Tu me fais rire avec tes facéties.

– Voyez les avantages de la vie familiale. Nous n'y goûtons pas assez souvent.

– C'est vrai. J'essaierai d'être plus présent cet hiver.

Il serra la main de Mary qui lui sourit.

Plus la calèche approchait de Caledonia Springs plus la fièvre de Rosie grandissait. Ses tempes battaient,

son cœur lui faisait mal. « Comment allait-elle se contrôler à la vue d'un Michael sans doute aussi ému
qu'elle ? Il était impérieux que son père ne se doute de
rien. Il fallait attendre. Le temps n'était pas venu, loin
de là. »

Lorsqu'ils se virent, un courant magique glissa entre
eux. Plongés dans un état second, les gestes posés se
déroulaient au ralenti. Le temps et l'espace étaient abolis.
Ils respiraient à nouveau le même air. Le monde n'existait plus.

– Rosie, qu'est-ce que tu fais ? Je t'ai appelée deux
fois et tu ne bouges toujours pas, s'irrita Daniel.

– Je m'excuse papa. J'étais perdue dans mes souvenirs de l'été dernier. Je vous suis promptement.

« Ouf! il faudrait qu'elle surveille ses émotions. »

Ils disparurent, happés par l'ascenseur. Daniel apprécia l'endroit à sa juste valeur. Tout l'enchantait. Il félicita
ses femmes de l'avoir entraîné dans ce week-end de
loisirs. Il irait visiter ces sources, ces sentiers dont il
avait si abondamment entendu parler sous la palette
colorée de l'automne.

Le vendredi soir, pendant que ses parents se rendaient
au dernier concert de la saison, Rosie s'excusa.

– Qui est cette Ida, que vous semblez si pressée de
revoir ? questionna son père.

Mary répondit à la place de sa fille.

– Oh! une femme charmante, mon amie. Elle cumule
les fonctions de maîtresse de poste et de modiste. Ce
chapeau qui vous a tant plu à ma descente du train,
vous vous souvenez, sortait de ces mains expertes. Presque toutes les dames de la bonne société fréquentent
son élégant petit salon.

Quand même, Daniel n'était pas tout à fait convaincu. Il préféra se laisser aller à la douceur de vivre plutôt qu'argumenter.

Rosie remonta à sa chambre, enleva sa bague de fiançailles et mit celle à la perle, enfila sa cape et courut en direction de la demeure près de l'entrée du *Grand Hotel.*

Michael se tenait là devant elle et, d'un geste irrépressible, ils s'enlacèrent. Un fluide magnétique les soudait comme liés ensemble par quelque invisible force.

Ils s'embrassèrent, à l'abri des bigots, des convenances, des ragots et de la bienséance. Ida les ramena à la réalité d'un léger raclement de la gorge.

– Il ne restera rien pour moi, si ça continue, plaisanta-t-elle, indulgente.

Ida serra la jeune fille dans ses bras avec tendresse, masquant l'inquiétude croissante qui l'envahissait devant le trouble indicible de son fils qui ne raisonnait plus face à cet amour impossible. Cette idylle n'avait que peu de chances d'avoir un dénouement heureux.

Eux, ils s'étaient quittés hier, ils s'étaient quittés depuis mille ans. Comptabiliser l'instant présent. Occulter les embûches, les séparations, le chagrin. S'aimer tout court, au passé, au présent, pour l'éternité. La vie n'est pas un jardin de roses, ils le savaient. Ensemble, ils se sentaient des titans. L'amour est un état qui rend capable de gravir les montagnes, un état qui donne des ailes pour atteindre l'inaccessible.

La grande horloge égrena dix coups sonores. Rosie tressaillit. « Déjà! » Le concert s'achevait sûrement. Elle se leva à regret. Il fallait qu'elle rentre. Ne pas éveiller la méfiance de son père. Ils s'arrachèrent l'un à l'autre comme l'exilé forcé de quitter la mère patrie.

Ida hocha tristement la tête.

– Michael, l'amour n'est parfois qu'une illusion. Un jour ou l'autre on s'aperçoit que l'aimé diffère de ce que l'on croyait.

– Papa n'a été qu'une chimère pour vous? Près de quinze ans après sa mort, vous affirmez qu'il n'y aura jamais un autre homme pour le remplacer. Vous organisez votre vie bravement, néanmoins votre cœur est toujours habillé de noir.

Ida baissa les yeux. Soudainement, elle se sentait triste.

– Il m'a laissé le plus précieux cadeau du monde : toi, mon garçon. Je veux tellement que tu sois heureux. Si les quelques milliers de dollars qui me restent de la vente de l'hôtel de ton grand-père suffisaient, je te les donnerais sans hésitation. Toi et moi, nous savons que c'est beaucoup trop peu.

– Laisse-moi penser à demain. Je serai si heureux.

Ida serra son fils dans ses bras et lui souhaita de beaux rêves.

Le lendemain, l'hôtel était en effervescence. Rosie aussi. Elle avait pris rendez-vous chez la coiffeuse.

– Je veux la coiffure la moins sévère possible, avec des mèches qui retombent. Faites-moi belle.

– Oh! mademoiselle, ce n'est pas très difficile, vous êtes tellement jolie.!

Les O'Brien se préparaient à descendre masqués comme il se devait. Mary et Daniel avaient admiré la tenue de Rosie quand Daniel s'écria :

– Quelle est l'idée de porter cette rose de rien du tout, alors que tu possèdes des perles, des saphirs et des diamants?

– Parce que c'est mon choix papa. Je me trouve à mon goût telle que je suis.

– C'est une babiole à côté de ce que tu possèdes. Ne pourrais-tu pas en changer ?

– Ce bijou est original et je n'ai rien apporté de plus convenable à vos yeux.

Daniel réprima un mouvement d'impatience que sa femme calma d'une pression de la main. Rosie avait pris son temps, afin d'entrer seule dans la salle.

Michael, blotti dans un coin de la pièce, élégant dans son frac noir, veste en brocard gris et masque assorti, scrutait la porte.

Quand elle apparut, les hommes se retournèrent discrètement. Vêtue d'une vaporeuse robe blanche à courtes manches bouffantes, au large décolleté en pointe, au corsage étroitement ajusté par de multiples plis entre-croisés qui lui donnaient une taille de guêpe, la jupe s'étalant en corolle, elle s'avançait la figure cachée par un loup blanc à manche doré, encadré par une coiffure vaporeuse, de nombreuses bouclettes retombant sur son épaule. De longs gants de satin complétaient le tout. Une vision céleste !

À peine assise, les invitations à danser se multiplièrent. Elle regarda son carnet et inscrivit K. près de toutes les valses, de toutes les polkas, et laissa le reste vierge. Elle choisirait.

Ils étaient là, tous les deux, parmi ce grand monde où ils deviendraient des proscrits si on apprenait leur amour. Pourtant, ils étaient les plus beaux et sûrement les plus heureux, sous les éclats des grands lustres qui jetaient des éclairs lumineux sur les strass des robes, les pierres précieuses étalées avec abondance.

Rosie n'accorda que deux mazurkas à des messieurs d'un certain âge. Daniel avait invité son épouse à quelques reprises. Ce n'était cependant pas les chevaliers servants qui lui manquaient.

Alors que la soirée avançait, Daniel questionna sa femme :

– As-tu remarqué, Rosie danse presque tout le temps avec le même jeune homme. Ne trouves-tu pas ça étrange ?

– D'abord, je n'ai pas remarqué. Et pourquoi chercher des mystères là où il n'y en a sans doute pas.

– Tu ne connais pas cet homme avec le masque gris qui lui dissimule presque toute la figure ?

– Comment veux-tu que je le reconnaisse puisqu'il a le visage couvert ?

Daniel resta songeur. Un peu avant minuit il proposa à Mary de se retirer.

– Rosie ne peut pas rester ici sans chaperon.

– Daniel, elle est jeune. Elle sera bientôt mariée. Elle s'amuse si bien, est-ce vraiment nécessaire qu'elle s'arrête tout de suite ? Si nous lui faisions promettre de ne pas quitter la salle, il me semble que ce serait raisonnable mon ami.

– Je vous trouve bien indulgente à son égard, trop même. Je ne veux pas gâcher une soirée si réussie surtout que j'ai envie de vous ce soir.

Rosie rassura son père.

– Je serai sage comme une petite fille modèle de la comtesse de Ségur. Si je ne suis pas ici, je serai dans la verrière avec une limonade où je ne risque guère de faire de mauvaises rencontres.

– Dernier détail, peux-tu me dire le nom de ce garçon avec qui tu as valsé toute la soirée ?

Prise au dépourvu Rosie bredouilla :

– Il m'a dit s'appeler Aile-de-Corbeau qui, selon une légende indienne, fut le premier à utiliser l'eau des sources pour guérir Étoile-de-la-Nuit dont il était amoureux.

– C'est ridicule. Pourquoi cacher son identité, quand on est un gentleman?

– N'oublie pas papa, c'est un bal masqué. L'incognito est permis, c'est la règle.

– Méfie-toi quand même.

L'orchestre entonnait un tout dernier tempo. La piste de danse n'était plus très achalandée. C'était la dernière valse, elle aurait pu durer pour toujours.

Ils se retirèrent dans la pièce vitrée. Ils vidaient leurs verres à petites gorgées, puis se serraient les mains.

– Je ne sais pas quand je vous reverrai Rosie. Peut-être jamais. C'est intolérable. Je reviendrai probablement au *Grand Hotel* l'été prochain pour une dernière saison Si vous pouviez venir! Monsieur le juge est vieillissant, son épouse est malade. Ils comptent sur moi. De plus, je suis paraît-il, le candidat idéal pour remplacer le greffier à la Cour quand il prendra sa retraite dans un an ou deux. Il est très fatigué et sa vue décline énormément. Ici, je suis très considéré. Comparé à la vie qui s'offre à vous, c'est un destin étriqué, loin des projecteurs.

– Michael, je vous aime. Attendez ma majorité. J'aurai alors un pouvoir de négociation beaucoup plus puissant face à mon père. Michael, c'est long jusqu'à juin ou juillet. Une éternité. Essayez de venir à Montréal au moins une fois durant l'hiver. Je braverai n'importe quoi pour vous voir. Promettez.

– Je promets. Nous fixerons cette petite étoile de l'espoir dans le firmament.

– Demain matin, avant votre service, disons-nous adieu au belvédère en haut de l'hôtel. Il sera sûrement désert à cette heure matinale. À notre départ, je serai devenue une cliente comme les autres.

– Mon amour pour toujours!

Un peu passé six heures, ils étaient tous les deux là-haut. Le soleil émergeait lentement, peignant la crête des arbres d'une auréole rosée qui glissait lentement au doré. Leur chaleur se mêlait. En bas le paysage s'étendait, couvert de forêt. Aux confins de celle-ci on distinguait une mince ligne aigue-marine.

– Je n'ai que ça à vous offrir et mon cœur aimant.

Elle lui ferma la bouche d'un baiser sensuel dont elle ne se serait jamais crue capable.

Tout était dit, tout était consommé... Ils descendirent lentement. Rosie effleura son visage d'un geste doux. Elle fit rapidement volte-face et se mit à courir, les épaules secouées par les sanglots.

Au déjeuner, Rosie fut incapable de manger. Soudain son père s'indigna :

– Rosie, qu'as-tu fait de ta bague de fiançailles? C'est sacré, tu sais.

– Elle s'accrochait à mon gant hier soir, mentit-elle. Elle est dans le coffret de ma chambre. Je vais la remettre tout de suite.

Elle se leva et sortit.

– Ça ne pressait pas tant que ça, il me semble, remarqua sa mère, un peu acerbe.

– Tu as sans doute raison. J'ai souvent l'idée que Rosie prend son engagement à la légère.

– Et Patrick! Il lui écrit quand il en a le temps, ne parle que de lui. Il ne semble pas s'embêter en Angleterre.

Daniel ne répliqua pas.

– Au revoir monsieur O'Brien. Bon retour. J'espère que madame et mademoiselle nous rendront à nouveau visite la prochaine saison.

Daniel fut sur le point de dire que Rosie serait mariée. Il se tut, convaincu que ça ne regardait pas cet étranger.

Michael sut ce jour-là que l'on ne mourait ni d'amour, ni de chagrin. Sinon, à la douleur qu'il ressentait, ce serait déjà fait. Il était tombé dans son fauteuil, regardant dériver ses pensées comme des bateaux gagnant la haute mer fortement agitée.

Rosie, depuis son retour, s'enfermait le plus souvent dans sa chambre. Elle refusait des invitations, ce qui soulevait l'ire de son père. Elle sortait parfois dans la cour, enveloppée de sa grande cape et regardait le ciel où pour elle seule une petite étoile brillait tel un phare. Les arbres, dépouillés de leur parure, n'arboraient plus que des bras squelettiques sombres.

– Je me sortirai de la brume. Ma petite étoile grandira et elle deviendra soleil!

Chapitre III

PATRICK

Le 8 juin, Patrick et son compagnon de voyage, James O'Toole s'embarquèrent sur le paquebot de la *White Star Line, le Majestic*, pour une traversée New York-Southampton. Ils seraient à bord pendant sept jours. Le bateau accueillait près de mille cinq cents passagers. C'était un vaisseau moderne que l'on venait de confier au capitaine Edwar Smith[4].

La cabine de première classe de Patrick, lambrissée d'acajou, offrait tout le confort souhaitable. Une grande penderie était à la disposition des voyageurs, car il fallait des vêtements fort diversifiés pour les promenades sur le pont, mais surtout pour les grands soupers d'apparat. Il était très important de faire bonne impression. Ce n'était que les très bien nantis qui voyageaient en première.

Du pont où il se tenait pour voir les manœuvres du départ, le jeune homme voyait de nombreuses mains qui s'agitaient en signe d'au revoir. Hélas, personne n'était

———————————

4. Edward Smith était à la barre du *Titanic* lorsqu'il sombra.

là pour lui. Il eut une furtive pensée pour Rosie. La sirène déchira l'air de sa voix puissante et les matelots larguèrent les amarres. Le rivage s'éloigna, les gens dans le port devinrent des points à l'horizon. Bientôt, le ciel et la terre se marièrent. La mer, à peine agitée de légers moutons blancs, régnait maintenant en maîtresse.

C'était la première fois que Patrick se rendait en Europe. Il eut tôt fait de constater qu'il avait le pied marin. Il sentait peu le mouvement des flots et jouissait à l'idée de ce voyage.

Lorsqu'il entra dans la grande salle à manger dont l'éclairage éblouissant faisait briller les dorures, il fut envahi par le sentiment de l'importance de la richesse. Les dames et les demoiselles à marier, impressionnées par sa prestance, lui jetèrent un regard d'admiration. Son ego s'éleva d'un cran. Les soirs de bal, il dosait ses activités, il se rendait d'abord au fumoir, prenait un scotch sur glace et discutait un temps plus ou moins long selon l'intérêt de la conversation, puis, d'un pas nonchalant, juste ce qu'il faut, il choisissait une demoiselle, certain qu'elle accepterait de danser à son bras. Il se rengorgeait tel un paon qui fait la roue.

La traversée se passa comme un enchantement et lui parut bien courte. Il se retrouva abasourdi dans le port de Southampton grouillant d'activités, son compagnon à ses côtés.

Ils trouvèrent avec un peu de difficultés, dans la cohue qui régnait sur les quais, le traversier qui devait les conduire au-delà de la Manche. Quel désenchantement! Le navire, propre certes, datait de plusieurs années. Les cabines spartiates avaient tout de la cellule d'un moine. La salle commune était si minable que Patrick demanda à être servi dans sa chambre. Durant la nuit, le vent s'était levé et secouait l'esquif, agité comme une coquille de noix. Patrick dormit fort mal, incommodé par le roulis et la chaleur. Cependant, il ne fut pas malade, contrairement à James. Tous les deux soulagés de mettre pied à terre au Havre, où un long voyage en train les attendait jusqu'à Genève.

À leur arrivée, ils s'installèrent à l'hôtel *Beau Rivage*, sur le quai du Mont-Blanc. Patrick avait réservé une suite face au lac Léman. Pour James une chambre simple avec juste un aperçu sur l'eau. Les Steele n'étaient pas radins, ils tenaient tout bonnement à garder une distance entre eux et leurs employés, même les plus qualifiés. Ceux-ci devaient toujours se rappeler qu'ils étaient redevables à leurs patrons. Il pensa à Rosie et à ses idées parfois trop égalitaires. Cette manie l'agaçait. Quand elle serait son épouse, cette lubie devrait lui passer. Il la mettrait à sa main, en lui inculquant les façons d'agir avec ceux qui n'étaient pas de leur classe. Pourquoi donc songer à elle en ce moment, devant ce paysage enchanteur? Il se sentit comme en vacances et partit faire une longue promenade au bord de l'eau miroitante.

Le lendemain, il se mit au travail. Il envoya un message à la baronne de Rothschild dont le mari était l'un des plus puissants banquiers de Genève, sollicitant la permission de venir les saluer au nom de ses parents. Les deux couples s'étaient rencontrés dans des événements mondains très sélects et les hommes avaient échangé des idées communes. Patrick reçut une invitation pour le surlendemain.

Les Rothschild habitaient à Pregny, dans la proche région de Genève. Le jeune homme, tiré à quatre épingles, prit le bateau qui assurait la desserte des villes en bordure du Léman. Le temps était radieux, le voyage agréable, bien que Patrick se sentît nerveux à l'idée de cette visite importante.

La baronne se montra charmante, son époux disposé à tirer quelques ficelles pour faciliter la mission de Patrick. Celui-ci revint ébloui par la splendeur de la maison du banquier, confiant et serein. Il sifflotait même un air joyeux en rentrant à l'hôtel.

Ses affaires menées à bon port à Genève, il refit le trajet en sens inverse, retrouva avec aigreur le ferry-boat sans confort qui le ramènerait en Angleterre.

À Londres, il mit pied à terre au *Langham Hotel* qui était le plus grand hôtel de la ville au moment de son ouverture en 1865. Des écrivains célèbres, tels qu'Oscar Wilde et Mark Twain, y avaient séjourné. L'établissement était situé dans le quartier *Regent's Park*, reconnu pour son vaste jardin créé par John Nash, et ses chic maisons avec terrasses. Le hall d'entrée, au plancher recouvert de marbre, donnait tout de suite l'heure juste sur la qualité de l'hébergement. Patrick était content d'être arrivé à bon port, car il comptait s'installer pour six à huit semaines, un peu las de tous ces déplacements. Son père lui avait d'ailleurs donné une liste de contacts qu'il devait rencontrer, principalement dans la capitale.

Au début de son séjour, alors qu'il tombait des cordes à l'extérieur, il sirotait un scotch près du foyer qu'on avait allumé, bien qu'on soit en été, afin de diminuer l'humidité. Il se mit à deviser avec un homme dans la quarantaine, à l'allure distinguée. On se présenta mutuellement.

– George Harley, comte d'Oxford.

– Patrick Steele, de Boston, États-Unis d'Amérique.

– Vous venez à Londres en touriste?

– Non, pour affaires. Je suis chargé, avec mon ingénieur, d'étudier vos avancées dans l'industrie des chemins de fer.

– Quelle coïncidence! Vous savez que Londres a bâti le premier métro souterrain au monde, inauguré en janvier 1863. Monsieur Charles Pearson et son conseil en eurent l'idée dès 1853. Mon grand-père fut l'un des plus importants investisseurs. Et figurez-vous que je suis l'ingénieur en chef ayant dirigé l'équipe qui a procédé à son électrification en 1890. C'est passionnant. C'est le transport de l'avenir pour toutes les grandes capitales et métropoles.

– Je suis de votre avis. À New York notre métropolitain est en surface. Il faudra en venir un jour à vos techniques d'enfouissement.

– Seriez-vous intéressé à le visiter en compagnie de votre ingénieur?

– Je n'osais vous le demander. Ce sera une expérience dont je tirerai profit. S'il était possible d'aller plus loin dans l'étude de votre processus de construction, je verrais s'il est concevable de l'adapter en Amérique. Mon voyage a pour but de rapporter des idées innovatrices à Boston.

– Fixons-nous rendez-vous mercredi, à onze heures. Nous ferons une promenade, puis nous discuterons à mon bureau en compagnie de votre spécialiste.

Patrick fut très impressionné par ce moyen de transport rapide qui courait dans le noir, émergeait de temps en temps sur une courte distance, puis replongeait dans le ventre de la ville. Il voulait participer à un projet semblable de l'autre côté de l'Atlantique.

Deux jours plus tard, le jeune Américain reçut un carton d'invitation pour le souper du dimanche soir à la résidence du comte d'Oxford. Patrick, les affaires mises à part, fut flatté d'être convié à la table d'un noble.

La demeure de la famille Harley, construite dans le style géorgien, datait du 18e siècle, époque où la ville s'était étendue vers l'ouest. Pour y accéder, on franchissait d'abord une imposante clôture en fer forgé. Le fronton était soutenu par de majestueuses colonnes qui s'élevaient jusqu'au troisième étage.

Un valet du plus pur style anglais vint lui ouvrir :

– Monsieur Steele sans doute.

Il le débarrassa de son haut-de-forme et l'introduisit au salon.

– Monsieur Patrick Steele.

Les jambes du visiteur flageolèrent légèrement, devant l'assemblée réunie dans la fastueuse pièce. Le comte s'empressa de faire les présentations.

– Mon père, Richard, septième comte d'Oxford, mon épouse la comtesse Victoria, ma fille, lady Charlotte. Mon fils est absent en ce moment, il effectue un voyage en Asie où il fait une tournée dans nos colonies, en mission pour le gouvernement.

Lorsqu'il s'inclina pour baiser la main de Charlotte, il la jaugea d'un coup d'œil. Pas grande, cinq pieds tout au plus, blonde, le teint un peu brouillé, les traits réguliers, les yeux couleur d'un ciel d'été. Fade aurait été son premier qualificatif.

Le comte Richard était un vieillard à l'épaisse toison blanche, au regard perçant. Il s'appuyait sur une canne, beaucoup plus par coquetterie que par besoin. La comtesse, quant à elle, était d'une beauté déjà fanée. On sentait la grande dame habituée à régenter un essaim de serviteurs d'une main rigide. Le contraste était frappant entre la sévérité de la mère et l'indolence de la fille.

On passa à table dans la vaste salle à manger. Le repas, de premier choix, se déroulait avec une précision réglée au quart de tour, un ballet de gestes répétés des centaines de fois où aucun faux pas n'était permis. Pourtant, les convives discutaient avec verve. Charlotte n'intervint pas souvent dans la conversation, sauf pour questionner sur l'Amérique où son père lui avait promis de l'emmener pour ses vingt et un ans. À la façon dont elle lorgnait Patrick, il était évident qu'il lui plaisait, malgré la retenue qu'elle s'imposait.

L'Amérique et son essor prodigieux en un si court laps de temps, les richesses si nombreuses que recelait ce nouveau continent – on n'avait qu'à se baisser pour les ramasser, disait-on –, faisaient rêver les Européens. D'autre part, les titres de noblesse, les familles qui se transmettaient leur nom et leur patrimoine, parfois depuis des siècles, exerçaient une fascination certaine chez la plupart des Américains fortunés.

Les hommes passèrent au fumoir. Au cours de la conversation, Patrick découvrit que les ancêtres du comte d'Oxford étaient impliquées dans les chemins de fer depuis l'ouverture du premier terminus ferroviaire londonien en 1836. C'était donc d'une longue tradition qu'avait hérité George Harley, et il semblait tout à fait d'accord de la partager avec Patrick, puisque celui-ci n'était pas un concurrent direct, ses affaires étant de l'autre côte de l'Atlantique.

Quand ils regagnèrent le salon, le vieux comte s'excusa :

– Pour les mondanités, je laisse la place aux plus jeunes maintenant. Je garde mes forces pour les choses sérieuses, fit-il en souriant.

– Et si on faisait une partie de bridge? proposa Victoria.

En un tournemain, la table à carte était prête. Patrick et Charlotte étaient partenaires. Celui-ci fut surpris de l'habileté et de la fougue que Charlotte déployait pour remporter la partie. Un peu de rose colorait ses joues, ce qui lui seyait bien. Après tout, peut-être l'avait-il jugée trop rapidement.

Une collaboration, puis une amitié s'établirent rapidement entre George et Patrick. Le jeune homme visita, un peu à l'extérieur de Londres, une usine où l'on fabriquait des wagons modernes. D'ailleurs, le comte Richard possédait un cottage du côté de Hampton Court. La famille y séjournait souvent durant l'été. Patrick fut convié à y partager leur séjour. Il en profita pour visiter le palais que Henri VIII occupa à partir de 1528. Lorsqu'il traversa la porte d'Anne Boleyn qui marque l'entrée de la tour de l'horloge, il frissonna en pensant au terrible sort de cette femme exécutée à l'âge où l'on rêve d'avenir. Il fut surtout impressionné par la chapelle royale et le vitrail de la grande salle, de style Tudor, qui montre Henri VIII encadré par les armoiries de ses six femmes.

Ce séjour, mêlé de travail, de promenades, d'agréments variés lui permit de mieux cerner les manières de la noblesse anglaise dont il s'efforça d'être digne. Il découvrit également une nouvelle Charlotte, rieuse et taquine.

Lorsque la famille reçut un faire-part du comte de Northumberland, membre d'une des plus anciennes familles nobles d'Angleterre, les priant d'assister au mariage de leur fils aîné à la fin du mois d'août, Charlotte demanda humblement à son père si son ami, monsieur Steele, pourrait l'accompagner. La question méritait réflexion. Certes, le garçon était de bonne naissance en Amérique, mais ici serait-il jugé digne de la noblesse anglaise, victorienne et assez guindée?

L'occasion se présenta un soir, au club sélect que le plus âgé des comtes d'Oxford fréquentait depuis près de trente ans. Il croisa le doyen Northumberland et en profita pour lui vanter les qualités et la fortune de leur invité de Boston. Ils parlèrent de l'Amérique, des conquêtes et des pertes que la fière Albion y avaient vécues. De fil en aiguille le comte d'Oxford suggéra que sa présence au mariage pourrait être intéressante. Le jeune homme pourrait escorter sa petite-fille, si bien sûr il recevait un carton d'invitation.

– Patrick s'intéresse à la construction du métropolitain et aux travaux de George. Son père est parmi les gros investisseurs dans le rail aux États-Unis et au Canada. Il est venu chez nous en compagnie d'un ingénieur chevronné pour étudier nos méthodes de développement. Les Steele font partie de la haute société bostonienne. Bien sûr, face à votre grandeur, ce n'est pas comparable. Compte tenu du progrès néanmoins, il faudra bien un jour transiger avec l'élite d'outre-mer. Patrick Steele en fait partie.

– S'il a de bonnes manières et sait tenir sa place, je n'y vois pas d'inconvénients. Je dirai à ma femme de l'inclure dans la liste des invités déjà fort longue.

En prévision de ce grand événement, Patrick se rendit chez le tailleur des Harley pour la confection d'un habit de cérémonie de la meilleure coupe, à la dernière mode, si l'on peut dire qu'il y avait une mode dans ce pays conservateur, figé par le règne de la vieille reine Victoria dont on fêterait bientôt le jubilé de diamant.

Patrick profita aussi du beau temps pour arpenter Regent's Park. Il admira la luxuriante roseraie dans la partie dédiée à la reine Mary. Rosie serait à sa place ici. Il eut une tendre pensée à son égard. Il faudrait qu'il l'emmène un jour. Un jour...

Affirmer que sa fiancée occupait beaucoup son esprit serait faux. À preuve, il invita Charlotte en canot sur le lac, par un après-midi parfumé et langoureux. La comtesse avait accepté à condition que la femme de chambre de Charlotte les chaperonne, assise au bord de l'eau.

Il se rendit aussi au palais de Kensington, où Victoria apprit qu'elle devenait reine, à peine âgée de dix-huit ans. Il déambula dans les jardins du palais, ouverts au public, jusqu'à la Serpentine, lac artificiel que l'on doit à un barrage construit sur un ruisseau affluent de la Tamise, et poursuivit dans Hyde Park.

Enfin le grand jour arriva. Patrick avait été invité à partager le carrosse des comtes d'Oxford. Il n'avait jamais vu une voiture aussi fastueuse, ornée de dorures à profusion. Son ego s'enfla un peu plus. Pourtant, quand il vit Charlotte fagotée dans une coûteuse robe rose bonbon, il ne put s'empêcher de soupirer. Il se revit, valsant à Montréal, Rosie à son bras, si merveilleusement simple et éblouissante. Il chassa vite cette idée importune, pour se concentrer sur la chance inouïe qui était la sienne. Ne frayait pas qui voulait avec les Northumberland. Il savait qu'aujourd'hui il mettait le pied dans un monde qui était supérieur au sien, par la naissance du moins. Et cela l'excitait. Ils se dirigeaient vers la cathédrale Saint-Paul qu'il n'avait pas encore visitée. À mesure qu'ils avançaient, la circulation devenait plus dense. Le soleil accrochait des reflets aveuglants à cette marée d'or qui déferlait sur la chaussée en demi-cercle devant la façade occidentale et les tours de la majestueuse cathédrale.

Les valets déversaient les dames, dont les gorges, lisses ou ridées, brillaient de mille éclats. Les hommes suivaient comme des cormorans sévères et impeccables. Certains d'entre eux arboraient l'uniforme flamboyant des soldats de Sa Majesté. Tout ce beau monde avait selon son rang une place réservée dans la cathédrale. Les comtes d'Oxford avaient été déplacés à leur détriment afin que Patrick partage leur banc. Quand on propose à des gens pour qui la hiérarchie compte autant, d'avancer un peu, ils ne refusent jamais.

Le regard se portait sur le dôme dont la galerie dorée ceint le point le plus élevé, juste sous la lanterne extérieure qui pèse huit cent cinquante tonnes. Partout, des fleurs laiteuses en immenses corbeilles ornées de tulle et de ruban semaient de la beauté supplémentaire.

La mariée était de petite noblesse. Le jeune comte avait gagné ce mariage de haute lutte. Ses parents s'y étaient d'abord opposés catégoriquement. À bout de patience, follement amoureux, il avait menacé ses parents de partir pour les Indes ou pour le Canada. Il ne donnerait pas de nouvelles, se perdrait dans la nature et, comme il était le seul héritier du titre... C'était un ultimatum qui avait eu raison des résistances de son paternel.

Quand la mariée se détacha, toute blanche, sur les boiseries sombres, longiligne, vêtue d'une robe de faille à manches gigot, au corsage montant en dentelles de Bruges, son voile finement brodé, très bouffant, s'étirant sur une traîne de plusieurs pieds, retenu par un diadème en diamants offert par son fiancé en gage d'amour, un murmure s'éleva. Une beauté!

Un kaléidoscope d'images assaillit Patrick. Au visage de la mariée se substituait celui de Rosie. Elizabeth, c'était son nom, avançait à pas mesurés vers l'autel, Patrick n'arrivait toujours pas à se sortir de la transe dans laquelle il était plongé. Il baissa les yeux et son regard se posa sur Charlotte, sur toute cette magnificence qui l'entourait. Cette vie avec Charlotte, si son père l'acceptait ou, la vie à Boston avec Rosie. Il n'hésita qu'un court instant. Même sans titre, Rosie possédait l'étoffe qui lui convenait, ce n'était pas une poupée de chiffon comme Charlotte. Il se sentit mesquin. Charlotte était une gentille fille, pas comparable à Rosie, c'était là le problème. La cérémonie se termina sur un point d'orgue.

Le banquet était servi dans un grand manoir de la région de Londres, habité par la famille depuis des siècles. Le salon rouge avait été converti en salle à manger où les chaises, alignées comme des soldats à la revue, toutes à distance strictement égale de la table, symbole de l'importance du protocole et de l'ordre établi, attendaient les invités dont les noms étaient inscrits face à leur couvert. Des roses, dans un vase bas, agrémentées de lierre, couraient au centre de la table.

Lors de la réception qui suivit dans les jardins de la résidence, Patrick eut la chance d'être présenté au premier ministre, Archibald Philip Primrose, cinquième comte de Rosebery, qui jouissait de l'appui de la reine. Celui-ci avait épousé Hannah Rothschild qui se déclara ravie de faire la connaissance de cet Américain dont on lui avait vanté le sens des affaires. Il se sentait plutôt bien accepté au sein de la noblesse anglaise. Tant il est vrai que si beaucoup d'entre eux étaient riches, une majorité peinait à entretenir de vastes domaines et des châteaux qui engloutissaient des fortunes en frais d'entretien. La plupart pensaient qu'un aristocrate ne devait pas travailler, funeste opinion qui pouvait conduire à la ruine. C'est pourquoi les grandes fortunes américaines suppléaient parfois à l'absence de particule. Elles étaient même recherchées par les parents des demoiselles à marier, qui n'avaient que leur sang bleu à mettre dans la corbeille de mariage.

Dans la vie de Patrick, cette journée passa comme un rêve. Charlotte, pour sa part, s'était vue sur le parvis de la cathédrale au bras de Patrick. Elle était amoureuse et il était si rare qu'une jeune fille de son rang puisse choisir son époux. Elle tremblait à l'idée que son père lui choisisse un mari à son insu. La semaine suivante, Charlotte se proposa comme cicérone pour la visite de l'abbaye de Westminster. Toujours flanqué de l'inévitable chaperon, Patrick apprécia le savoir de sa jeune guide. Dans la *Lady Chapel*, consacrée en 1519, elle attira son attention sur les extraordinaires voûtes compartimentées; dans la salle capitulaire, ils restèrent en contemplation devant les superbes carreaux du XIIIe siècle. Quand ils déambulèrent dans la nef la plus haute d'Angleterre, ils entendirent l'écho de leurs pas, car il n'y avait pas beaucoup de visiteurs. Ils se rendirent admirer *Big Ben* et regagnèrent la maison dans une voiture de louage.

Ce jour-là, Charlotte marqua des points. Sous son apparence mièvre se cachait une intelligence vive, peu cultivée par une mère autoritaire.

Patrick, en compagnie de James, son ingénieur, partit le 10 septembre pour une tournée d'un mois, qui le conduirait dans toutes les régions de l'Angleterre desservies par des réseaux ferroviaires. Les deux hommes étudieraient les conditions de voyage dans toutes les classes, la nourriture, la finition des wagons, leur confort, la force des locomotives, leur vitesse et les innovations. Ils prendraient d'abondantes notes. C'était un travail exigeant. Ensuite, ils seraient prêts à rentrer à Boston.

Les deux hommes revinrent exténués de ce voyage, mais satisfaits des renseignements obtenus. Le compte d'Oxford proposa à Patrick de prendre une semaine de repos au manoir, avant son départ. Il accepta avec joie. Il écrivit un mot à sa fiancée qu'il avait bien négligée; et à lui la vie de château. Le jeudi, arriva un pli qui allait considérablement changer ses plans. Monsieur le comte Rosebery, premier ministre d'Angleterre et son épouse Lady Hannah, conviaient monsieur Patrick Steele à un grand bal de bienfaisance qui se tiendrait le vendredi 15 novembre 1895. Patrick se gonfla tel un paon qui fait la roue. À l'image du corbeau de la fable de La Fontaine, ne se tenant plus de joie, il accepta rapidement l'invitation. Lorsqu'il se mit au lit ce soir-là, une petite lueur clignota dans sa tête. Rosie et sa famille devaient leur rendre visite pour *Thanksgiving* et il ne serait pas de retour. Quel impair impardonnable! Il décida de ne pas avertir. Il prétexterait un retard incontrôlable. Oui, c'était préférable. De toute manière, il n'allait pas rater une telle occasion. C'est sans remords qu'il s'endormit du sommeil du juste en conformité avec sa conscience un peu élastique.

Le soir du bal, Charlotte apparut vêtue d'une robe marine à la ligne élancée se prolongeant à l'arrière en une courte traîne. Cette tenue allongeait sa silhouette. Ses longues boucles de cheveux blonds roulés en spirales, retenues de chaque côté par des épinglettes de diamants, lui donnaient un air mutin.

Une foule bigarrée, élégante, imbue de son importance, composait l'assistance. Un orchestre impressionnant incitait les plus jeunes à la danse. Charlotte était plus entourée qu'il ne l'eût cru. Aucun danger qu'elle ne fasse tapisserie. Patrick manœuvra pour être inscrit à plusieurs reprises sur son carnet de bal. Elle accepta en rougissant de bonheur. Ce soir, elle se sentait belle, ce qui ne lui arrivait pas souvent. Quand une fille se sent en beauté, son charme opère infailliblement, c'est bien connu.

Ce fut l'événement mondain de la saison. Très longtemps après, on en parlait encore. Patrick avait joui de toute cette somptuosité. Il avait fait grande impression sur plusieurs jouvencelles en mal d'amour. Quelques douairières murmurèrent cependant derrière leur éventail :

– Il paraît que c'est un Américain très riche. Il a de belles manières, mais c'est un roturier quand même.

Certaines, peu nombreuses, allèrent même jusqu'à dire :

– Je me demande bien ce qu'il fait ici.

Le début du mois de novembre s'était écoulé dans une brume humide qui enveloppait le paysage et les passants d'un voile insidieux. Les gens se pressaient de refermer les portes de peur qu'elle ne pénètre dans leur maison où les foyers arrivaient difficilement à chasser l'humidité de l'air. Le lendemain du bal, le vent se mit à souffler en rafales, poussant de gros nuages noirs desquels s'échappait une pluie abondante qui venait frapper les vitres d'un éclat sonore. Patrick savait que c'était probablement un des plus mauvais moments de l'année pour entreprendre une traversée de l'Atlantique. Il ne pouvait plus retarder son départ davantage, malgré ses appréhensions.

C'est le lundi matin qu'il fit ses adieux au comte Richard, à la comtesse Victoria et à son époux. Puis vint le tour de Charlotte qui cachait son chagrin à grand peine.

– Adieu, *my lady*, fit-il en lui baisant la main. J'ai passé des moments délicieux en votre compagnie. J'espère qu'un jour vous visiterez l'Amérique.

– Ce n'est pas impossible, répondit son père à sa place.

Une portière qui claque sous l'orage, le déclin du son des sabots sur la chaussée. Il était parti.

Au port de Southampton, les marins s'affairaient à vérifier le bon état du paquebot *Majestic*, le même qu'à l'aller, qui venait de subir une rude traversée. La température se gâcha à un point tel que l'on retarda le départ de deux jours. Le lendemain, le ciel roulait toujours de gros yeux gris qu'un pâle soleil essayait d'illuminer chichement. Les flots s'étant beaucoup calmés, le navire leva l'ancre. Patrick rentra dans les vieilles habitudes prises lors de la première traversée et se sentit heureux. Son bonheur devait être de courte durée. Le second matin, il lui sembla qu'un mouvement de tangage agitait sa cabine. Il se leva, s'habilla chaudement et décida d'explorer le pont. Une trombe d'eau le frappa de plein fouet. La pluie était si dense qu'il ne voyait même pas le bastingage. Il rentra précipitamment. Le soir, la salle à manger était presque déserte. Les convives n'avaient plus d'appétit. Ils étaient pour la plupart incommodés par le mal de mer. Cette mer qui levait maintenant des vagues à plus de dix verges de hauteurs. Patrick tenait le coup, contrairement à James qui faisait pitié à voir. Vers cinq heures du matin, Patrick s'éveilla en sursaut. Des craquements sinistres se faisaient entendre de part et d'autre du bateau. Pour la première fois de sa vie, Patrick eut peur. Il avait entendu parler plus d'une fois de ces vaisseaux qui avaient coulé corps et biens au fond de l'océan, dans l'ombre abyssale des profondeurs, ne laissant aucune trace de leur malheur. Il frissonna et se servit un double scotch. Il se mit à penser à Rosie. Il l'avait bien négligée durant son voyage. Elle méritait mieux que ça. Le mince visage crispé de Charlotte au moment de son départ le visita également. « Simple amusement », se dit-il. « Elle sera vite consolée par un comte ou un baron anglais. » Il imagina la douleur de sa famille et se versa un autre verre.

L'aube s'était levée incognito, n'apportant que peu de lumière. Dans le courant de la journée, il apprit que deux matelots étaient passés par-dessus bord. Du coup il vomit à s'en arracher les tripes, seul comme un homme que plus personne ne sert. Il adressa même une prière à Dieu, lui qui n'était pas dévot. Quand la nuit répandit son encre sur la masse mouvante et mugissante, il glissa dans sa couchette et sombra dans un sommeil sans rêves. Les deux jours qui suivirent ne connurent guère d'accalmie. Le paquebot avait pris du retard. Le sixième jour, le vent fatigué de souffler alla se reposer. La pluie tombait toujours, mais avec moins de violence. Ce n'est qu'après une traversée de neuf jours que le *Majestic* mouilla dans le port de New York. Les passagers étaient blêmes et épuisés. Ce qui devait être une partie de plaisir s'était transformé en cauchemar.

Patrick et James prirent le train pour regagner Boston. Pourtant, Patrick était soucieux. James ignorait les vraies raisons de leur départ tardif. Il prévoyait que son père serait très vexé de son absence lors de la visite de sa fiancée et de sa famille. Il se prépara consciencieusement à mentir avec aplomb. Il avait eu une idée géniale. Il raconterait qu'il avait été convié, grâce à ses relations, à une audience privée avec le premier ministre, monsieur le comte Rosebery. Une telle rencontre était excellente pour les affaires et ne pouvait subir de refus, sans porter offense. Sans oublier la traversée affreuse où il avait cru laisser sa vie. Et le tour serait joué!

Chapitre IV

QU'IL EST DIFFICILE D'AIMER

Le train filait à vive allure vers la frontière canadienne. Le confort douillet du wagon n'arrivait pas à
faire oublier le fracas des roues sur les rails. Rosie fixait le paysage lugubre défilant sous ses yeux aveugles.
Elle méditait sombrement sur sa situation. Mary s'é-
tait assoupie et le visage de Daniel disparaissait derrière le journal qu'il lisait.

Ce voyage qu'elle avait effectué sans enthousiasme,
au grand déplaisir de son père, avait tourné au ridicule
puisque Patrick n'était pas revenu d'Europe pour
Thanksgiving. Elle avait entendu monsieur Steele, étranglé
de colère, dire à son hôte :

– Il n'y a pas d'excuse à cette absence. C'est un
affront que je ne saurais tolérer. Pourtant, il a du sentiment pour votre fille.

Monsieur O'Brien n'avait rien répondu, ne sachant
trop quoi dire. Il est certain que cet impair n'aiderait en
rien la cause de Patrick auprès de sa fiancée qu'il n'avait
pas revue depuis six mois.

Rosie avait beaucoup changé. Dès son retour de
Caledonia Springs, elle avait couru ouvrir une boîte postale

à son nom où elle pourrait cueillir les lettres de Michael
en toute tranquillité. Elle ne vivait que pour ces missives porteuses d'amour et de mots tendres. De tristesse
aussi, Michael se languissait d'elle. *Le ciel est moins
bleu, l'air a perdu sa pureté, même le soleil a pâli, depuis
votre départ. J'ai mis la photo que vous m'avez envoyée
près de mon lit. Parfois, je pleure en la regardant. Dites-
moi, est-ce honteux pour un homme? Moi, je ne le crois pas
car ces larmes viennent de mon cœur.*

Quand Rosie comparait les lettres de Michael à celles
de Patrick, elle frémissait. La rare correspondance de
son fiancé ressemblait à une chronique de voyage
impersonnelle où les non-dits filtraient à travers les
lignes. Le dernier paragraphe était habituellement consacré à quelques mots affectueux, sans plus.

La vie mondaine avait repris à Montréal. Rosie avait
bien essayé d'esquiver certaines invitations, sans succès.
La fille de Daniel O'Brien se devait d'être vue. Rosie
commença à détester ces réunions de la bonne société
où on la forçait de paraître. Un soir qu'elle était lasse et
que son père était absent, elle avait, avec la permission
de sa mère, fait dresser une table pour deux personnes
dans la serre, où elle avait reçu Margaret à souper en
tête-à-tête. Margaret était la seule amie à qui elle pouvait se confier. Certes, Rosie en avait de nombreuses, de
son âge, car en général elle était appréciée. Ces filles
n'étaient cependant pas de celles à qui l'on divulgue ses
secrets les plus intimes.

Rosie et Margaret étaient bien installées à leur
petite table, au milieu des plantes, devant une salade
appétissante. Margaret souligna doucement :

– Qu'est-ce qui te tracasse autant Rosie? On dirait
que tu n'as plus goût à rien. Es-tu malade?

Rosie hésita quelques secondes.

– Il faut que tu me jures que mes confidences vont rester entre nous.

– Croix de bois, croix de fer, je le jure, fit Margaret en souriant.

– C'est sérieux.

– Seigneur, tu m'effraies.

– Écoute Margaret, je suis éperdument amoureuse d'un homme formidable et ce n'est pas de mon fiancé qu'il s'agit. Lui, je sais maintenant que je ne l'aime pas.

– Alors, romps tes fiançailles.

– C'est beaucoup plus compliqué que ça.

– Ce n'est pas un homme marié j'espère? Ces affaires-là sont mauvaises.

– Non, non, rassure-toi. D'abord, Patrick est le type que mon père désire me voir épouser. Il est très riche. Michael, c'est le nom de mon bien-aimé, ne l'est pas, du moins par rapport à nous. Il est instruit, il gagne sa vie honorablement, il est sous la houlette d'un vieux magistrat à L'Orignal, en Ontario.

– C'est à la campagne ça?

– Si tu veux. C'est à quelques milles de Caledonia Springs. C'est là que je l'ai rencontré. Il est responsable du télégraphe, s'occupe des réservations, de l'accueil des clients et de la facturation. Il connaît la sténographie et la dactylographie. Il est pressenti pour devenir le prochain greffier à la cour de L'Orignal. Celui qui occupe le poste est vieillissant et sa vue est très mauvaise. En attendant, Michael est clerc d'octobre à juin chez monsieur le juge.

– Et tu serais prête à mener une existence rurale sans éclat pour vivre à ses côtés?

– Sans aucune hésitation. Les étoiles brillent de mille feux quand il est là. Sa présence illumine ma vie.

– C'est vrai que l'amour, c'est magique. Est-ce que l'amour rime avec toujours d'après toi?

– Michael et moi, c'est pour la vie, il me l'a dit.

– Rosie es-tu devenue sourde? C'est la troisième fois que je te parle et tu ne m'entends pas, dit Daniel d'une voix forte. Où es-tu, bon Dieu?

Rosie sursauta si fort que son réticule tomba par terre.

– Qu'est-ce que c'est que ces manières? gronda Daniel.

– Voyons, mon ami, ne vous emportez pas de la sorte. Votre fille vient de subir une sérieuse rebuffade, une indélicatesse grave de la part de son fiancé. N'est-ce pas normal qu'elle soit songeuse?

Daniel grogna des paroles inintelligibles et déclara abruptement :

– Avec tout ça, j'ai oublié ce que j'avais à dire. Je dois ajouter que je te trouve bizarre depuis quelque temps, Rosie.

– Je mûris papa. J'ai mes propres idées, mes émotions personnelles. Ce n'est pas toujours facile de les partager avec vous.

Daniel se sentit vexé. Il préféra se taire parce que Rosie était plus contestataire depuis, depuis quand au juste?

On approchait de Montréal, Rosie se replongea dans sa rêverie. « Où en était-elle exactement? Ah oui! elle revivait son souper avec Margaret. »

– Si tu es certaine d'avoir rencontré la part manquante de toi-même, alors fonce, ma belle amie.

– Oui. Je sais ce que je veux faire. Mais il y a mon père. Il n'acceptera jamais. Le standing, les relations, l'image. C'est trop important pour lui. Moi, je préfère Michael à toutes ces considérations. Je souhaite éviter une rupture avec papa. Je pense qu'à sa manière, il m'aime. S'il voulait seulement me donner ma dot, Michael et moi, nous aurions tout ce qu'il faut pour élever une famille dans le confort. Il refusera, j'en suis presque certaine. Il ne comprendra pas.

Margaret lui avait serré les mains et l'avait assurée de son support et de sa discrétion.

Le train, essoufflé, allait bientôt entrer en gare et Rosie se força à revenir à la réalité. D'une certaine façon, elle était contente que Patrick ne se soit pas présenté à Boston. Elle aurait un point en sa faveur si elle voulait rompre.

Ce fut bientôt le brouhaha habituel des arrivées. Des exclamations de joie fusaient ici et là. Le bonheur de revoir des êtres chers est aussi doux que la caresse du printemps. Les porteurs se pressaient à la rencontre des clients. Le valet des O'Brien les attendait avec la voiture. Ils se mirent en route le plus rapidement possible, dans la cohue.

Rosie aurait voulu courir à la poste tout de suite. Hélas, il était trop tard pour sortir. Il faudrait patienter jusqu'au lendemain matin. Elle dormit d'un sommeil agité et se réveilla à l'aube. Elle s'habilla sans faire de bruit et prit un livre qu'elle délaissa bientôt, incapable de se concentrer. L'horloge égrena huit coups. Rosie enfila une cape à capuchon et descendit sur la pointe des pieds. Dans son casier, il y avait trois lettres. Michael ne la négligeait jamais. Elle pressa son précieux butin contre son cœur et le déposa dans la poche intérieure de sa mante.

En entrant dans le vestibule, elle se trouva nez à nez avec son père qui s'apprêtait à sortir.

– Où cours-tu comme ça, de si bonne heure le matin, et toute seule en plus?

– Oh! ce matin j'avais un peu la migraine. Ça m'a fait le plus grand bien de prendre l'air. D'autres fois, je marche simplement pour le plaisir, dans notre quartier si bien élevé, ajouta-t-elle un peu ironique.

– C'est vrai que l'environnement est sécuritaire. Là n'est pas la question. Les convenances, tu les oublies trop souvent. Une jeune fille bien se doit d'être accompagnée.

– Papa, vous ne voulez pas que j'étouffe n'est-ce pas? J'ai besoin d'un peu de liberté. Quelle entorse aux bonnes manières y a-t-il à me balader à quelques pâtés de maison d'ici. Je serai majeure dans moins d'un an. N'oubliez pas, le vingtième siècle est à nos portes. Maman et moi, nous sommes convaincues qu'il sera vecteur de grands bouleversements. Aussi bien être en avance sur son temps.

Elle s'élança dans le grand escalier, sans qu'il puisse répliquer. Il soupira en hochant la tête, «si belle et si entêtée ».

Rosie s'installa dans sa bergère et ouvrit la première enveloppe.

Ma Rose d'amour,

Depuis votre départ, je pense constamment à vous. Le train qui vous emporte, à chaque tour de roue vous éloigne un peu plus de moi. Je ne sais pourquoi, l'impression de vous perdre dans l'immensité d'un autre pays me ronge le cœur. Ai-je le droit de lever les yeux sur vous sans vous précipiter dans le malheur? La désespérance me guette.

Je parle à votre photo, comme à un fantôme qui ne me répond pas. Heureusement, j'ai vos lettres toujours si pleines de ferveur pour me consoler. Même ma mère m'a dit tristement hier : «Elle sera bien loin de nous la petite Rose. Je crois que je ne pourrai jamais l'oublier. Elle me manque. »

Et le texte continuait sur trois pages, aussi tendre, aussi mélancolique.

Dans la troisième missive, Michael relatait que l'épouse de monsieur le juge avait fait une vilaine chute.

C'est moi qui l'ai relevée de sa fâcheuse posture et qui l'ai portée sur sa couche. Elle est très souffrante. Je passe tous les soirs à leur domicile. Je me rends utile autant que je le peux. Une infirmière veille sur madame pendant le jour. La nuit, ils sont seuls avec leur bonne qui n'est plus jeunette. Monsieur le juge est très inquiet. Il a toujours vécu en harmonie avec sa Clara et elle l'a si bien épaulé depuis leur mariage. Soudain, le poids des ans s'est abattu sur ses épaules. Il compte beaucoup sur moi. L'autre jour, il m'a dit : « Tu es mon bâton de vieillesse. Tu es le fils que nous n'avons pas eu. Clara aussi t'apprécie énormément. Elle dit que nous sommes chanceux de t'avoir. » Ces paroles m'ont beaucoup ému. J'ai perdu mon père enfant et puis mon grand-père qui me gâtait tant est parti également. J'ai senti un grand vide dans ma jeune vie. Monsieur le juge l'a un peu comblé, à sa manière. Leur situation présente m'afflige beaucoup. J'aimerais tellement que vous les connaissiez. Ils vous adoreraient, j'en suis certain. Il m'arrive d'avoir envie de leur parler de vous. J'hésite. Il me faudrait votre permission. Ce sont des gens discrets. Dites-moi, voulez-vous mon aimée, que je leur ouvre mon cœur? La vie tient à si peu de choses. Nous sommes si fragiles dans la main de Dieu. J'attends un mot de vous avec impatience. Ce voyage prendra fin un jour. Alors je m'éveillerai de ce mauvais rêve.

J'embrasse votre beau visage.

Michael

Que c'était bon de retrouver les mots parfumés de Michael. Pourquoi fallait-il être séparés? Le désir de le voir, de le toucher était parfois si fort qu'une douleur physique l'envahissait. Il était impossible qu'elle attende jusqu'à l'été prochain pour le revoir. Elle devait se marier en juillet ou en août. C'était impensable. Il fallait qu'elle se sorte de ce guêpier avec bonheur. Après, on verrait. Elle avait averti son amour qu'il lui fallait du temps. À la fin d'août, elle serait majeure. Ce détail, lui donnerait une mince marge de manœuvre, quoique, au fond, dans la province de Québec, les femmes ne restaient-elles pas mineures toute leur vie? Elle allait d'abord manœuvrer pour retarder la date du mariage jusqu'à octobre, prétextant les splendeurs des coloris d'automne pour rehausser ce grand jour...

Pour le moment, les célébrations se multipliaient en prévision de Noël qui arrivait dans moins d'un mois. L'Église désapprouvait hautement ces réjouissances durant l'Avent qui allait débuter le dimanche suivant. Devant les riches donateurs cependant, celle-ci fermait plus facilement les yeux. Rosie n'avait pas le cœur à la fête. La famille Steele viendrait passer une dizaine de jours. Son père insistait sur les toilettes et le faste. Quant à elle, son esprit serait avec Michael et Ida, dans l'église de pierre de L'Orignal. Elle trempa sa plume dans l'encrier. Elle se mit à écrire avec l'espoir que Michael sentirait les vibrations intimes qui l'agitaient. Elle noircit des pages et des pages, ce qui ne la calma pas, bien au contraire. Il lui prenait parfois des envies folles de s'échapper et d'aller le rejoindre. Elle se réprimandait vivement. C'était la pire façon de parvenir à ses fins.

Parlez de moi à monsieur le juge et à sa dame. Dites-leur bien que j'ai l'intention de les rencontrer aux prochaines vacances. Ce sont des gens influents dont vous partagez la confiance. Je ne sais pas encore mais. le temps venu, peut-être pourrait-il nous aider à fléchir mon père. Pardonnez-moi, je dis sans doute des bêtises. Je m'attache comme une naufragée à tous les espoirs qui me viennent à l'esprit. Michael, je voudrais que vous me fassiez la promesse solennelle de venir au moins une fois cet hiver. Pourquoi la vie est-elle aussi cruelle, notre amour à l'index?

Aimez-moi comme je vous aime.

Votre Rose des sources

Le mois de décembre s'était couvert de son moelleux édredon blanc. Un matin, au réveil, les arbres étaient apparus comme de magnifiques bouquets cotonneux. Les vitrines des magasins étincelaient de toilettes pailletées et de fourrures lustrées. D'autres alléchaient les enfants avec des poupées d'une beauté digne d'attirer l'envie de toutes les fillettes. Des trains en miniature couraient sur des rails. Des chevaux de bois à la crinière opulente se balançaient insensiblement au passage des convois. On pouvait admirer des pantins, des pierrots, des soldats de plomb, des tambours, des flûtes, toute une panoplie de jouets que les biens nantis offriraient en cadeaux à leurs petits. Les pauvres, eux, ne feraient qu'admirer sans toucher...

Les bijoutiers étalaient leurs pièces les plus coûteuses, les librairies, leurs livres dorés sur tranche, à la reliure en cuir.

Il régnait dans le *Golden Square Mile* une atmosphère où luxe et bonheur semblaient former un tout. Les clochettes des traîneaux jetaient une note joyeuse dans les rues encombrées.

Rosie, qui avait refusé l'achat de nouveaux vêtements pour le voyage à Boston, accepta de se procurer une robe en voile de soie bleu pâle rebrodée de fil argenté. Sa couturière lui confectionna une autre toilette aux lignes épurées, en velours fuchsia, qui mettait en valeur son teint laiteux. Elle se laissait faire comme une marionnette agitée par la main des autres. Quelques jours avant Noël, Daniel arriva à la maison avec une boîte à chapeau à la main. Elle l'ouvrit sans empressement. Quand elle en vit le contenu, ses yeux brillèrent. Une magnifique toque et un petit manchon de renard argenté reposaient au fond de la boîte. Rien d'ostentatoire. Beau mais sobre. Elle se trouva belle ainsi coiffée. L'image de Michael la transperça. Il aimerait, sûrement. Elle remercia son père et le complimenta sur son bon goût.

– Tu n'aimes pas la parade. J'ai tendance à l'oublier. Cette fois-ci, j'en ai tenu compte. Je suis heureux si mon cadeau te plaît. Te voir heureuse est important pour moi. Il me semble que je vois de la tristesse dans ton regard depuis un certain temps.

– Papa, vous êtes bon. J'espère pouvoir compter sur vous dans les moments difficiles.

– Toujours, ma fille.

Rose fit le vœu qu'il s'en souvienne le moment venu. Depuis le début du mois, elle avait reçu deux lettres de Patrick. Que d'empressement soudainement. Dans la première, il s'excusait de son inqualifiable absence lors de sa visite. « Il faut comprendre qu'on ne refuse pas une audience au premier ministre d'Angleterre. » Puis, avec force détails, il lui racontait les affres de cette traversée où il avait pensé périr. Il était évident qu'il voulait attirer la pitié, antidote efficace au courroux légitime de sa fiancée qu'il avait un peu trop négligée.

La deuxième s'étendait sur la joie inexprimable qu'il aurait à la retrouver pour les fêtes de Noël et du jour de l'An. « Pour quelqu'un qui tient tant à ma présence, il ne s'est guère pressé de rentrer. Quant à sa visite chez le premier ministre Primrose, comte de Rosebery, je n'y crois qu'à demi. Que m'importe après tout. »

Quelques jours avant Noël, Rosie alla poster deux boîtes, l'une minuscule, l'autre plus volumineuse. Elle les avait emballées de beau papier glacé et enrubannées avec goût. Malheureusement, le grossier emballage de la poste dissimulerait ces beautés.

Depuis son retour du bal masqué, avec de la laine de haute qualité, elle avait tricoté un chandail d'un bleu intense pour Michael. Sa mère lui avait donné quelques conseils sur l'art du tricot, car elle était loin d'être une experte. Mary n'avait pas posé de questions et l'avait corrigée au besoin. Le résultat était surprenant. Sur la carte festonnée, Rosie avait écrit :

Fait de mes mains, afin qu'elles vous enveloppent toujours. Joyeux Noël. À notre prochain revoir en 1896. Ce sera notre année. Je le sens.
Votre Rose des sources

Pour Ida, elle avait choisi un camée en nacre, pour lui témoigner son affection et lui rappeler son souvenir indéfectible.

Juste avant la venue des Steele, un messager se présenta à l'entrée, porteur d'un paquet à l'intention de mademoiselle Rose O'Brien.

– J'ai reçu ordre de le remettre en mains propres.

La bonne alla quérir la jeune fille qui s'affairait aux derniers préparatifs. Elle ouvrit le colis. Il contenait douze magnifiques roses rouges. Sur un menu bristol, on lisait : *À la plus merveilleuse rose. M.K.*

Daniel questionna :

– Qui est ce M.K. qui envoie des fleurs à ma fille?

– Un admirateur, sans doute, fit Rosie en rougissant.

– Et tu ne le connais pas?

– Nous rencontrons tellement de gens papa. Peut-être un homme marié, qui veut rester anonyme. Quelqu'un que je n'ai pas remarqué. Je vais les mettre dans ma chambre, afin qu'elles n'attirent pas l'attention.

Elle s'enferrait en parlant trop. Elle décida de se taire. Juste à ce moment, Mary attira l'attention de son mari sur un détail anodin pour lequel elle voulait son avis.

Ils arrivèrent, la famille au grand complet, le 23 décembre. Quand Patrick la serra dans ses bras, Rosie eut la pénible sensation qu'il était un étranger. C'est vrai qu'il avait changé, elle ne savait dire de quelle façon. À partir de cet instant, elle prit l'ultime décision de ne pas être l'épouse de cet homme, peu importe le prix à payer.

La voûte de la cathédrale vibrait sous le ronflement de l'orgue puissant, tandis que la musique se répandait sur les fidèles plus ou moins recueillis. Rosie ne voyait rien, n'entendait rien. Elle était à L'Orignal, les cierges brillaient sur son bonheur d'être serrée entre Michael et Ida, tandis qu'au jubé, monsieur le juge entonnait le Minuit, Chrétiens. Deux infimes gouttes de rosée perlèrent au coin de ses yeux. Patrick lui prit la main. Elle réprima un léger sursaut.

– Vous aussi vous êtes émue, ma chérie? N'est-ce pas un instant magique?

Elle retira doucement ses doigts en évitant de le regarder. Elle eut peur de se mettre à le haïr. Elle se trouva stupide. Il n'était nullement responsable de sa rencontre avec Michael. Elle seule devait assumer son amour.

Les réjouissances furent somptueuses. Les réceptions s'enchaînèrent à un train d'enfer. Le soir de la Saint-Sylvestre, ils furent invités par Robert et Elsie Meighen, propriétaires du palais de style Renaissance italienne construit au début des années 1880, au 1440, rue Drummond. Cette résidence avait coûté à son premier propriétaire, Lord Mount Stephen, plus d'un demi-million de dollars, somme faramineuse pour l'époque.

Ils trouvèrent quand même le temps de visiter le Palais de cristal, réplique de celui de Londres, à l'angle des rues Sainte-Catherine et Université. On y admirait des machines nouvelles, dont le gramophone, récemment commercialisé aux États-Unis, et des curiosités scientifiques.

Patrick et Rosie, se rendirent sur le Mont-Royal. On y pratiquait la glissade et le patinage en plein air.

C'est le premier de l'an que la conversation parvint enfin aux préparatifs du futur mariage de Rosie et Patrick. Chacun y allait de ses propositions quand Rosie posa un terme aux palabres.

– Je préfère ne pas me marier avant l'automne. J'ai plusieurs raisons. D'abord, Patrick et moi venons de traverser sept mois sans nous voir, j'aime l'automne et sa beauté mélancolique et je veux être majeure avant de m'engager pour la vie. De plus, je désire passer un dernier été avec ma mère, ma grande confidente, avant de m'exiler aux États-Unis.

Les Steele parlèrent tous en même temps.

– Ce n'est pas ma faute si mon voyage fut si long. Les affaires sont les affaires, répliqua vertement Patrick, ce qui n'aida pas sa cause. Vous exiler aux États-Unis, n'est-ce pas un bien grand mot?

– Puis, que vont dire les gens d'aussi interminables fiançailles? questionna monsieur Steele, soucieux.

– C'est si joli en juin, quand le paysage est fleuri, minauda Fanny.

– L'été me semble nettement la saison la plus favorable et je suis déçue de votre peu d'empressement ma fille, grinça la future belle-mère.

– Rosie, as-tu bien réfléchi? Regarde, tu déplais à tout le monde, lui fit remarquer son père.

– Pas à moi. Je suis d'accord avec ma fille, déclara Mary d'une voix décidée qu'on ne lui connaissait pas. J'ai envie de passer avec elle d'autres vacances aussi enchanteresses que l'année dernière. Elles marqueront la fin de sa vie de jeune fille.

– Papa, n'est-ce pas mon droit d'attendre ma majorité avant de prendre mari?

– Ton droit, ton droit... fit Daniel hésitant.

– Ma fille n'a pas ce droit, déclara Peter Steele d'une voix sévère.

– Alors, je la plains, rétorqua Rosie, impoliment.

Craignant que Rosie ne rompe ses fiançailles sur un coup de tête, son père décida d'être magnanime.

– C'est vrai que ces jeunes gens se sont à peine vus depuis leurs fiançailles. Mon cher Peter, quatre mois comptent peu dans toute une vie. Ma fille ne vaut-elle pas ce sacrifice?

Patrick ayant consenti à ce délai, son père céda. On fixerait la date à Pâques. En attendant, Patrick reprendrait ses activités nocturnes auprès des demoiselles hygiéniques qu'il visitait incognito à Boston. À Londres, il n'avait pas osé. Il avait renoué avec ses vieilles habitudes depuis son retour. Quelques mois de plus ou de moins, quelle différence?

C'était comme si la fée Carabosse avait touché l'assistance de sa baguette magique, figeant les protagonistes dans leurs positions respectives. La conversation languissait, malgré les efforts de Rosie, très satisfaite du report de ce mariage qui n'aurait pas lieu. Ce n'était qu'un sursis, une bataille de gagnée. Restait à remporter la guerre et ce n'était pas chose faite.

Pour dérider les convives, elle se mit au piano. Elle interpréta des airs de Noël, et Mary chanta en français, en anglais et en latin. Daniel sortit son meilleur porto. Il remplissait le verre de Peter, dès qu'il était vide, si bien que la liqueur grisa peu à peu celui-ci et ramena sa bonne humeur.

Le lendemain, les fiancés sortirent pour une longue promenade au parc Lafontaine. Patrick proposa à Rosie de venir lui rendre visite à l'occasion du Mardi gras. Ce projet resta vague.

– C'est un long voyage en plein hiver. Vos affaires vous accaparent beaucoup. Nous nous écrirons pour déterminer ce qui est le mieux pour nous deux. De toute façon, je passerai dix jours à Boston, pour Pâques. Nous en profiterons pour vraiment discuter de notre avenir.

Ils en restèrent là.

Le 3 janvier 1896, la famille Steele regagna Boston. Rosie poussa un soupir de soulagement. Elle avait passé la première épreuve avec succès.

Ses roses étaient fanées dans le vase. Elle détacha un pétale et le glissa dans son missel. Elle s'assit sur son lit. « Est-ce que Michael l'aimerait encore lorsque sa beauté se flétrirait? Et si l'un des deux allait mourir jeune, la vie est parfois éphémère? L'autre vivrait avec le souvenir... comme Ida. Le temps qui passe ne revient jamais, il ne faut pas le gaspiller. Et si son père refusait, la menaçait?» Rendue là, le désespoir s'emparait d'elle. Daniel, malgré ses absences, l'avait toujours traitée comme sa petite princesse. Il était affectueux, comparé à bien des hommes. Elle se sentirait dépouillée, démunie, si son père la reniait. Ce n'était pas l'argent qui était en cause, mais une enfance et une jeunesse d'affection perdue. Elle prit les roses, les enveloppa dans du vieux papier et descendit les mettre aux rebuts, le cœur gros.

Le début de janvier fut terrible. D'abord la neige s'accumula, tombant en un rideau compact qui éteignait la lumière du jour. Les toits débordaient d'une dentelure épaisse qui ne demandait pas mieux que de s'infiltrer dans les maisons. Contre le ciel d'hiver, quelques arbres noirs se détachaient, décharnés et couchés par le puissant vent. On aurait dit des géants épouvantés qui, sous le coup d'une immense terreur, fuyaient en gesticulant. La poudrerie, tel un spectre tentaculaire, griffait de partout. La rue était déserte, comme une île perdue.

Rosie fut incapable, par une semblable température, de mettre le nez dehors. Quand le vent arrêta son vacarme et que le ciel reprit ses couleurs, les trottoirs bloqués de bancs de neige restèrent difficilement praticables.

Rosie revêtit, pour se rendre à la poste, ses vêtements les plus chauds et les moins encombrants. Elle s'enfonçait dans la poudre blanche souvent jusqu'aux genoux, mouillant sa jupe et son jupon. Sa respiration sifflante jetait des volutes de vapeur dans le froid matinal. Elle fut déçue. Il n'y avait qu'une lettre. Elle ne pensa pas tout de suite que le mauvais temps avait systématiquement retardé le transport du courrier.

Elle rentra dans un bien triste état, mouillée, glacée, tremblotante. La bonne l'aperçut dans le hall et ne put s'empêcher de remarquer :

– Mademoiselle, vous êtes sortie dans cet océan de neige. Vous êtes toute trempée. Vous allez prendre froid certain. Venez, que je vous débarrasse. Ensuite je vous monterai une boisson chaude additionnée de miel. Pardonnez-moi, mais c'est imprudent ce que vous avez fait là.

– Merci Eugénie. Vous avez raison. J'avais un bon motif pour sortir.

Eugénie n'en dit pas plus. Elle pensa néanmoins à l'admirateur secret qui lui avait envoyé des roses et fit un lien inexplicable entre les deux.

Rosie ouvrit sa précieuse enveloppe.

Ma petite fleur,

Noël sans vous c'est pas Noël. L'étoile de Bethléem ne scintille plus. Heureusement, votre ravissant cadeau, fabriqué de vos fines mains blanches, m'a réchauffé le cœur et le corps. Je l'ai enfilé dès son arrivée. Ce chandail que vous avez caressé m'apportera un souvenir tangible de votre amour. Ma mère a voulu glisser un mot de sa plume à votre intention, pour vous remercier de votre délicate attention.

Monsieur le juge a interprété le Minuit, Chrétiens comme à l'accoutumée. C'était la première fois, à ma connaissance, que son épouse n'était pas présente. Elle n'est pas bien du tout. Ma cousine est restée près d'elle pendant la messe. À notre retour, nous avons pris un petit réveillon chez eux. Ainsi, madame était moins seule.

C'est le docteur Smith de Hawkesbury qui la soigne. Pour un médecin de campagne, il est fort bien équipé. Il

songe d'ailleurs à fonder un hôpital à Hawkesbury avec
un confrère, le docteur Pattee. Il ne peut que soulager les
douleurs de sa patiente. Il pense à une fracture ou fêlure
possible de la hanche. Il nous a parlé d'une découverte
scientifique faite par un médecin allemand, le docteur
W. Conrad Röntgen, les rayons X, qui permettraient de
voir à l'intérieur du corps. Malheureusement, cette tech-
nologie toute nouvelle n'est pas encore disponible au
Canada. Si madame ne va pas mieux en janvier, il a con-
seillé de la faire voir dans un hôpital à Montréal. Elle dit
qu'elle ne supporterait pas le long trajet. Elle s'y oppose
farouchement. Elle déclare haut et fort que si elle doit
mourir, c'est à la maison qu'elle affrontera le grand voyage,
avec son mari et ses amis à ses côtés. Toute cette histoire
me bouleverse. Je sais bien que la mort nous attend tous
au bout du chemin. Les couples aussi unis devraient par-
tir ensemble, ce serait moins cruel.

Tandis que Rosie lisait, une carte très raffinée glissa
de l'enveloppe. Ida lui disait combien son présent rehaus-
serait ses toilettes. Elle terminait par ces mots : *Si j'avais*
eu une fille, j'aurais voulu qu'elle vous ressemble.

Rosie acheva la lecture de la lettre de Michael et
s'étendit sur son lit. Elle but le breuvage chaud qu'Eugénie
lui apporta puis, peu de temps après, sombra dans le
sommeil. Quand elle se réveilla, la tête lui tournait et elle
se sentit courbaturée. Elle ne dîna pas. Le lendemain matin,
elle était brûlante de fièvre. On fit quérir le médecin qui
prescrivit de la quinine. Deux jours plus tard elle se mit
à tousser d'une toux caverneuse. Sa température était
toujours élevée. Le docteur diagnostiqua une pneumonie.
Il laissa un sirop.

Alors Rosie prit Eugénie à part :

– Il faut vous rendre à la poste pour moi. Je guérirai si j'ai mes lettres. Vous devez jurer de ne rien dire à mes parents.

– Mademoiselle, je vous ai vue grandir. Vous savez combien je vous aime. Si je cachais un secret important à monsieur, il serait capable de me mettre à la porte. Ici, c'est mon chez-moi. Je ne peux pas. Pardon mademoiselle.

Eugénie tourna les talons pour cacher ses larmes. Une violente quinte de toux secoua Rosie. Elle cherchait péniblement son souffle. Quand le docteur Painchaud, un jeune patricien aux méthodes avant-gardistes, passa, il déclara :

– Je sais que la méthode que je vais vous proposer pour soigner mademoiselle vous paraîtra étrange. Néanmoins, elle donne des résultats. Matin, après-midi et soir, plongez la malade dans un bain glacé. Essuyez-la et couchez-la très légèrement couverte. Je vais lui laisser de petits comprimés blancs à prendre toutes les quatre heures.

Malgré l'incongruité de cet énoncé, Mary décida d'obéir. Cependant, Rosie se tourmentait; ses lettres, son incapacité d'écrire. Il était prémordial d'envoyer un télégramme à Michael. À qui s'adresser? Margaret, il fallait demander Margaret. Elle viendrait. Elle lui rendrait ce service. Elle appela sa mère qui n'était jamais bien loin.

– Envoie un message à Margaret. Dis-lui que j'ai besoin de la voir, que c'est urgent.

– Ce sera fait. Cependant, ce qui presse le plus c'est de te soigner. Qu'est-ce que tu penses du traitement du médecin?

– Je suis d'accord. Je vais guérir. Mais avant tout, je veux voir Margaret.

Une heure plus tard, son amie était là. Elle trouva une Rosie aux yeux cernés, à la respiration sifflante.

– Tu es venue. Je suis si contente. On vient de me donner un bain glacé. Il paraît que c'est prodigieux pour faire baisser la fièvre. Ça donne un choc, l'eau froide sur la peau brûlante. Margaret, ce n'est pas de ça que je veux parler. J'ai un service essentiel à te demander. Mes lettres de Michael à la poste, il me les faut. Elles m'aideront à prendre du mieux. Il faut aussi lui expédier un télégramme. Passe-moi une feuille et un crayon, je vais essayer de le rédiger.

– Calme-toi. Il faut te reposer. Dicte-moi simplement le message.

– D'accord. *Très cher Michael, ne vous inquiétez pas. J'ai une vilaine grippe qui me tient au lit. Dès que mes forces reviennent, je vous écris. Tout à vous, votre Rose des sources.*

Margaret avait noté avec soin. Restait un problème à solutionner. Son cocher était reparti avec l'ordre de venir la chercher à quatre heures. Ses parents lui défendaient de sortir seule. C'était embêtant tous ces interdits. Elle eut envie de passer outre, puis hésita. Rosie sentit son malaise.

– Tiens, prends cet argent pour une voiture de louage. Dis au conducteur de te descendre juste devant la porte et de ne bouger sous aucun prétexte. Comme ça, tu te rendras à mon casier, puis tu donneras le message au télégraphiste et, ni vue ni connue. Je peux même te prêter une voilette qui cachera ton visage.

– Je n'irai jamais jusque-là, oublie ça!

Rosie avait la voix éteinte. Ses pommettes se teintaient d'incarnat.

– Je vais faire le nécessaire. Je demanderai à Bernadette, la petite bonne, d'arrêter un fiacre. Si on me pose des questions, je dirai que je voulais t'offrir un livre que je n'ai pas pu trouver. Me cacher la figure serait une humiliation. Je suis assez grande pour me défendre. Des fois j'enrage.

Même si Mary eut vent du stratagème, elle fit mine de tout ignorer. Le bien-être de sa fille passait avant les convenances. Elle ressentit un pincement au cœur. Sa Rosie ne s'était pas confiée à elle. Pourtant, elle aurait compris. Le temps venu, si c'était nécessaire, elle l'aiderait de ses faibles moyens.

Margaret, sa mission accomplie, remit trois enveloppes à Rosie. Tout s'était bien passé.

– La prochaine fois, je passerai vérifier ton casier avec ma propre voiture. Ça facilitera l'opération.

Rosie semblait transfigurée. La toux ne lâchait pas prise, malgré tout.

– Tu es une grande amie Margaret. Je déteste l'idée de te quitter pour aller vivre à Boston où je ne connais pas les gens. Je serai malheureuse là-bas.

– Moi, je ne veux pas m'éloigner de Montréal. Je suggère à mon père des noms de partis avantageux pour lui et acceptables pour moi. Le dernier en lice est un certain Linton. J'espère trouver chaussure à mon pied puisque la famille manufacture des bottes et des souliers. J'ai renoncé à l'amour depuis longtemps déjà. Juste un mari gentil et présentable. Tu dis que tu ne seras pas heureuse à Boston. Trouve un moyen pour ne pas y aller.

– J'ai déjà mon idée là-dessus.

Margaret la quitta, car il était évident que Rosie était épuisée.

Mary entra dans la chambre de sa fille. Celle-ci avait fermé les yeux et serrait son courrier sur son cœur. Elle n'avait sans doute pas eu la force de l'ouvrir. Mary eut peur. Cette enfant était la personne qu'elle avait le plus chérie dans sa vie. Elle n'avait jamais reçu de plus beaux cadeaux. Elle était prête à tout pour elle. Ce jeune docteur devait lui redonner la santé. Elle s'assit auprès du lit de Rosie et effleura l'abondante chevelure répandue sur l'oreiller brodé. Elle avala difficilement, une boule de chagrin dans la gorge.

Rosie s'éveilla en sursaut. Elle se troubla, constatant que Mary avait vu ses lettres.

– Ne crains rien. Ton secret sera bien gardé. Je veux juste ton bonheur. Ne pense qu'à guérir. L'avenir est entre les mains de Dieu. Rien ne nous empêche de lui donner un coup de pouce, n'est-ce pas?

Rosie sourit faiblement à travers son brouillard. La première lettre de Michael parlait du jour de l'An, de son grand-oncle d'Ottawa qui était venu leur rendre visite. Dans sa troisième lettre, Michael exprimait son désarroi d'être sans nouvelles de sa bien-aimée.

Vous savez que vos mots jettent de la lumière, du soleil, dans mon existence, même les jours de tempête. Je ne sais que penser. Est-ce qu'on vous empêche de correspondre avec moi? Votre amour, lassé de tant d'obstacles est-il en train de se flétrir? Seriez-vous malade, ma douce? Autant de questions sans réponse. Je m'inquiète, je m'affole, tel l'avare qui a peur de perdre son trésor. Votre photo me dit : «Je vous aime.» Votre silence murmure : «Je vous oublie.»

Revenez-moi vite, mon cœur, mon espoir, ma vie.
Michael

Dans son petit lit douillet, Rosie éprouva un grand soulagement d'avoir envoyé un télégramme explicatif qui calmerait un peu son soupirant.

Les traitements du médecin s'avéraient efficaces. La fièvre était tombée. La toux demeurait et la respiration restait un peu courte. Les jours défilèrent, comme l'eau qui tombe goutte à goutte, toujours au même rythme. Un beau matin, où le soleil était venu lui dire bonjour, Rosie se réveilla prête à reprendre lentement ses activités habituelles.

Entre-temps, Rosie avait prié Patrick de l'excuser. Son état de santé actuel ne lui permettait pas de le recevoir pour Mardi gras. Elle s'en voyait désolée.

La mère du jeune homme avait passé des remarques désobligeantes. Décidément, elle ne prisait pas ce mariage en octobre.

– J'espère, mon fils, que tu ne vas pas nous affliger d'une bru languissante et maladive. C'est bien la dernière chose dont nous avons besoin.

– Ne craignez rien maman, ma fiancée est de bonne constitution. Personne n'est à l'abri d'un refroidissement.

– Si tu le dis, mon garçon.

Donc, les fiancés ne se reverraient qu'à Pâques, cette fois à Boston.

Michael, que la maladie de Rosie avait rendu fou d'inquiétude, proposa de venir lui rendre visite justement le 24 février, veille du mercredi des Cendres. Monsieur le juge lui avait fourni l'adresse d'une auberge bien tenue, à prix raisonnable. Il en profiterait peut-être pour voir son oncle, le frère de sa mère, qui donnait rarement signe de vie. Il avait obtenu deux jours de congé et la priait instamment de choisir un restaurant tranquille où ils prendraient le repas de midi ensemble. Cela faisait plus de quatre mois qu'ils ne s'étaient pas vus. Une éternité!

Rosie donna rendez-vous à son amoureux dans un restaurant feutré, rue de La Gauchetière, à l'extrémité sud du *Golden Square Mile*. La maison mettait à la disposition de la clientèle de petits salons où l'on pouvait se restaurer en toute intimité. Elle parlerait à sa mère pour connaître son avis sur la façon la plus convenable d'organiser ces retrouvailles.

Mary réserva à son nom, elle accompagna sa fille jusqu'à l'arrivée de Michael, puis fila jouer au bridge chez une amie. De toute manière, elles étaient des inconnues dans cet établissement.

Quelle extase de se revoir après une si longue absence. Le premier instant était magique, entrecoupé de rires et de pleurs. Le plaisir de se toucher, la chaleur qui unit, les cheveux qui se mêlent, le désir qui étreint, tout ce bonheur les éclaboussait d'un million d'étincelles.

Michael trouva sa Rose un peu pâlotte, son regard améthyste encore plus profond. Ils ne firent guère honneur au repas, se contentant de se dévorer des yeux afin de faire provision d'images pour les longues périodes d'éloignement. Ils restaient parfois silencieux, d'un silence qui parlait si fort, qu'il étourdissait, se caressant les mains avec des gestes d'une douceur infinie.

Hélas! trois heures de ravissement, c'est si vite écoulé. Dans une ultime étreinte, Michael effleura furtivement son sein. Un trouble indicible l'envahit. Serait-elle à lui, un jour, cette femme à nulle autre semblable? Le visage de sa belle se contractait sous la douleur de l'au revoir. Elle lui susurra à l'oreille : « L'essentiel c'est d'aimer et d'être aimé. » Un frisson le parcourut. Quand elle enfila sa mante sur sa robe bleue, celle qu'elle portait lors de la soirée chez Ida, il fit un geste pour la retenir, mais déjà ses talons claquaient dans l'escalier. Dans son trouble, elle avait oublié ses gants de chevreau qui reposaient sur la desserte, abandonnés à leur sort. Michael s'en saisit et s'enivra du parfum qui s'en échappait. Le garçon apporta l'addition qu'il régla. Il s'assit près de la table et regarda pensivement la paire de gants. Ceux qui n'avaient jamais vécu une grande passion ne pouvaient savoir l'exaltation qui transporte au-dessus des misères et des laideurs de ce monde. Il prit manteau et chapeau et descendit. La lourde porte se referma sur lui et ses pas se perdirent dans la ville.

Le cocher ouvrit la portière et Rosie se laissa tomber sur le siège capitonné, à côté de sa mère, le visage fermé. Le landau avait quitté l'endroit sur-le-champ.

– Des fois, je me demande si je ne suis pas complice d'un grand malheur qui se prépare. Nous oublions que d'ici sept à huit mois, tu seras l'épouse de Patrick, selon le vœu de ton père. Tu ne peux pas échapper à ce destin qui est celui de toutes les filles, ne l'oublie pas.

Au risque de devenir redondante, Mary répétait une phrase semblable chaque fois qu'elle favorisait la relation de sa fille avec Michael.

– Maman, vous êtes dans l'erreur. Je ne connais pas mon avenir sauf sur un point. Je ne me marierai pas avec Patrick Steele. Je le considère comme un gentleman dont je sais peu de choses. Je n'ai pas envie de partir vivre loin de ceux que j'aime, prisonnière d'une cage dorée. La liberté est le bien le plus cher. Rares sont les femmes qui en jouissent. J'agirai avec diplomatie. Je tâcherai de minimiser les dégâts. Je m'en vais rompre à Pâques. Comme mon cœur appartient à un autre, je serais malhonnête de m'engager pour la vie avec Patrick.

– Quand tu parles de la sorte, tu m'affoles. Tu vas nuire aux affaires de ton père. Cette famille a le bras long.

Daniel ne mérite pas ça, il a été bon pour toi. Je ne sais pas jusqu'où ira son courroux.

    – Papa est un homme intelligent. Oui, il sera en colère. Puis, l'orage passé, je crois que tout rentrera dans l'ordre. Je suis prête à vivre avec les conséquences de mes actes.

    – Prends garde, Rosie. Je veux tellement ton bonheur. Daniel aussi, d'ailleurs. Mais nous ne voyons pas les choses de la même manière. Je comprends ton attachement pour Michael, lui n'y verra qu'une honteuse mésalliance qui plongerait sa Rose dans un abîme de pauvreté.

    – Un problème à la fois, maman. Premier pas : rompre avec Patrick. Laisser la poussière retomber. Je compte sur vous pour une nouvelle cure à Caledonia Springs qui vous a fait le plus grand bien d'ailleurs. Il faut absolument que j'y retourne pour voir comment Michael et moi pourrions nous organiser une vie décente. C'est là que l'avenir m'attend.

    Le landau s'était arrêté devant le porche. Daniel était déjà rentré. C'était inhabituel.

    – La partie de bridge était agréable?

    Seule Mary répondit.

    Le carême apportait un certain ralentissement des grandes mondanités. Mary en profitait toujours pour organiser un concert au profit des œuvres de bienfaisance qu'elle parrainait.

    Rosie continuait de cueillir ses lettres avec assiduité. Durant la première quinzaine de mars, elle reçut des nouvelles qui la chagrinèrent. Madame Clara allait de plus en plus mal. Le docteur Smith avait fait appel à son collègue, le docteur Pattee. D'un commun accord, afin de soulager ses douleurs, ils avaient prescrit de la morphine. Or, ce médicament provoquait des hallucinations chez la patiente. Madame avait déclaré :

– Je veux garder ma tête sur les épaules jusqu'à mon dernier souffle. Ma vieille carcasse est encore capable de se battre dignement. Je prendrai plutôt un verre de scotch, n'est-ce pas Louis ?

Michael ignorait que Clara avait convoqué son notaire, afin de lui faire part de changements dans ses dernières volontés, en accord avec son époux. Elle s'était mise en paix avec Dieu, lors de la dernière visite de monsieur le curé. C'est donc sereinement qu'elle sentait les ombres fugitives de la grande faucheuse rôder autour d'elle. Elle emporterait dans la tombe le regret de laisser son homme seul. Ils étaient si unis; jamais un seul jour l'idée d'une vie sans ce compagnon attentif et bon ne l'avait effleurée. Aucun enfant n'était venu égayer leur foyer, du moins c'est ce que tous croyaient. Elle ne s'en était pas consolée. Quand Michael était arrivé à L'Orignal, sage et taciturne, après le décès des deux figures mâles les plus chéries de sa jeune vie, elle l'avait pris en amitié. Elle le voyait souvent, puisqu'il habitait presque en face de la prison. Il avait pris l'habitude de leur rendre de menus services. Elle s'était ennuyée de lui durant la période de ses études à Ottawa.

Ce soir-là, le juge semblait épuisé par les nombreuses veilles. Clara lui glissa :

– Allez marcher un peu, mon ami. Ne craignez rien, je ne partirai pas en votre absence. Michael me tiendra compagnie. Allez, allez, je vous chasse.

Pourtant, quand elle sommeillait, elle souffrait d'apnée. On se demandait toujours si la prochaine inspiration viendrait. Ses yeux étaient cerclés de cernes bleuâtres et ses veines saillaient de ses mains amaigries.

Une fois son mari parti, elle fit signe à Michael d'approcher sa chaise. D'une toute petite voix, la figure pâle sur son oreiller blanc, elle murmura :

– Michael, vous avez été pour moi le fils qui est mort aussitôt arrivé. C'est un douloureux secret. J'ai été heureuse de vous voir si près de nous. Cette Rose que vous aimez, ne la laissez pas vous échapper. Vous êtes un garçon remarquable et honorable. L'amour et le support mutuel, voilà ce qui compte dans un couple. J'ai bien recommandé à mon mari de vous aider. Je veillerai sur vous deux. Je vous laisse un tout petit héritage en attendant.

Le surlendemain, Rosie reçut un télégramme : *Madame Clara est décédée vers minuit, dans la nuit du 17 mars, entourée de ceux qu'elle aimait. Grand chagrin. Michael.*

« Maudite incapacité des femmes de se libérer du carcan qui les étouffe. Je voudrais tellement prendre le train, assister aux funérailles. Un jour je me libérerai. Je n'ai que vingt ans. »

Elle fit part à sa mère du décès de l'épouse de monsieur le juge. Elle ajouta :

– Si nous vivions dans un vrai monde civilisé je pourrais me rendre auprès de tous ces gens qui deviennent de plus en plus les miens. Mais non, les filles sont presque aussi esclaves que les Noirs l'étaient avant la guerre civile aux États-Unis.

– Rosie, je comprends tes griefs. Néanmoins, tu vas beaucoup trop loin. Ces pauvres Nègres étaient vendus comme du vulgaire bétail.

– Les filles riches aussi, on les troque pour une dot, des avantages financiers.

– Rosie, tu as toujours vécu dans la soie et la dentelle. C'est assez! Ne compare pas ton père à un marchand d'esclaves.

– C'est correct. Il faut le penser, pas le dire.

– Tu devrais avoir honte!

La jeune fille baissa la tête. Au fond, ce n'était pas son père le coupable. La société puritaine et l'Église dictaient la conduite de bon aloi. Toutes les hautes sphères étaient l'apanage des hommes, donc les femmes écopaient.

Sa colère tomba. Elle se sentit terriblement malheureuse. Elle se rendit à la bibliothèque où l'on gardait en permanence des cartes blanches bordées de noir dont on se servait en cas de décès. Elle en prit deux. Un soleil étincelant donnait un éclat particulier aux iris bleus qui décoraient les fenêtres arrondies de la pièce. Elle pensa : « La vie d'un côté, la mort de l'autre; un passage entre deux rives. »

Elle rédigea deux cartons de condoléances qu'elle glissa dans l'enveloppe de la longue lettre remplie d'émotion qu'elle envoya à Michael.

Le reste du mois de mars s'étira, comme un hiver qui ne veut pas finir et un printemps qui n'est pas encore prêt à commencer. Durant cette période, elle reçut une seule lettre de Michael.

L'église de L'Orignal était bondée. Monsieur le juge était un homme respecté autant des gens de loi que des plus humbles habitants des alentours. Et puis, il y avait eu des affaires à régler à Ottawa. Il avait prié Michael de l'accompagner. Celui-ci ne pouvait refuser. Il restait encore des formalités à accomplir et l'époux endeuillé n'avait guère la tête à ça. Michael le sentait vulnérable. Pendant le trajet, ils avaient rencontré des connaissances de Toronto, des gens de peu d'intérêt, avait dit monsieur.

Pâques arrivait. C'était le dimanche 5 avril. Le dernier voyage à Boston, sans doute. Le grand saut dans l'inconnu. Sans se l'avouer, Rosie avait peur.

Le matin de son départ, Rosie se rendit prendre son courrier. Dans le brouhaha des derniers préparatifs du voyage, elle ne put prendre connaissance du contenu de sa lettre. Elle se consola en se disant qu'elle trouverait le moment propice dans le train.

La locomotive salissait de gris un ciel d'un bleu tout à fait pur en ce premier avril. Daniel et son épouse étaient allés au wagon restaurant prendre une collation. Rosie avait poliment refusé leur invitation, prétextant un peu de fatigue. On la ménageait avec égard depuis sa grave maladie du mois de janvier.

Et le diable arriva par la poste sans que Rosie l'attendît. Elle ouvrit l'enveloppe avec l'émotion habituelle et le malheur se répandit comme une tache d'huile.

Mademoiselle,

J'ai reçu cette semaine, une lettre anonyme à laquelle malgré tout je prête foi. Le lascar semble bien renseigné. Oh! Rosie, j'ai si mal de penser à votre félonie, moi qui vous parais de loyauté et de droiture. J'ai été malade. Je souffre de vertiges intermittents. Cela vous est bien égal de toute manière. Revenons-en à la cause de mon tourment.

Ce monsieur donc, m'avertit que les beaux sentiments que vous affichez à mon égard sont factices puisque vous êtes fiancée à un certain monsieur Steele, de Boston. Celui-ci serait, ou plutôt son père, millionnaire. Vous allez l'épouser cet été.

Comment avez-vous pu, cruelle, vous jouer de moi de la sorte? Rappelez-vous le bal masqué, nos promesses échangées entre ciel et terre, sur le belvédère à Caledonia Springs. Se peut-il que vous ayez feint des sentiments aussi profonds! Ou bien vous éprouvez réellement cette passion et vous allez vous engager dans un mariage d'argent. Réalisez-vous, Rosie, que la vie demeure vide, dépourvue d'amour?

Bien que de classe inférieure à vos yeux, j'aurais damné mon âme pour vous, s'il l'eût fallu. Une rose comme vous, je n'en avais qu'une et c'était suffisant. Je l'aurais enveloppée de mon adoration, pour la protéger du vent, de la grêle, de la froidure et je le jure sur la tête de ma mère, ma rose se serait épanouie aussi belle qu'un jardin tout entier. Rosie, l'amour est plus fort que la mort et vous m'avez tué.

Adieu ma Rose des sources qui dort désormais sous les flocons de l'hiver éternel.

Michael

Rosie sanglotait, les larmes se répandaient en un flot si puissant que sa mante affichait des taches humides. « Qui avait osé une telle infamie ? » Une image s'imposa dans sa cervelle déboussolée : Edward. Ce voyage à Ottawa où monsieur le juge avait rencontré des amis de Toronto. Les nouvelles courent à un train d'enfer parfois. Elle se reprocha d'accuser ce pauvre garçon sans preuve. Le pire, c'est que la majeure partie de l'histoire était véridique. « Pourquoi, pourquoi ai-je agi de la sorte ? » Elle avait eu peur d'éloigner Michael. Elle n'allait pourtant pas épouser Patrick. Elle se rendait à Boston pour rompre ses fiançailles. Peu lui importaient les conséquences, qui pouvaient être terribles. Cette lettre la confortait dans son désir d'échapper à une union où elle vivrait seule dans une cage dorée. D'ailleurs, Patrick se consolerait vite, elle en avait l'intuition. C'était secondaire pour l'instant. Seul Michael comptait. Et voilà qu'elle lui avait dit qu'elle se rendait à Boston pour Pâques. Ce fait, à lui seul, confirmait les doutes de son bien-aimé.

À ce moment de sa réflexion, ses parents revinrent dans le wagon.

– *Jesus, what is going on with you!* s'exclama son père.

– Mon livre était triste. Il m'a fait pleurer.

– Je ne te crois pas. Regarde, tes vêtements sont trempés. On ne se met pas dans un tel état pour un bouquin.

– C'est vrai qu'il y a plus que ça. J'avais reçu une lettre d'une personne rencontrée l'été dernier à Caledonia Springs. Je n'avais pas eu le temps de la lire. Cet ami vit des moments très douloureux et ça m'a bouleversée.

– Tu deviens trop sensible mon enfant, sermonna Daniel.

Mary brûlait du désir de savoir de qui provenaient ces nouvelles. De crainte de mettre sa fille dans l'embarras, elle s'abstint. À l'air dévasté de Rosie, elle devina que c'était grave.

– Je vais aller boire de l'eau et marcher un peu dans le couloir.

Elle chercha une cabine libre et s'y engouffra. Les eaux se gonflèrent et déferlèrent en cataractes où elle se sentait engloutie. « Non, il fallait réagir, ne pas laisser emporter son amour par la tempête. Comment, puisque c'était vrai qu'elle était engagée avec un autre ? Aucun de ses arguments ne seraient crédibles. Attendre... Elle n'y était pas disposée. Être logique dans une situation aussi émotionnelle. Michael ne prêterait l'oreille à son plaidoyer qu'au moment où ses fiançailles seraient rompues. Une semaine, une éternité, un véritable calvaire ! »

Elle se rendit aux cabinets, passa sa figure sous l'eau froide, se poudra légèrement et regagna le compartiment de ses parents.

La berline des Steele les attendait pour les conduire à l'opulente demeure de la rue Park, face au *Boston Common*, l'un des plus majestueux parcs de la ville.

Les retrouvailles se firent sans trop d'effusions. Pourtant Patrick s'informa avec empressement de la santé de Rosie.

– Comment vous sentez-vous ma chérie, après un si long voyage?

– Un peu lasse, mon ami.

– Nous prendrons grand soin de vous, Rosie. Le printemps de Boston vous revigorera. Je fais le pari de redonner un peu de couleur à ce front trop pâle.

Le souper terminé, les hommes se retirèrent dans le fumoir et commencèrent à discuter affaires.

– Depuis son voyage à Londres, Patrick m'a beaucoup parlé du métropolitain ou métro. L'idée de creuser des tunnels pour enfouir les wagons est très innovatrice. Il faut saisir les opportunités avant les autres si on veut faire de l'argent. Un tel métro est en construction à Boston. Il sera souterrain sur près de dix milles. J'ai décidé d'investir une bonne somme. Qu'en dites-vous mon cher O'Brien?

– Je trouve l'idée fascinante. Je suis certain que vous disposez de tous les renseignements nécessaires pour assurer la fiabilité d'un bon placement.

Patrick déplia ses longues jambes. Il fit quelques pas et, d'un mouvement preste, ouvrit le secrétaire de son père. Il apporta une liasse de papiers sur lesquels les trois hommes se penchèrent. Ils passaient leurs doigts sur la «ligne verte» et déjà supputaient les prochaines lignes à venir. En moins de vingt-quatre heures, Daniel O'Brien avait ses actions en main. Voilà, c'était ça avoir de bons contacts.

Le lendemain, il pleuvait des cordes. On en fut réduit à des activités intérieures. Puis, le Vendredi saint, tout bon catholique se doit de commémorer la mort du Christ.

Ils se rendirent tous à l'église pour l'office de trois heures. Rose pria avec dévotion, implorant le Christ supplicié de venir à son aide. Elle voyait les jours défiler sans avoir eu l'occasion d'un tête-à-tête sérieux avec Patrick. Le soir, pendant le souper qui se voulait frugal puisque c'était jour maigre et de jeûne, la question de la date du mariage refit surface. Patrick coupa court à la discussion qui s'était mal engagée :

– Le Vendredi saint, ce n'est pas le bon jour pour débattre de notre mariage. Demain, Rosie et moi prendrons une décision dont nous vous ferons part.

Le sujet semblait clos, quand la sœur de Patrick questionna :

– Est-ce que vous avez l'intention d'inviter le comte et la comtesse d'Oxford et leur fille Charlotte, dont vous m'avez beaucoup parlé?

– Je ne sais pas, répondit sèchement Patrick.

Décidément, celle-là, elle ne manquait jamais une occasion de commettre une bourde.

« Tiens, tiens! Une Charlotte d'Oxford dont je n'ai jamais entendu parler. Vraiment, je ne crois pas que je briserai le cœur de Patrick en lui rendant sa liberté. »

Le samedi, le ciel lavé et paré de petits moutons blancs, invitait à la promenade. Le parc, juste en face de la demeure, avec ses pommiers fleuris, son bassin d'eau où naviguait joyeusement des canards bigarrés, invitait à la promenade. Ils partirent donc vers ce lieu particulièrement enchanteur en ce temps de l'année. Ils marchaient à petits pas, la main gantée de Rosie appuyée sur le bras de son compagnon. Ils s'assirent sur un banc, après avoir acheté du pain pour nourrir les volatiles. Pendant que Rosie jetait négligemment sa pitance dans la mare, elle interrogea doucement Patrick :

– Vous pouvez vous sentir bien à l'aise de me parler de Charlotte. Une fille de la noblesse, c'est toujours intéressant pour un Américain. Comment est-elle?

– Pas si mal. Mais pas aussi belle que vous.

– Si vous n'aviez pas été fiancé, elle vous aurait intéressé?

– Quelle question! Vous occupiez mes pensées.

– Vous n'avez pas répondu à ma question justement. Je connais votre loyauté. Mais supposons que je n'existe pas. Charlotte était une jeune fille qui aurait pu vous convenir?

– Peut-être. Mais où voulez-vous en venir? Vous m'irritez et m'offensez à la fois. Ça suffit comme ça!

– Non Patrick. Je regrette. Je ne suis pas jalouse, bien plus, je suis contente que vous ayez rencontré une autre demoiselle. Patrick, je ne veux plus, je ne peux plus vous épouser.

– Quoi! Qu'est-ce que vous dites?

– Vous avez bien compris. J'ai de l'estime et de l'admiration pour vous mais, je ne vous aime pas. Or, je veux aimer l'homme que j'épouserai. Soyez mon ami et dites que vous êtes d'accord.

– L'amour, l'amour... Les filles se marient selon la volonté des parents. Et moi, je tiens à vous.

– Si vous tenez à moi, vous me rendrez ma liberté. Ce serait beaucoup plus facile si nous prenions cette décision d'un commun accord. Nous éviterions un scandale. Moi, ma résolution est irrévocable.

– Rosie, Rosie, vous savez combien vous auriez brillé dans les salons de Boston. Pourquoi me faire ça à moi, un des meilleurs partis de la ville? J'ai été souvent absent, c'est vrai. Êtes-vous amoureuse de quelqu'un? Je ne supporterais pas de vous voir au bras d'un autre gentleman de mon entourage. J'en suffoquerais de honte et de jalousie.

– Rassurez-vous, je ne fréquenterai plus la bourgeoisie bostonienne. Mon destin șera tout autre.

– Vous me faites peur. Vous n'allez pas entrer au couvent?

– Non. Je ne crois pas que ce soit ma place. J'ai mon secret que je ne dévoilerai pas. Je peux vous promettre que je ne vous humilierai pas dans le monde qui est le vôtre. Voici votre bague, Patrick. Aidez-moi à affronter nos parents.

– Si telle est votre volonté... Je ne comprends pas. Pour moi vous étiez le plus beau trophée. Je vous regretterai. Je ne veux pas d'une prisonnière. Sachez que l'amour se fane aussi vite qu'un bouquet de violettes et après il ne reste plus qu'un cœur à réparer. Mon père avait d'autres ambitions pour moi. Il ne devrait pas trop faire d'éclats. Il aurait sans doute préféré que ce soit moi qui rompe. Je suis prêt à faire ce sacrifice pour vous. J'aimerais que vous gardiez un bon souvenir de moi. Ma mère, quant à elle, n'a pas grand-chose à dire en la matière.

– Patrick, j'aurai toujours une pensée affectueuse pour vous. De mon côté, je crains fort la réaction de mon père. Il tenait beaucoup à ce mariage.

– Cette union lui ouvrait bien des portes aux États-Unis.

– Par contre, j'apportais une dot considérable.

– C'est exact, mais nous n'avons pas vraiment besoin de cet argent. Moi, c'était vous que je désirais et je me croyais assez riche pour vous avoir.

– Justement, j'ai eu l'impression d'être une monnaie d'échange. Revenons au plus pressé Patrick. Quand annonçons-nous la nouvelle?

– Dès l'instant où l'on nous demande la date de notre mariage.

– Bien. N'oubliez pas, nous allons à l'opéra ce soir et nous assistons à un bal demain. Moi, je serais d'avis que nous ne changions rien à nos projets, question de ne pas alerter l'opinion de vos relations.

– Je suis d'accord avec cet arrangement. Les parents le seront-ils? C'est une autre histoire. Il faudra aussi avertir ma sœur de tenir sa langue. C'est peut-être là le problème majeur. Elle est bavarde comme une pie. C'est sa façon d'attirer l'attention. Rosie, puisque je ne vous verrai plus, promettez-moi, si vous le voulez bien, de m'écrire une fois par année pour me donner de vos nouvelles. De cette façon je connaîtrai un peu votre vie.

– Je vous écrirai, si cela vous fait plaisir. Je crains que vous trouviez mon choix un peu ridicule. N'oubliez pas, c'est le mien. Et rien n'est certain, car une fille reste le bien de son père avant de devenir celui de son mari. Je veux m'affranchir de ce statut de mineure. Le vingtième siècle nous aidera, je l'espère.

– Chacun à sa place. L'homme est le guide et la femme le suit. Raisonner autrement me répugne.

– Moi, je pense différemment. Vous le constatez, je n'aurais pas été la femme idéale.

Ils regagnèrent mélancoliquement la plus majestueuse demeure de la rue Park, dont les carreaux en verre taillé s'illuminaient sous les rayons du soleil. Ils étaient aveugles à la beauté du paysage, centrés sur les émotions intérieures qui les agitaient.

L'après-midi se passa sans incidents. Les dames consacrèrent beaucoup de temps à leur toilette pour la soirée à l'opéra, où l'on donnait *Aïda,* de Verdi. Le souper serait servi tôt afin d'être à l'heure propice pour réussir une entrée remarquée dans leur loge. À l'entracte, ce fut une parade de rivières de diamants, de plumes exotiques, de strass et de paillettes. C'était beau. C'était trop!

Dimanche de Pâques. Les cloches sont revenues; elles carillonnent à pleins poumons dans l'air cristallin. Christ est ressuscité! Toute la tribu assista à la grand-messe. C'est au dîner que le météorite frappa l'assistance de plein fouet. Ce fut Peter Steele qui déclencha la chute brutale.

– Puis, mes enfants, avez-vous fixé une date pour votre mariage? Nous sommes tous suspendus à vos lèvres.

Patrick et Rosie se jetèrent un regard furtif. La jeune fille sentait son cœur battre en désordre.

– Papa, hier, Rosie et moi avons pris une grave décision. D'un commun accord, nous avons résolu de rompre nos vœux. Chacun a repris sa liberté.

Daniel O'Brien sentit le rouge lui monter au visage. Il se retint de frapper la table du poing.

– Qu'est-ce que j'entends? Il n'y aura pas de mariage? Quel genre de parole avez-vous monsieur, pour laisser tomber ma fille d'une façon aussi ignoble? Avez-vous pensé à sa réputation?

– Papa, Patrick ne m'abandonne pas. C'est ensemble que nous en sommes venus à cette conclusion. Trop de choses nous séparent, nous ne nous connaissons pas beaucoup, nos valeurs sont différentes, je n'ai pas envie d'émigrer aux États-Unis.

– Mademoiselle ne veut pas vivre aux États-Unis, voyez-vous ça, siffla Dorothy Steele. Votre pays fait figure de parent pauvre comparé au nôtre.

– Je n'ai pas voulu vous insulter, madame. C'est juste que c'est bien loin de Montréal.

– C'est vous, Rosie, qui faisiez un beau mariage. Il y a une nuée de demoiselles qui tournent autour de mon fils. Je n'ai d'ailleurs jamais été très favorable à cette union. Voilà donc qui est réglé, souligna Peter.

– Papa, Rosie est une personne exceptionnelle, peu importe qu'elle soit ma femme ou pas. Je veux qu'il ne lui soit fait aucun tort.

Daniel s'épongeait le front aussi blanc qu'un linceul. Il pensait à toutes les occasions de faire fructifier son argent qui s'évanouissaient, même si le montant de la dot était exorbitant : quarante mille dollars. C'était de l'abus, une fraction de sa fortune.

– Rosie, tu me déçois beaucoup. Un prétendant comme Patrick n'est pas prêt de se présenter à nouveau.

Mary, silencieuse depuis le début de la diatribe, glissa doucement :

– C'est peut-être d'un homme différent dont notre Rosie à besoin, avec des qualités différentes de celles de Patrick.

– Balivernes, tonna Daniel. Ce sont les mâles qui choisissent leur compagne.

– Calmez-vous mon ami. Si vous continuez ainsi vous risquez une attaque et le mariage ne sera pas conclu pour autant.

– Rassurez-vous, monsieur O'Brien, nous oublierons vite cet incident, insinua Dorothy, désireuse d'humilier la famille O'Brien.

– J'en ferai autant madame, répliqua Rosie. Sauf que je garderai toujours un bon souvenir de Patrick.

– Moi aussi, ajouta le jeune homme.

Plus personne n'avait faim. Les serviteurs desservirent une table où l'on avait à peine touché au repas particulièrement soigné du dimanche de Pâques.

Restait le bal chez les Peel. Tous étaient d'avis qu'il fallait y assister et faire contre mauvaise fortune bon cœur, sauf Daniel qui ne décolérait pas. Seule la certitude de rencontrer des gens influents finit par vaincre son obstination. L'atmosphère restait tendue et chacun masqua sa face d'un sourire factice.

Gloria, qui ne se consolait pas d'avoir dû renoncer à Patrick, vint les saluer. Soudainement, elle laissa échapper un petit cri étouffé :

– Mademoiselle O'Brien, avec-vous perdu votre bague de fiançailles?

Rosie pensa rapidement :

– Non, non. Figurez-vous, je fais de la peinture, en amateur, bien sûr. Quand je peins, j'enlève toujours ce précieux joyau afin d'éviter les taches de peinture. Elle était si bien rangée dans son écrin que, par étourderie, je l'ai oubliée. Patrick a bien voulu me pardonner.

C'était dit si naturellement que l'importune goba l'explication sans méfiance. Quand elle se fut éloignée, Patrick sourit :

– Quel esprit vif! Quelle facilité à inventer des propos fantaisistes. J'ai eu chaud. Allons nous rafraîchir un peu.

Rosie, peu habituée à l'alcool avala une coupe de champagne d'un trait. Son compagnon en fit autant. Patrick lui prit la main avec douceur.

– Promettez-moi la dernière danse.

– Avec plaisir.

Elle ne le revit plus de la soirée.

La mélodie s'écoulait langoureusement et caressante. Les couples tourbillonnaient gracieusement sur les ultimes accords. Le bal était terminé.

– Adieu *Darling*. Vous serez toujours la plus belle. Je vous souhaite bien du bonheur.

Patrick s'inclina, tourna les talons et se perdit dans la foule, laissant Rosie seule et émue au milieu de la piste. Elle ressentit un léger pincement au cœur. Elle releva bravement la tête. Le premier acte était joué. Elle n'avait jamais pensé que ce serait facile. Quand on sait ce que l'on veut, on doit fixer les yeux sur l'objectif à atteindre, inlassablement. Ne pas faiblir. Maintenant, elle pouvait écrire à Michael, ne rien lui cacher et avoir foi en son pardon. Quand on s'aime profondément, l'indulgence s'obtient plus aisément.

On devança le retour d'une journée. Les salutations furent gauches et empruntées. Pourtant Peter Steele mit sa main sur l'épaule de Daniel en disant :

– Nous brasserons encore des affaires ensemble malgré les circonstances. N'oubliez pas, les métros, c'est l'avenir.

Patrick brillait par son absence. Il s'était éclipsé depuis son adieu au bal. Personne ne savait au juste où il se trouvait.

Le retour vers Montréal s'effectua dans la morosité. Rosie avait sorti son papier à lettres. Un livre lui servait de support. Blottie au fond de sa banquette, elle laissa couler le torrent de mots qu'elle retenait depuis près d'une semaine.

Lundi, 6 avril 1896
Mon tendre amour,
J'ai pris connaissance de votre accablante missive le premier avril, dans le train qui m'emportait vers Boston. J'ai été brisée de chagrin. Si je n'ai pas voulu mettre un terme à vos tourments plus rapidement, c'est que justement, j'allais chez les Steele avec l'intention bien arrêtée de rompre mes fiançailles avec Patrick. Voilà, c'est fait. Je suis libérée de mon engagement. Donc, sur ce point, votre informateur a dit la vérité. Pour le reste, je le jure sur la

Bible, sur la tête de ma mère, tout est vrai. Dès l'instant où je vous ai vu, j'ai ressenti un trouble que je ne saurais expliquer. C'est peut-être cela le coup de foudre. Je ne croyais pas que cela puisse exister. J'ai donc enlevé le diamant qui ornait ma main gauche pour y mettre une bague ancienne qui me vient de ma grand-mère. Si vous aviez su que j'étais fiancée, vous ne vous seriez jamais rapproché de moi. Je voulais tellement vous connaître. D'accord, ce fut un subterfuge malhabile peut-être, qui vous a blessé. Je vous en demande pardon. Je n'ai pas trouvé d'autres moyens.

Souvenez-vous, j'ai mentionné à plusieurs reprises que j'avais besoin de temps. Je veux être vôtre de toutes mes forces. Le premier obstacle est éliminé. Il en reste d'autres, hélas! Mon père a très mal pris cette rupture. Je dois lui laisser le temps de récupérer, d'oublier si possible. Je crois qu'il m'en veut.

Ma mère m'a promis que nous retournerions à Caledonia Springs cet été. M'aimez-vous encore? Croyez-vous en moi? Je ne suis pas fourbe. J'ai toujours été sincère dans toutes mes actions. Sans vous, la route serait grise et sinueuse. Je sais que la vie est un combat mais, si vous me tenez bien la main, ensemble nous serons toujours les plus forts. Que serais-je sans vous? Que serions-nous l'un sans l'autre?

J'attends des mots de clémence, j'ai besoin de paroles d'amour. Je ne saurais être heureuse hors de votre présence.

Votre Rose des sources.

PS : Répondez-moi vite, s'il vous plaît.

Son père sommeillait. Elle adressa la lettre et la rangea. Elle trouverait sûrement un moyen de la mettre à la poste, à la gare, à la descente du train.

L'attente commença, interminable. Le vendredi, elle n'avait toujours pas reçu de réponse. C'était logique. Dans son empressement, son jugement était altéré. Il était impossible d'obtenir une réponse à une lettre mise à la poste le lundi, dans des délais aussi brefs.

Entre-temps, Margaret lui rendit visite. En la voyant, Rosie se jeta dans ses bras, la larme à l'œil.

– Quel bonheur que tu sois là. J'ai un sombre roman à te raconter. Une amie comme toi, c'est un trésor précieux. Allons dans la bibliothèque, nous y serons à l'aise. Mon père est absent et ma mère écrit dans son boudoir. Je vais demander à Eugénie de nous apporter de la limonade et des glaçons.

Les deux amies s'installèrent, bien calées dans un sofa trapu recouvert de cuir sang de bœuf. Margaret prit affectueusement les mains de Rosie et la pria vivement de raconter.

– Je ne sais pas par où commencer. Les derniers jours ont été un vrai chemin de croix. D'abord, j'ai reçu une terrible lettre de Michael. J'en ai pris connaissance alors que j'étais déjà en route pour Boston.

– Michael ne peut pas t'écrire des mots horribles s'il t'aime autant que tu le dis.

– Il avait des raisons sérieuses. Un bon samaritain anonyme lui a appris que j'étais fiancée et que j'allais me marier. Un coup de massue, je te dis.

– Oui, évidemment...

– C'est suffisant pour mettre un homme amoureux dans tous ses états.

– Qu'est-ce que tu vas faire ?

– J'ai attendu d'avoir rompu avec Patrick, avant de répondre.

Margaret se mit les doigts sur la bouche comme pour s'empêcher de crier. Elle ne réussit guère.

– Tu as vraiment annulé tes fiançailles? Tu as eu le courage?

– Ce n'était pas une partie de plaisir, je te l'accorde. Patrick s'est montré beau joueur dans ces circonstances pénibles. Nous avons raconté aux parents que nous nous étions mis d'accord pour que le mariage n'ait pas lieu. J'ai dû lui forcer la main un peu.

– Et ton père? Et les Steele?

– Mon père est en colère. Imagine ce que ce sera quand je lui parlerai de Michael. Je n'ose même pas y penser. Enfin, chaque chose en son temps. Monsieur Steele semblait presque indifférent. Son fils a rencontré la fille d'un comte en Angleterre. La noblesse, c'est aguichant pour les Américains.

– Je te trouve bien audacieuse. Sur ce point, je ne te ressemble pas. À présent que tu n'as plus d'attaches, Michael te tient rigueur de ne pas lui avoir divulgué tes projets. Crois-tu qu'il puisse pousser la rancune au point de ne plus te revoir?

– Je ne pense pas; je ne suis pas certaine. Je suis morte d'inquiétude car sa blessure est profonde. Ce serait intolérable s'il croyait que la riche héritière a voulu se gausser de lui, le garçon de souche plus modeste. Je ne dors plus Margaret. Je lui ai écrit lundi. Je voulais que ce soit terminé entre Patrick et moi avant de lui répondre. Nous sommes vendredi, le temps s'étire comme une aube brumeuse qui ne veut pas laisser le soleil apparaître. C'est le silence, le néant. Je me sens perdue. Je suis prête à commettre les pires bêtises pour obtenir son pardon.

– Voyons Rosie, ressaisis-toi. La lettre est en chemin. Un peu de patience.

– J'en ai assez d'avoir de la patience. Pourtant, il m'en faudra encore beaucoup.

– Tu es bien impétueuse, mon amie. Moi, je suis comme une eau tranquille qui sommeille sous les roseaux. À Pâques, William Linton m'a glissé cette bague au doigt avec la bénédiction de mon père, sans autre cérémonie. William possède un terrain près de la rue Sherbrooke Ouest. Les travaux de construction de notre maison commencent début mai. William m'a promis de respecter mes goûts. C'est un bon garçon. Notre mariage aura lieu le 20 août, quelques jours avant ton anniversaire. J'étais venue te demander d'être ma dame d'honneur. Je ne veux personne d'autre.

– Bien sûr, ma chérie. Je suis là à déballer mes déboires, tandis que tu as tant à dire. Excuse-moi. Es-tu heureuse au moins?

– Je ne connaîtrai jamais le grand bonheur, le bien-être seulement. William est charmant, il me laissera de la place dans notre ménage. Je demeurerai à Montréal. J'aurai la vie que je voudrai bien me donner. Voilà la façon dont j'envisage mon avenir. Ce n'est pas le paradis, c'est simplement doux et paisible et ça me suffit. Rosie, je ne suis pas aussi ravissante que toi, avec ton teint de pêche et tes traits de déesse grecque. Je sais pourtant m'apprécier à ma juste valeur. J'ai une silhouette flatteuse, mes yeux ont la brillance des escarboucles. Ils font oublier ma peau un peu terne et ma physionomie légèrement garçonne.

– Ne te juge pas aussi sévèrement, ça me chagrine.

– Il ne faut pas. Je m'aime bien quand même.

Elle étouffa un rire discret.

– Laisse-moi parler de mon mariage, bavarde. C'est excitant non! Je veux un beau mariage tout en évitant les extravagances. William me laisse carte blanche. Il paraît que chez *Morgan's* ils ont reçu des importations des États-Unis. Je vais magasiner avec ma mère et ma future belle-mère la semaine prochaine. Si je ne trouve rien à mon goût, je ferai appel à une couturière. Puis, d'ici là, Rosie aura l'absolution de son beau ténébreux, elle aura retrouvé le sourire et pourra choisir sa tenue de dame d'honneur. Que dirais-tu du lilas, cette couleur va si bien à tes yeux?

– Pour l'instant, je choisirais le noir, en accord avec mes sombres pensées. Puisses-tu dire vrai au sujet de Michael afin que toute la beauté du monde me soit rendue.

– Mon cocher doit m'attendre en bas, dit Margaret en regardant l'horloge. Il faut se quitter. Donne-moi des nouvelles aussitôt que possible. Moi, je ne doute pas de Michael.

Elles s'embrassèrent comme deux sœurs.

La fameuse enveloppe n'arriva que le mercredi suivant. Rosie tremblait. Elle avait peur. « S'il fallait que Michael ne passe pas l'éponge. Il s'était montré très dur dans ses propos. »

Elle s'engouffra dans le hall et courut à sa chambre sans s'être débarrassée de son manteau et de son chapeau. Elle déchira le papier sans ménagement.

Chère Rosie,

On dit que la porte qui mène au bonheur est étroite. J'ai bien pensé qu'elle s'était fermée à jamais pour moi. Je recommence à voir l'aube de l'espoir qui se lève puisque vous avez rompu ces fiançailles qui étaient bien réelles. Mon correspondant n'avait pas tout à fait tort. J'ai beaucoup de difficulté à accepter que vous m'ayez dissimulé un aspect aussi primordial de votre vie, vilaine! Je dois faire appel à toute la foi que j'ai en vous et à mon amour inconditionnel pour vous pardonner.

Vous ne sauriez croire à quel excès de désespoir cette lettre m'a conduit. J'étais complètement révolté et, je ne me savais pas capable d'une aussi grande colère, qui s'est enflée jusqu'à m'écraser le cœur.

Aujourd'hui, que vous avez calmé mon tourment, je me sens plus serein. Je vous en prie, mon amour, même si les mots pour le dire ne viennent pas facilement, il est important de ne plus se faire de cachette. Je sais que notre situation est complexe. C'est vous qui portez le plus lourd fardeau. Vous devez comprendre que nos sentiments sont si élevés qu'ils ne peuvent souffrir le secret et le mensonge. Je vous vois comme une orchidée toute blanche qui flotte sur la réalité parfois noire de la vie.

Oublions ce triste épisode et faisons-nous confiance en toutes circonstances.

Votre Michael à jamais.

Rosie respira mieux. Il accordait l'absolution, il l'aimait toujours, c'était le plus important. Poussé dans ses derniers retranchements, il possédait un caractère vif qui dormait sous son apparente douceur. Elle découvrait une nouvelle facette de sa personnalité. Michael savait se faire respecter. En y songeant bien, elle avait remarqué qu'il avait un certain ascendant sur nombre d'employés au *Grand Hotel*.

Avril avait transformé les rues en un magma boueux où s'enlisaient les sabots des chevaux et les roues des voitures. Des pluies abondantes et fréquentes faisaient place à un soleil pâle et sans chaleur qui n'améliorait guère la situation. Chacun soupirait après le mois de mai qui apporterait avec lui le véritable printemps.

Depuis le retour de Boston, la nouvelle de l'annulation de l'engagement entre Rosie et Patrick avait fait le tour des salons comme une traînée de poudre. Les langues allaient bon train. Il y avait certainement quelque chose de louche dans cette affaire. La jalousie dont se délectent les malveillants ne connaissait pas de bornes. De bonnes âmes allaient jusqu'à répéter que depuis la maladie de Rosie l'hiver dernier, elle avait sans doute gardé une faiblesse aux poumons, peut-être même était-elle atteinte de phtisie. Ce que démentaient le teint rosé et la bonne mine de la jeune fille. Les invitations mondaines avaient diminué. Mary et sa fille en avaient profité pour aller donner des cours de chant et de solfège à des enfants défavorisés. Toutes deux en retiraient un grand plaisir.

Daniel rentrait tard le soir. Il était taciturne. Il sentait que, pour le moment, leur cote de popularité avait baissé. Il cherchait en son for intérieur quel candidat flamboyant il pourrait bien trouver, intéressé à la main de sa fille. Des noms passaient dans sa tête : Molson, Ogilvie, Gault. Il lui fallait établir une stratégie. Et cette sotte qui s'était mis dans la caboche d'épouser un homme qu'elle aimerait. Elle possédait de grandes qualités, sa fille, mais elle était têtue comme une mule et montrait un esprit d'indépendance qu'il estimait de très mauvais aloi. Quand il apprit qu'elle serait la dame d'honneur au mariage de Margaret Steven avec William Linton, il se dit que cet événement la remettrait en piste dans le grand monde et cette pensée le soulagea.

Bon prince, il laisserait Mary et Rosie retourner à Caledonia Springs, puisqu'elles semblaient tellement y tenir. La poussière aurait le temps de retomber. À la rentrée de l'automne, il lancerait une grande offensive de séduction, peu de temps après la noce. N'empêche, ce brillant mariage tombé à l'eau si abruptement avait beaucoup contrarié ses plans. À défaut d'avoir un fils, il désirait choisir un gendre qui continuerait son œuvre et la bonifierait avec le temps.

Mai s'étale enfin dans toute sa splendeur. Déjà un an depuis que Rosie dansait au bras de Patrick. Que d'événements s'étaient produits ensuite. La vie, c'est fait de tout, du meilleur et du pire. Nul ne peut ajouter un seul jour à son parcours en ce bas monde. Les Évangiles disent : « Je viendrai comme un voleur. » Le temps est une abstraction totale, qui ne se mesure pas. Lorsqu'on est enfant, il se conjugue au futur, dans la jeunesse c'est le présent qui domine puis, un beau matin, on se rend compte que c'est vers le passé que la pensée se tourne.

Ainsi méditait Rosie, assise sur un banc dans le jardin qui fleurait bon le lilas. Plus elle réfléchissait, plus elle était certaine que ce verbe «vivre» était indissociable de Michael. Tous les deux comptaient les jours qui les séparaient de la fin juin.

Elle avait reçu une lettre le matin même. Il lui parlait avec mélancolie de monsieur le juge. Depuis la mort de son épouse, un voile de tristesse flotte autour de lui et envahit la grande maison. J'essaie de le convaincre de venir passer un mois ou deux à Caledonia Springs. Il serait moins seul. Ainsi vous feriez sa connaissance. L'idée de vous rencontrer et de vivre à proximité de nous deux et de ma mère le tente, lui qui n'a plus le goût à grand-chose depuis le départ de madame Clara.

Rosie avait fait le choix de sa toilette pour le mariage de Margaret. Elle se prêterait à un dernier essayage avant son départ pour les sources.

Puis, les deux femmes préparèrent leurs bagages avec la même gaieté que l'année précédente à laquelle se mêlaient une certaine fébrilité, une sensation d'urgence, un caractère de finitude qu'elles voulaient ignorer.

Comme lors des vacances de 1895, elles allèrent faire de nombreuses emplettes. Elles se rendirent chez *Ogilvy*, rue Mountain à proximité de la rue Saint-Antoine, très en vogue à l'époque. Les dirigeants de *Ogilvy* avaient pris l'audacieuse décision de déménager à l'angle nord-est des rues Mountain et Sainte-Catherine. Plusieurs articles étaient en solde. Ces sorties entre mère et fille revêtaient toujours un aspect ludique qui leur eût beaucoup manqué si Rosie était partie à Boston.

Daniel, devant le départ imminent des deux femmes de sa vie, s'était légèrement adouci. Jamais il ne l'aurait admis – un homme c'est fort – : l'idée de ne plus entendre la voix claire de sa fille dans la maison lui aurait causé du chagrin. Boston c'est beaucoup plus loin que Caledonia Springs.

Il les reconduisit au train et, après un dernier adieu, il les laissa s'échapper comme deux tourterelles. Puis, il regagna le landau d'un pas lourd.

Chapitre V

DEUXIÈME ÉTÉ À CALEDONIA SPRINGS

Le train progressait à une vitesse régulière qui cette fois n'était entravée par aucun obstacle. Rosie, dans son impatience, essayait en vain de se concentrer sur le captivant roman de Guy de Maupassant : *Une vie*. Elle consultait sa montre toutes les dix minutes et soupirait : « C'est long. J'ai hâte d'arriver. » ou bien : « Cette locomotive est poussive, les wagons avancent à peine. » Mary souriait, indulgente.

Page frontispice d'une publication thermale de Caledonia Springs.
(Source : *Hand-Book to Caledonia Springs for 1896*)

– Tu peux attendre encore quelques heures. Il s'agit d'être patiente.

– La patience, la patience! Tout le monde n'a que ce mot à la bouche depuis quelque temps. Ma réserve commence à s'épuiser.

C'était la dernière année que les clients du *Grand Hotel* empruntaient la route de Calumet et le traversier qui les conduirait à L'Orignal. Le Canadien Pacifique construisait cette année-là une ligne de chemin de fer et une gare permettant aux curistes et aux vacanciers de se rendre directement à la station thermale. La plupart des gens se réjouissaient de cette amélioration du transport. Les résidents de L'Orignal et des environs sont plutôt mélancoliques. Ils aimaient le passage de ce grand monde qui remarquait les beaux bâtiments de brique qui s'élevaient dans ce chef-lieu des Comtés unis de Prescott et de Russell, et siège judiciaire du district. Il resterait le bateau en provenance d'Ottawa qui continuerait d'accoster au village.

Le traversier de monsieur Séguin mouillait au quai, prêt à l'embarquement des bagages et des passagers. Le soleil était poursuivi par des nuages pommelés qui passaient graduellement du blanc au gris.

Il avait été convenu entre Michael et Rosie, qu'il leur était impossible de se revoir à la réception de l'hôtel, dans le brouhaha du travail et de la clientèle. Chacun avait peur de ne pas maîtriser ses émotions après une si longue absence. Ils désiraient ardemment quelques instants d'intimité. Ils avaient envisagé divers scénarios. Finalement, monsieur le juge, mis au courant de la situation par Michael, avait offert son salon pour ces retrouvailles. Le jeune homme prendrait congé l'après-midi et se rendrait à L'Orignal. Le vis-à-vis de monsieur les emmènerait à sa résidence située à un pâté de maisons du Palais de justice. Mary et Rosie sonneraient. La bonne viendrait leur ouvrir. Elle conduirait madame dans le bureau-bibliothèque de monsieur pendant que mademoiselle se dirigerait vers le salon dont la servante aurait pris soin de lui indiquer le chemin. Celle-ci servirait le thé et des gâteaux dans le bureau seulement. C'était à la fois simple et complexe.

Le bateau avait accosté. Rosie veilla au chargement de tous leurs bagages à bord de la diligence et avertit le conducteur que les deux passagères inscrites au nom d'O'Brien se rendraient au *Grand Hotel* par leurs propres moyens. Elle le priait de mettre tous leurs biens en sécurité en attendant leur arrivée, et elle lui glissa un généreux pourboire.

Un peu en retrait, une élégante voiture aux deux sièges capitonnés de cuir bleu, attelée d'un magnifique cheval blanc, retenait l'attention. Un jeune garçon, sobrement vêtu, sans uniforme, quitta son siège et les accosta poliment en enlevant sa casquette.

– Lucien Lacombe dit-il d'un air timide. Monsieur le juge m'a chargé du transport de deux dames O'Brien qui descendraient du traversier. C'est bien vous n'est-ce pas?

– En effet. Nous vous suivons.

Il les installa confortablement et, le temps de le dire, elles furent en face d'une demeure de style victorien en brique rouge, à multiples pignons ornés de boiseries peintes en blanc. Une galerie courait de la porte d'entrée principale jusqu'à la porte de service sur le côté. Deux berceuses à haut dossier invitaient à la détente et à la rêverie.

Dès qu'elles activèrent le heurtoir, une bonne âgée ouvrit aussitôt, à croire que de l'intérieur elle guettait leur arrivée. Bien stylée, elle indiqua à Rosie le couloir de gauche.

– Vous ouvrez simplement les portes françaises, mademoiselle. Monsieur Keough est très impatient de vous revoir. Madame, si vous voulez bien me suivre, je vous introduirai auprès de mon patron.

Rosie eut de la peine à rester polie. Dès que sa mère eut tourné le dos elle s'élança dans le corridor qui sentait l'encaustique. Elle se rua sur les portes, fort raffinées, qu'elle ne remarqua même pas. Ils se firent face dans ce bonheur si grand qu'il coupe le souffle et dilate le cœur. Ils étaient dans les bras l'un de l'autre, leurs bouches buvaient à la source. Le petit bibi rose à plumes d'autruche tomba sous les doigts de l'amoureux qui s'introduisaient dans l'opulente chevelure. Ils se touchaient, ils se palpaient, se regardaient comme au premier matin du monde.

– Je t'aime à en perdre la raison, exhala Michael comme une prière.

– Je t'aime à ne pas savoir que dire, les mots sont insuffisants, répondit sa bien-aimée.

L'étreinte reprit aussitôt, les mains de l'amoureux exploraient le dos de sa belle. Il sentait la rigidité du corset sous l'étoffe légère, plus haut c'était la chair tendre qu'il devinait et, un désir aussi puissant que la grande marée du printemps monta en lui. « Ah! la posséder, découvrir ce corps parfait, s'y abreuver sans jamais étancher sa soif. » Rosie caressait doucement sa nuque et insinuait difficilement ses doigts dans son col empesé. Cet été serait décisif. Il devait la convaincre de l'épouser. Pour elle, il se sentait capable de se dépasser.

Ils revinrent enfin à la réalité et, s'éloignant l'un de l'autre, en se tenant toujours les mains, ils éclatèrent de rire et dirent en même temps :

– Nous sommes enfin ensemble!

Rosie remit un peu d'ordre dans sa coiffure, replaça son chapeau qui gisait sur le plancher comme une épave. En se penchant, elle remarqua un foyer en marbre noir, veiné de gris, de belle facture. Elle apprendra plus tard que ce marbre provient d'une carrière de la région. Pour le moment, tout à leur bonheur, ils se pressent de rejoindre leurs mentors qui devisent aimablement dans la bibliothèque.

– Monsieur le juge, je vous présente mademoiselle Rosie O'Brien.

– Enchanté mademoiselle. Je croyais que Michael exagérait votre beauté et votre charme. Il n'en est rien. Je suis Louis-Adolphe Olivier pour vous servir, charmante enfant qui avez dérobé le cœur fidèle de mon cher assistant.

– Je suis honorée, monsieur.

Dehors, une ondée aussi soudaine que brève s'était abattue sur le village. Une pluie fine tombait toujours du côté de Calumet. Lucien, le garçon qui les conduisait, avait eu la présence d'esprit de mettre la voiture à l'abri durant l'averse. Maintenant, le disque d'or était réapparu. Quand les quatre passagers furent prêts, il avança le vis-à-vis, ouvert, mais toujours sec.

– Regardez là-bas, il y a un arc-en-ciel. N'est-ce pas merveilleux ? Pour moi, c'est un symbole de bonheur. Le trésor retrouvé.

Ainsi parlait Rosie.

Le cocher improvisé, mit les valises de monsieur Olivier dans le porte-bagages, à l'arrière du siège.

– Vous pouvez le constater, je pars avec vous. Michael m'a convaincu. Je serai moins seul que dans ma grande maison, sans ma Clara. J'ai reçu de monsieur Kenley, le patron de Michael, l'assurance que celui-ci pourrait souper à ma table tous les soirs. Si mon invitation de vous joindre à nous vous plaisait, mesdames, j'en serais ravi.

– Monsieur, je me sens comme au temps de mon enfance après la visite de saint Nicolas. Pardonnez mon audace, seriez-vous son représentant sur terre ? s'écria Rosie.

Monsieur Olivier sourit avec bonhomie.

– Non, cependant, en y réfléchissant bien, je crois que je lui ressemble un peu, sans le costume évidemment.

Les deux femmes avaient devant elles, un vieillard à l'épaisse chevelure blanche, aux traits réguliers marqués de rides profondes, tel un parchemin qu'on a trop souvent utilisé, aux yeux bleus mélancoliques. Il était grand, portait beau malgré son âge avancé. La canne à pommeau d'or qu'il tenait à la main pour aider sa démarche, ressemblait davantage à un accessoire d'homme coquet. Ce qui frappait le plus chez lui, hors ses attributs physiques, c'étaient sa grande distinction et son air de bienveillance.

– Nous apprécions votre si aimable proposition et nous l'acceptons de tout cœur. La plupart du temps, les convives sont agréables. L'an dernier, une certaine dame et son fils, nous ont vivement importunées pendant une couple de semaines. Même que Rosie en devenait impertinente. Nous n'aurons donc pas à subir ces gens, si jamais ils reviennent au *Grand Hotel*.

– Voilà une bonne chose de réglée, dit le juge avec satisfaction.

Mary et lui avaient joué le jeu, imaginant la tête des deux tourtereaux, s'ils avaient dû prendre leurs repas aux deux extrémités de la salle à manger.

L'attelage avait fière allure, le vis-à-vis était confortable à souhait, les passagers étaient d'humeur joyeuse, les oiseaux pépiaient dans les arbres, la vie leur offrait un moment privilégié et simple dont on se souvient parfois pour toujours. Monsieur Olivier n'oubliait pas Clara. Dans son cœur, il la voyait sourire de son bien-être.

Le *Grand Hotel* apparut dans toute sa splendeur, encore plus fleuri que l'année précédente. Sur sa galerie, juste en retrait du portail, Ida Keough saluait de la main. Le bon temps était revenu.

Rose redécouvrait les grands fauteuils, l'escalier majestueux, le lourd miroir, le poste de travail de Michael où un jeune employé peinait à tenir la cadence. Tout lui était familier, elle rentrait dans un espace sacré où l'amour l'avait terrassée d'un coup de baguette magique. Ici, elle se sentait bien. Michael était son horizon. Aussi longtemps qu'ils suivraient le même chemin, elle serait satisfaite et sereine.

Mary poussa sa fille du coude.

– Où ton esprit est-il passé? Tu ressembles à une statue de sel.

– Pardon maman. J'ai tellement de souvenirs ici, on dirait que je reviens dans ma résidence secondaire.

Pendant ce temps, les bagages avaient été montés aux chambres. Monsieur le juge crut bon d'avertir ces dames qu'il avait opté pour une des rares tables à quatre, un peu à l'écart, près des fenêtres.

– J'espère que cela ne vous ennuie pas. Je n'ai plus l'oreille aussi fine qu'autrefois et l'idée d'être trop nombreux autour d'une grande table ronde où les paroles s'entrecroisent m'incommode. Je suis vaniteux. Je n'aime pas faire répéter.

Ce qu'il tut, c'est que de cette façon, les clients du *Grand Hotel* remarqueraient moins la présence d'un employé à sa table. Certaines gens sont si mesquins.

Tandis que ses amis gagnaient leur chambre, Michael se dirigea vers le bureau de poste en sifflotant.

Comme il avait des rôles très différents à jouer, la saison s'annonçait sous d'heureux augures. En matière de travail, son patron l'avait autorisé à finir plus tôt, à condition de commencer plus de bonne heure le matin. Grâce à monsieur le juge, pour la première fois, un employé, à l'exception de John Kenley, était autorisé à partager la vie des vacanciers. Monsieur Olivier avait insisté sur le besoin qu'il avait d'accompagnement, prétextant sa solitude et son grand âge. La seule personne qu'il désirait à ses côtés était Michael Keough. Chacun connaissait les bonnes manières du jeune homme, si bien que le directeur n'avait pas été trop difficile à convaincre. Monsieur Olivier avait commandé un habit de cérémonie à son protégé, un haut de forme, quelques chemises, enfin tous les accessoires dignes d'un parfait gentleman. Ida, pour sa part, avait puisé dans ses revues de mode des patrons pour des tenues plus décontractées pour son fils. Elle était fière, Ida. Elle était soucieuse aussi. Son garçon entrait dans le grand monde par une porte bien étroite. Elle savait qu'il saurait se conduire avec distinction. De là à obtenir la main de la riche Rose O'Brien, franchir le pas ne serait pas facile.

Les appréhensions de Michael étaient moindres. Rosie l'aimait. Des considérations d'ordre social ou monétaire ne l'empêcheraient pas de convoler avec lui. La mère de Rosie se rangeait du côté de leurs amours. Cet été, le plus important, c'était ce feu brûlant qui le consumait de l'intérieur. Il s'agissait de l'assouvir. Il passerait plus de temps avec sa belle. D'ici Noël, ils seraient mariés. Ils décideraient de leurs projets méticuleusement, à tête froide si possible. Ils arriveraient à se bâtir un nid douillet, confortable, où leur passion pourrait se donner libre cours. La rivière du temps coulerait doucement, tant qu'ils seraient ensemble, qu'importaient les ans, les rides, les cheveux gris. Dans leur cœur, ils seraient toujours jeunes et beaux comme aujourd'hui. La beauté ne se trouve-t-elle pas dans l'œil de celui qui regarde?

C'est dans les choses simples que réside le bonheur : tenir sa main douce comme la rose, jouir d'un matin où la bourrasque gronde, bien au chaud dans son lit avec l'aimée, admirer le cardinal ou le geai bleu perché dans le pommier en fleurs, quand la brise tiède du printemps revient, après le long sommeil de la terre.

Michael était heureux.

– Elle est là, petite mère.

Il prit Ida par la taille et la souleva dans un tourbillon de jupons.

– Aïe! pose-moi par terre, vilain garçon. S'il fallait qu'un client arrive.

– Elle va venir vous saluer dès qu'elle le pourra. Elle m'a chargé de vous dire qu'elle avait grande hâte de vous revoir. Pour l'instant, nous sommes tous à notre toilette pour le souper.

Il grimpa l'escalier à grandes enjambées. Une demi-heure plus tard, il tournoya sur lui-même et demanda à Ida :

– Comment me trouvez-vous?

– Magnifique! Incomparable!

Les convives de monsieur le juge, installés près de la fenêtre ouverte, attaquaient le dessert, une tarte au sucre nappée de crème fouettée. L'air était doux, le soir descendait, le jour agonisait, le ciel piqué d'étoiles se préparait pour la nuit.

Rosie, vêtue d'une robe de mousseline crème, imprimée de fleurettes, garnie de dentelle, arborait fièrement la rose de porcelaine offerte par Michael lors de leur séparation. La table numéro vingt fut parmi les dernières à être désertées.

Monsieur Olivier, fatigué de sa journée, regagna sa chambre, Mary s'installa pour lire et les amoureux sortirent sous la charmille. La verdure foisonnait et s'accrochait aux poutres de bois rond avec une telle vigueur qu'elle formait maintenant un mur. La lune s'infiltrait entre les espaces ajourées du plafond dont le reflet formait un curieux dessin sur le trottoir. Pour l'instant, ils étaient seuls sur la promenade. Autour d'eux, l'air était si calme que le temps semblait rentré dans l'éternité. Ils joignirent leurs mains, émus.

– J'ai trouvé un magnifique bouquet de roses qui se mirait dans la glace. J'ai pleuré. Je ne sais pas pourquoi. Je me suis tellement ennuyée de vous. Ces fleurs m'ont rappelé combien vous êtes attentionné. Vous n'êtes pas une illusion Michael. Vous êtes réel. Je n'ai rien dit devant les autres. Je voulais que nous soyons juste nous deux.

Elle lui serra la main.

– Quand vous êtes absente Rosie, une partie de moi-même ne vous quitte jamais. Avez-vous pensé que je pourrai assister aux bals en votre compagnie, aux concerts, aux pièces de théâtre? Nous nous verrons à la face du monde. Bien sûr, monsieur le juge nous servira d'alibi. C'est quand même un énorme progrès. Vous n'avez plus de fiancé, non plus. Celui-là, je l'aurais étranglé.

Ses sourcils étaient froncés en proférant cette menace. Sa bouche démentait, par un sourire narquois, l'expression de ses yeux.

– Chut! Patrick était un gentil garçon autoritaire que je n'aimais pas. Les filles se l'arrachent.

– Rosie, ne me rendez pas jaloux. J'ai suffisamment souffert à propos de cette histoire.

– Je m'excuse. Je ne devrais pas plaisanter à ce sujet.

Ils rentrèrent tard, alors que Michael commençait son travail dès la pointe du jour. On se préparait pour la fête du Dominion, il ne fallait pas l'oublier, les jours les plus achalandés de l'année au *Grand Hotel*. Durant leur promenade, ils n'avaient rencontré que deux hommes. Ils ne s'en étaient pas soucié. Ils oubliaient les convenances qui, elles ne dormaient jamais. Pas question de faire la plus petite folie.

Le lendemain de leur arrivée, Rosie et Mary passèrent au bureau de poste. Les retrouvailles furent touchantes. Une grande amitié s'était tissée entre les trois femmes.

Ida, tout en fixant Rosie, énonça, pensive :

— Michael a tellement espéré votre retour, mademoiselle. Même si c'est un homme, il a un cœur tendre, mon fils. J'ai toujours peur qu'on le lui brise.

— Comme toutes les mères, nous protègerions nos enfants de toutes les afflictions de la vie si cela était en notre pouvoir. Malheureusement, une force supérieure à la nôtre régit l'existence de chacun. Certains appellent ça le destin. Il les emporte sur des chemins inconnus et nous sommes impuissantes, nous qui les chérissons tant.

Mary avait généralisé, sachant très bien de quoi Ida voulait parler.

L'année 1896 était bissextile, le premier juillet tombait un mercredi. Le 30 juin, le brouhaha était à son comble. Les clients se succédaient par flots sporadiques ponctués par l'arrivée des trains et du bateau en provenance d'Ottawa. C'était la seule fois où il transportait les visiteurs en semaine. Autrefois, il accomplissait le trajet durant trois jours, au mois d'août, à l'occasion des courses de chevaux. Le *Dominion Day* était l'occasion des plus grandes célébrations de la saison. Ceux qui avaient assisté à cette fête sentaient un goût de revenez-y puissant.

Attenant au *Grand Hotel* s'élève un complexe sportif comprenant une salle de quilles et de billard. En 1896, cet endroit est encore réservé aux hommes, ce qui fait rager Rose. Cette ségrégation toujours en faveur de la gente masculine l'irrite au plus haut point, alors que sa mère trouve la situation normale.

Louis-Adolphe Olivier, a été dans son jeune temps un très habile joueur de billard. Il y a longtemps qu'il n'a pas pratiqué. Cela fait belle lurette que la verdeur de sa jeunesse l'a quitté. Pourtant l'annonce des tournois de billard lui rappelle ses anciens succès. Sa main est-elle encore assez sûre ? Il a envie de s'inscrire au tournoi que le *Grand Hotel* a organisé. Les trois meilleurs joueurs recevront des récompenses. Premier prix : séjour d'une semaine à l'hôtel, deuxième prix : séjour de trois jours, troisième prix : séjour d'une fin de semaine, le tout assorti d'une bouteille de champagne pour chacun.

« Bah ! se dit-il, si je ne gagne pas, c'est quand même une occasion de me sentir vivant. » Il inscrit son nom sur la liste.

Pour l'occasion, magnanimes, les organisateurs ont permis aux dames d'assister aux compétitions. Des chaises ont été installées pour accueillir les spectateurs.

Rosie et sa mère sont assises au premier rang. Monsieur le juge est le plus âgé de tous les joueurs, avec ses soixante-dix-sept ans bien comptés.

Les compétitions ont commencé à dix heures du matin. À midi, quand tinte la cloche annonçant le dîner sur l'herbe, monsieur Olivier est toujours en lice. Cet arrêt lui permet de se reposer. Rosie et sa mère l'encouragent vivement.

– Je vais avertir Michael de votre succès.

– Vous y allez vite mademoiselle, les plus redoutables adversaires restent à venir et, mes vieilles jambes se fatiguent.

– Restez assis, nous vous donnerons tout ce dont vous avez besoin. De cette façon, vous nous reviendrez en forme.

Rose et Mary servent leur favori, puis la jeune fille se faufile parmi les dîneurs pour rejoindre Michael.

– Vous allez être content, monsieur le juge tient toujours. S'il n'est pas parmi les premiers, il n'en sera pas loin. C'est excellent pour son moral. Une partie de sa jeunesse lui remonte à la tête, vous devriez voir comme il a de la prestance et de la dextérité.

– Je vais m'échapper quelques minutes, mon aide prendra la relève. Je savais qu'un séjour ici, entouré de gens attentionnés, lui ferait le plus grand bien. Un peu de loisirs lui sera également bénéfique, lui qui s'est depuis trop longtemps consacré aux autres.

Les amoureux courent sur le gazon, sous les regards réprobateurs de ceux qui sont à cheval sur les bonnes manières et que la vue du bonheur rebute.

– Vous faites très bonne figure, monsieur, à ce que me dit Rosie. Bravo!

– C'est cette petite coquine qui est allée vous raconter des histoires. Il y a loin de la coupe aux lèvres. Néanmoins, nous ne sommes plus que huit. Pas trop mal pour un vieillard de mon espèce.

– Vous rajeunissez depuis votre arrivée ici. Je ne vous l'avais pas dit, Rosie est une fée et tout ce qu'elle touche se transforme par enchantement.

Ils éclatèrent de rire.

Les éliminatoires commencèrent. Finalement, monsieur le juge était confronté à un joueur de taille qui n'avait fait qu'une bouchée de ses adversaires. Monsieur Olivier, les jambes flageolantes, rata quelques bons coups. Son opposant en profita. Il se classa premier, monsieur

Olivier deuxième. Malgré ce second rang, Rose ressentait une joie profonde. Elle se leva d'un bond et donna un baiser retentissant sur la joue du vieil homme. Mary lui serra la main avec chaleur. Puis, on procéda à la remise des prix. Monsieur Olivier avait vingt ans.

Le soir du premier juillet, l'orchestre était en place dès le début du repas qui était somptueux. Des pivoines, cueillies sur les terres du *Grand Hotel* décoraient les tables. Rosie avait revêtu la vaporeuse robe blanche qu'elle portait le soir du bal masqué. Cette fois-ci, c'est à visage découvert que Rose O'Brien et Michael Keough fouleraient le plancher de danse.

Quand les derniers accords de la musique se furent tus, la foule se dirigea vers les terrasses pour admirer le feu d'artifice. Monsieur le juge montrait des signes évidents de fatigue et voulut se retirer.

– Mais non monsieur! Je prends un siège dans la réserve. Vous verrez, c'est éblouissant.

De grands parasols d'or inondaient le ciel sombre, retombaient en gerbes de blé et s'évanouissaient peu à peu, telles des lucioles parties en goguette. Puis, les tons se mêlaient en une myriade d'étoiles multicolores. Le spectacle durait un bon trente minutes. Il était à la fine pointe de la pyrotechnie. Lorsque le dernier lampion s'éteignit, la fête était finie.

Quand Adolphe Olivier regagna sa couche, un vague sentiment de culpabilité l'envahit. « Pardonne-moi Clara, c'est la première fois que je passe une journée entière heureux depuis ton départ. Tu fus mon ange gardien pendant tant d'années. Peut-être est-ce toi qui m'envoies ces bonnes âmes afin de m'aider à vivre sans ta présence. » Il s'endormit d'un sommeil sans rêves.

Le territoire du *Grand Hotel* se métamorphosait cette année. La tranquillité des lieux était bousculée par la construction de la ligne de chemin de fer et de la gare qui desserviraient Caledonia Springs. Monsieur Olivier aime aller s'asseoir pour regarder les progrès de la construction. Un bâtiment en bois à toit conique agrémenté d'une longue marquise servira aux voyageurs. Le chef de gare et sa famille habiteront l'étage. Une grande cuisine au rez-de-chaussée ajoutera beaucoup au confort du logis. De lourds chariots apportent de la terre que les terrassiers disposent en monticules pour y planter ultérieurement des fleurs. Rien n'est négligé pour l'agrément des visiteurs. Des ouvriers s'affairent à bâtir un large trottoir en planches qui permettra aux élégantes de protéger leurs robes longues de la boue et de la poussière. On prévoit l'ouverture un peu avant la fin de la saison. Monsieur le juge prend conscience du dur labeur des manœuvres qui sont souvent mal rémunérés et des injustices sociales de ce siècle. Lui qui a consacré sa vie à rendre justice, s'aperçoit avec regret que la justice n'est pas de ce monde. Il soupire en attente d'un après où chacun recevra son dû, sans que l'on tienne compte des classes, au mérite seulement. Ses pensées le ramènent à songer à la situation de Michael. Il ne peut supporter l'idée que ce garçon si doué et si serviable sera peut-être condamné sans appel parce qu'il n'a pas assez de biens matériels. Alors, il part dans de longues rêveries où Clara semble lui parler.

Mary a opté pour une cure semblable à celle de l'an dernier. Elle y consacre ses avant-midi pendant trois semaines. Les effets furent si bénéfiques l'an dernier, que son humeur sombre a presque disparu. Elle prévoit pourtant des jours difficiles dans un avenir rapproché. Il lui a suffi de voir Rosie et Michael pour constater que

les braises qui couvaient sont devenues brasier. Sa fille
aura vingt et un ans dans quelques semaines. Elle sera
majeure. Elle est convaincue qu'elle va parler à son père
au sujet de Michael. L'imminence d'un affrontement la
rend nerveuse. Le côté où elle se rangera est choisi
depuis la maladie de Rosie. Elle n'a qu'une enfant, son
mari est riche, qu'il lui donne tout simplement sa dot. Le
couple pourra vivre une vie confortable et heureuse.
Le chemin de fer va venir jusqu'à Caledonia Springs. Ce
sera un jeu d'enfant de la voir souvent, de côtoyer Ida qui
sera une belle-mère aimante. Elle prend aussi en considération la haute estime que monsieur le juge accorde
à Michael. Il sera leur protecteur, du moins pour les
années qui lui restent à vivre. Non, c'est Daniel qui l'inquiète. Certainement qu'il ne verra pas les choses du
même œil.

Quant à monsieur le juge, il profite de son séjour
pour traiter ses douleurs rhumatismales. Étant donné
son âge avancé, le médecin lui conseille d'utiliser les
quatre sortes d'eau disponibles aux sources : saline,
gazeuse, sulfatée, mais surtout, l'infecte eau sulfureuse
pour les rhumatisants. Il déteste son goût et sa couleur
jaunâtre. C'est bien connu, les remèdes ne sont pas toujours agréables à prendre. On lui prescrit aussi des bains
thérapeutiques en après-midi.

Rosie, les jours où Michael travaille, consacre une
partie de l'avant-midi à la marche. Elle explore. L'*Adanac
Inn*, qu'elle avait peu observé le premier été, lui semble
le plus important hôtel de deuxième classe. Pour une
raison ou une autre, elle lui trouve un air sévère. Elle
pousse l'audace jusqu'à pénétrer à l'intérieur. Quelle
impertinence! Les planchers sont luisants, la propreté
impeccable. L'ensemble manque de fantaisie. Le préposé,

surpris de voir une jeune fille entrer seule dans son établissement, lui demande :

– Puis-je vous aider ?

Elle répond trop vite :

– Je cherche le chemin pour la source intermittente.

L'employé lui expliqua la route à suivre en n'étant pas dupe de son mensonge. Il demeura perplexe, tandis que Rosie refermait la porte.

Elle supputait qu'en épousant Michael, elle habiterait une maison modeste. Elle se promet de lui donner une âme et une décoration originale. Ida, avec ses doigts de fée, l'aiderait judicieusement. Dans le grenier de sa mère, se cachaient aussi de petits trésors sur lesquels elle pouvait compter. Ce foyer serait simple mais chaleureux. On y sentirait bien la paix et l'amour.

En revenant de son escapade, Rosie note que monsieur le juge se chauffe au soleil, assis sur un banc, l'air mélancolique.

– Bonjour, belle demoiselle. Vous en avez de la chance de courir partout, légère comme une gazelle.

– Je suis certaine qu'avec un peu d'assistance vous pourriez visiter les parties les plus intéressantes de ce vaste domaine de cinq cent soixante acres, à ce que m'a dit Michael.

– Oh ! je vais souvent observer les travaux à la nouvelle gare, je fréquente les sources les plus proches. Je me rends saluer madame Keough, au bureau de poste. J'aimerais, comme vous, mieux connaître l'endroit.

– Demain, je vous attends à l'heure qui vous convient, pour aller admirer les trois charmants cottages qui reçoivent les visiteurs de deuxième classe. Ils ont chacun un cachet particulier.

– Vous croyez que je pourrai ?

– Nous irons à votre rythme. Rien ne nous presse pas vrai?

– Vous êtes bien aimable de vous occuper d'un vieux barbon comme moi.

– Les amis de Mich... de monsieur Keough sont aussi les miens.

– J'ai compris. Demain, dix heures, dans le grand hall.

Ces promenades improvisées permirent au vieil homme d'intéressantes découvertes. Il se prit d'une grande amitié pour cette fille délicieuse qui lui consacrait autant de son temps.

– Avec vous, dans ce bel été, je pense qu'on pourrait presque toucher la paix, rien qu'en étendant la main, ne croyez-vous pas? J'en ai tellement besoin depuis la mort de Clara.

Rosie serra un peu plus fort le bras que son compagnon avait passé sous le sien. Pas besoin de banalités, leurs regards se comprenaient.

Toutes les soirées étaient un enchantement, du moins pour les deux amoureux. Parfois, il y avait spectacle. Ils y assistaient avec Mary et monsieur Olivier. Michael, peu habitué à de telles présentations en jouissait de façon particulière. Quand les deux aînés regagnaient leur chambre, eux avaient retrouvé leur kiosque où Edward avait failli les surprendre l'été précédent. Ils en riaient maintenant. Ils étaient beaucoup moins prudents cette année, et ne se gênaient pas pour s'embrasser, ce qui était inconvenant, selon les bonnes mœurs. Ils parlaient d'avenir, d'un avenir rapproché.

– Je me sens incapable de passer un autre hiver sans vous Rosie. J'ai beau regarder la première étoile dans le ciel en pensant à vous, parler à votre photo, tourner votre mèche de cheveux entre mes doigts, ça ne suffit plus. J'ai besoin de votre chaleur, de vos baisers, de vos caresses.

– Je vais parler à mon père tout de suite après le mariage de Margaret. Il n'est pas tout à fait remis de ma rupture avec Patrick. Il est souvent absent. Quand il est là, il est bougon. Je crains qu'il soit en train de me chercher un autre prétendant. parmi les familles riches de Montréal. Avant la rentrée mondaine, il sera au courant de nos projets.

Leur union, elle la voyait comme un petit point dans le noir pas tout à fait réel. Il lui semblait le voir flamboyer, si fragile, dans le souffle du vent qui le faisait parfois disparaître.

– Rosie, j'ai envie de vos cheveux défaits sur l'oreiller, de la volupté de l'amour, des soirées calmes au coin du feu, un livre à la main, du piano qui chante sous vos doigts. Tout en vous m'est délices. Ce n'est pas seulement votre beauté qui m'envoûte, ce sont nos goûts communs, cette harmonie qui se noue d'elle-même entre nous.

Alors, elle se blottissait sur la poitrine brûlante, fermait les yeux et restait sans bouger, buvait le présent à pleines gorgées, telle une cigale ivre de chaleur.

En ce mois de juillet 1896, la clientèle semble plus jeune qu'à l'accoutumée. La direction propose d'offrir une excursion de plusieurs milles, dans un endroit assez sauvage, au lac George. Ce lac, le seul d'importance dans la région, avait la particularité d'offrir une source d'eau saline dont la composition est la même que celle de Caledonia Springs, plus une certaine quantité de sulfate et une plus forte concentration d'iode. Cette source est exploitée par William Kains. La route est longue, il faudra partir tôt le matin, revenir en soirée. On promet un confort raisonnable aux excursionnistes. Il faut un minimum de dix inscriptions pour que le voyage s'organise, le mardi suivant. En cas de pluie, on remet au mercredi. Pour rassurer les parents, on promet la présence d'un chaperon. Ce sera monsieur le curé Bérubé, de L'Orignal, qui séjourne au *Grand Hotel*.

Rosie et Michael furent parmi les premiers à s'inscrire. La liste s'allongea avec une rapidité surprenante.

Le soleil dépliait paresseusement ses yeux lumineux que déjà les employés s'affairaient à préparer la charrette munie de banquettes qui couraient sur son pourtour. Douze coussins avaient été attachés sur les sièges pour en atténuer la dureté. Sous le banc du cocher, on avait glissé une grosse glacière contenant les victuailles. De plus petites, remplies de boissons variées reposaient à la disposition des voyageurs. L'hôtel avait donné des consignes autant pour la sécurité que l'agrément des excursionnistes : port obligatoire d'un chapeau de paille à larges bords, vêtements et chaussures propres à la marche en terrain accidenté.

Les passagers attendaient dans le hall de l'hôtel où l'air tiède du matin annonçait une température torride, au beau fixe. Rosie, vêtue d'une jupe en grosse toile bleue qui laissait entrevoir la cheville, d'une blouse blanche ornée de frisons de dentelle et d'une grande capeline garnie d'un simple ruban marine, se tenait ravie près d'un Michael qui respirait la joie du moment. Ils étaient huit hommes et quatre femmes. Les plus âgés avaient à peine quarante ans. Le départ se fit dans l'allégresse générale.

Un « Hue ! » sonore retentit et les deux chevaux partirent d'un même élan avant de synchroniser leur trot sur la route poudreuse. Les oiseaux : mésanges, hirondelles, roselins, emplissaient l'air d'une symphonie sortie directement de l'écrin touffu des grands arbres. Un cardinal à l'allure fière barra la route d'un éclair écarlate qui arracha des cris d'admiration aux randonneurs. L'ambiance était à la gaieté. Pour ne pas être en reste avec la gente ailée, quelqu'un proposa de chanter. Tous connaissaient l'anglais, environ la moitié le français. On mêla donc les vieilles mélodies venues de l'Écosse, de l'Irlande, de l'Angleterre et de la France. L'abbé entraîna le groupe dans un *Ave Marie Stella* en latin.

On arrivait en vue des tourbières du village d'Alfred. Si les filles n'y trouvèrent pas beaucoup de plaisir, les hommes par contre furent vivement intéressés par ces cinq milles acres impropres à la culture, mais riches en combustibles. Il y avait des années que l'on voulait l'exploiter mais les investisseurs ne se bousculaient pas aux portes.

Le village, un bourg établi sur une butte, était composé de maisons de bois, construites pièce sur pièce comme la plupart des résidences campagnardes de l'époque. Ici et là surgissait un bâtiment de brique, habituellement plus spacieux que les autres. Une église en pierre élevait fièrement sa croix vers le ciel. Une école, déserte en été, accueillait les enfants des colons. La maison du médecin était indiquée par une plaque de bronze.

Puis, la campagne reprenait son plein droit. Des fermes, jetées au hasard par une main invisible, s'éparpillaient parmi les champs de foin que la faucille des hommes couchait de façon rythmée. Des femmes, et même des enfants, mettaient en tas le foin coupé. Des taches noires, blanches ou chocolat au lait, apparaissaient çà et là, broutant dans les pâturages cintrés de clôtures de troncs d'arbres entrecroisés. Près des maisons, les potagers étalaient leur précieux apport alimentaire.

Le cocher choisit un coin tranquille. Il s'arrêta un moment pour une escale. Des fruits juteux et des rafraîchissements frais étaient servis par une employée ravie d'être des leurs. L'ombre bleutée des cèdres demeurait transparente. La lumière s'y poudrait d'or entre les branches.

– Plus que quelques milles et nous y sommes, assura le cocher, qui connaissait les lieux.

Ils s'engagèrent dans un sentier étroit où la forêt se refermait sur eux et formait un dôme au-dessus de leur tête. Des carouges couraient d'une branche à l'autre. Un geai bleu leur lança un cri perçant pour leur dire qu'ils le dérangeaient, tandis qu'un grand pic à la huppe royale s'acharnait sur un bouleau transpercé à plusieurs endroits.

La plupart des jeunes gens n'avaient jamais pénétré aussi loin une forêt inconnue. Une atmosphère de magie inquiétante enveloppait les arbres qui semblaient engloutir le chemin là-bas au loin. Un citadin demanda à brûle-pourpoint :

– Y a-t-il des loups par ici?

– À ma connaissance, on n'en a jamais vu. C'est surtout du petit gibier et des chevreuils qui courent sous le fourré, répondit l'abbé Bérubé, amusé.

Michael lui, avait glissé furtivement sa main sous les plis de la jupe de Rosie afin d'effleurer la sienne. C'était pour les deux une journée loin d'une société si peu indulgente à leur égard.

Lorsque la charrette arriva à un carrefour, face à une pente raide, les passagers s'accrochèrent aux sièges pour ne pas glisser. Plus loin, se dressait, sur la droite, une maison entourée de pommiers qui promettaient une bonne récolte. Une grande femme, le chignon ramassé sur le crâne, s'activait énergiquement dans un jardin aux alignements parfaits. Plus loin, sur la gauche, une autre ferme où l'on cherchait sans succès le terrain cultivable. Puis, l'état de la route se modifiait. Les roues de la charrette grinçaient sur de grandes plaques de roche.

– Nous arrivons à la minute.

On entendait une source qui chantait au milieu des bois. Partiellement dissimulé par la végétation, le lac apparaissait enfin, miroitant sous le soleil. Une sente sablonneuse descendait en pente douce vers les berges. Les passagers, heureux de se dégourdir, s'y engagèrent, pressés d'avoir une vue plus complète du plan d'eau. Ils mirent pied sur du sable blond qui formait une plage où des vaguelettes venaient mourir dans un doux clapotis. L'eau n'était pas aussi transparente qu'ils l'avaient espéré. Elle avait le teint brouillé par la glaise qui reposait au fond. D'un côté, dans le lointain, on distinguait la limite de la nappe d'eau, de l'autre, non. Sa superficie était laissée à l'imagination des visiteurs. Ils remontèrent par grappes, pendant que la servante, qui avait découvert une chambre végétale, au tapis mœlleux fait de mousse et d'aiguilles tombées des grands pins qui montaient la garde comme des sentinelles, étendait les nappes à carreaux et disposait les plats du dîner.

Rosie et Michael avaient noté la présence d'une autre maison, tout au bout du chemin. Ils poussèrent jusqu'à l'habitation qui semblait accueillante avec sa longue galerie. Hélas! personne ne l'habitait. Ses fenêtres aux yeux clos l'avaient plongée dans un profond sommeil sous la protection d'un grand érable qui tendait ses bras tutélaires. Cet endroit les laissa rêveurs. Est-ce que le bonheur reviendrait un jour habiter ce coin isolé, mais si propice à l'amour?

Tous louèrent le choix judicieux de leur accom-
pagnatrice pour le site du repas dont la fraîcheur relative les soulageait de l'ardeur du soleil en son zénith.
Quand chacun fut bien repu, on s'accorda un temps de
repos. Là-haut, les grands pins les berçaient, car ils ne
sont jamais silencieux. Même les jours d'été, lorsqu'il
n'y a pas un souffle de vent, si vous prêtez l'oreille, au
bout d'un instant vous distinguez un petit bruit, un chant
discret chuchoté dans l'air.

Puis, le cocher les précéda sur un raidillon rocheux
envahi ici et là de marguerites et de boutons d'or. Enfin,
ils émergèrent sur un terrain dégagé, parsemé d'ardoise
grise qui s'était détachée du rocher. Deux ouvriers s'affairaient à recueillir l'eau saline qui s'échappait comme
par magie de la montagne en passant par un tuyau supporté par une poutre de bois puissante. Les visiteurs
goûtèrent et la comparèrent à l'eau de Caledonia Springs.
D'ici, la vue sur le lac était différente. En face, coulait
un ruisseau peu profond qui assurait la communication
avec la rivière des Outaouais. Une grosse roche affleurait
de l'onde à peu de distance du rivage. Elle devait servir de
point d'appui aux pêcheurs éventuels tentés de taquiner
le doré ou l'anguille. Un muret de ciment avait été
construit à proximité de la source, au bas de la falaise
qui atteignait son point culminant à cet endroit. Ici non
plus, l'extrémité du lac n'était pas visible. Rosie et Michael
avaient distancé le groupe. En haut du sentier, ils s'étaient
assis sur une plaque rocheuse d'où la vue était magnifique.
De là, ils embrassaient le lac, le ruisseau et l'horizon. Ils
avaient échangé un baiser furtif et Rosie avait posé sa
tête sur l'épaule de Michael, à l'affût des indiscrets. Ils
étaient assoupis dans une lumière qui éclairait leur
intimité. Le bonheur était là, en ce bel été incandescent

qui égrenait lentement les jours blancs de chaleur, Une cigale, cachée dans le cèdre, tressait un rauque sortilège qui les ensorcelait. Il fallait hélas s'arracher à cet éden, car le groupe remontait déjà la pente en haletant. Après un dernier coup d'œil, les vacanciers repartirent, tressautant sur le mince chemin rocailleux. Après le goûter de l'après-midi, le silence se répandit, alors qu'une langueur mêlée de fatigue assaillait les promeneurs. Soudain, Rosie s'écria, s'adressant au cocher :

— Monsieur, pouvez-vous faire un arrêt, s'il vous plaît ? Voyez, dans les broussailles, il y a un massif de rosiers sauvages. Je voudrais en cueillir.

— Si vous voulez, mademoiselle. Mais ça égratigne drôlement ces buissons-là.

Les filles protestaient :

— Oui, oui, arrêtons-nous.

La cuisinière leur prêta des couteaux pour leur faciliter la tâche. Michael descendit afin d'ouvrir le fourré de ronces. Les jupes des demoiselles s'accrochaient aux épines traîtresses. Un petit cri retentit :

— Oh! je me suis piquée. Ça saigne.

Son compagnon lui lança de la voiture :

— Je te l'avais bien dit.

Elle l'ignora, s'essuya le doigt et continua hardiment.

Rosie cueillit sa provision de roses, mêlées à d'autres fleurs sauvages : chicorées bleues, marguerites, valérianes blanches. Elle remonta dans la charrette au dernier moment, exhibant un bouquet arrondi dont les tiges étaient enveloppées dans le mouchoir immaculé de Michael.

La voiture se mit en branle. Rosie murmura d'une voix à peine audible :

— Mon bouquet de mariée. Ce serait le plus beau.

Michael la fixa d'un œil attendri.

Ils rentrèrent à l'heure où le soleil peint des arcs-en-ciel sur le paysage avant de sombrer dans les ténèbres.

Les randonneurs étaient, pour la plupart, à la fois fourbus et enchantés. On leur servirait leur souper dans leur chambre. Michael et Rosie marchèrent côte à côte vers le grand escalier. La jeune fille tenait sa précieuse touffe de fleurs à la hauteur de sa taille. À les voir, on aurait dit une noce paysanne. Mary et monsieur Olivier, qui se rendaient à la salle à manger, entendirent le brouhaha du retour dans le hall d'entrée. En faisant demi-tour ils aperçurent le couple franchir le seuil.

– Ils sont magnifiques, tout de même, ces enfants, dit le magistrat en se tournant vers Mary.

– Tout à fait. Si mon mari les voyait tels qu'ils sont : inséparables.

Puis, ce furent les embrassades.

– Pas besoin de questions. À vous voir si épanouis, nous savons déjà que la journée a tenu ses promesses.

– Et comment donc! s'exclama Michael.

– Déjà finie, regretta Rosie mélancolique. Je vais faire sécher mes fleurs. Quand il aura neigé sur nos deux têtes, elles nous rappelleront ce jour entier passé ensemble dans la grande nature du bon Dieu.

Qu'il aurait été doux de pouvoir s'étreindre avant de se quitter. Viendrait-il ce moment béni où ces gestes tendres seraient permis? Michael s'inclina sur la main tiède et y déposa un tendre baiser. Comme il hésitait à la quitter!

– À demain ma mie. Bonne soirée à vous tous.

Il s'éclipsa précipitamment, incertain de pouvoir résister à la tentation plus longtemps.

Le lendemain après-midi, en barque, ils se rendirent à l'île. C'est également à ce moment que Mary reçut un télégramme alarmant de son mari.

Une relation d'affaires de Daniel prenait une cure à Caledonia Springs en compagnie d'un ami au début du mois de juillet. Il avait croisé Rosie à quelques reprises, lors de réunions mondaines. Il prétendait avoir vu celle-ci avec un garçon, bras dessus, bras dessous, se promener sous la charmille à la nuit tombante. Cet homme insinuait qu'une telle conduite pouvait nuire à la réputation de sa fille si un curiste moins discret que lui en était témoin. Or, cet homme était plus enclin au bavardage qu'à la discrétion. Daniel priait son épouse de mettre bon ordre à la situation.

Mary se sentit d'abord agacée, puis carrément en colère. C'est sous cette impulsion qu'elle répondit à son époux :

Rosie s'est prise d'amitié pour un juge âgé de L'Orignal qui fait une cure ici. Elle passe beaucoup de temps en sa compagnie. Votre fille est jolie. Les hommes plus jeunes lui font la cour assidûment, sans succès d'ailleurs. Quel mal y a-t-il à prendre le frais dehors, entre chien et loup? Quant à la description détaillée de votre faux ami, je crois qu'il a vu ce qu'il a bien voulu voir, ou bien qu'il s'est trompé sur la personne. Il connaît si peu notre fille. Vous me blessez de ne pas nous faire confiance. J'ose espérer ne plus avoir de commentaires aussi peu flatteurs.

Je vous salue bien.

Mary

Ce message risquait d'attiser le déplaisir de son mari. Elle s'en fichait. Si même ici, on ne pouvait pas avoir la paix...

Quand Rosie rentra, elle la mit au courant des racontars sur son compte.

– Tu devrais être plus prudente. Michael et toi, vous êtes tellement amoureux que cela transpire de tous vos gestes. Vous vous exposez de plus en plus au grand jour. Malheureusement, la calomnie et la médisance rampent jusque dans les endroits les plus reculés. Elles vont, s'enflent, se gonflent et se répandent comme un torrent qu'on ne peut contrôler. Je suis d'accord avec ton choix. Michael est un garçon de qualité. Je suis même prête à t'aider. Ce serait une grossière erreur que ton père apprenne votre relation par des tiers, tu comprends?

– Oui maman. Mais c'est difficile. Nous vivons notre bonheur au jour le jour. Le temps se dévide trop vite. Si tu savais tous les projets que nous échafaudons. Nous ne voulons pas passer un autre hiver séparés.

– Je comprends tout ça. Je te demande seulement de la discrétion. Les mœurs sont rigides à l'égard des femmes. Si la même morale était appliquée aux hommes, je me demande combien éviteraient la honte. Le déshonneur est dans l'opinion des autres. On n'y échappe pas.

Rosie se sentit amputée de sa liberté toute neuve. Elle transmit les avertissements de sa mère à Michael qui les reçut plutôt fraîchement.

– Nous vivons à une triste époque tout de même où l'amour est infamie tandis que le marchandage des filles dans les mariages arrangés est de bon aloi. Nous allons reprendre nos habitudes de l'an dernier. Le petit kiosque derrière l'hôtel nous servira de refuge. Les jours de congé, nous nous retrouverons sur la route de la source intermittente. Il y a des bosquets accueillants dans le coin où nous pourrons nous abriter si nous en avons envie.

La jeune fille rougit, soudain intimidée. « Qu'allait-il penser là? »

Mary, aux heures creuses, jouait souvent du piano. Quant elle se croyait seule, elle se laissait aller à chanter des airs de Verdi, de Rossini et des mélodies légères, en vogue dans les salons. Un jour que monsieur Kenley passait à proximité, il fut charmé par ce qu'il entendait. Il attendit la fin de l'interprétation et aborda Mary.

– Vous avez un talent exceptionnel. Si j'osais, je vous demanderais d'offrir un concert à nos pensionnaires dans une atmosphère intime. Tenez, je ferais déménager le grand piano qui se trouve sur l'estrade jusque dans la verrière. Nous formerions un coin de verdure et de fleurs coupées sur le domaine. Vous seriez la déesse qui animerait cette floraison de votre musique qui parle au cœur et à l'âme.

– Mon Dieu monsieur! vous me flattez. Il y a bien longtemps que je n'ai plus joué en public. Je l'ai fait souvent dans ma jeunesse. Pourquoi pas après tout et votre décor me plaît beaucoup. Je voudrais que ce soit un soir de semaine, un mercredi peut-être, il y a moins de monde. J'aimerais aussi inviter la postière, madame Keough, avec laquelle je me suis liée d'amitié.

– Ce sera à votre convenance, madame. Six jours, est-ce suffisant pour vous préparer? Si oui, je l'annonce pour la semaine prochaine.

– Allez-y, à condition de me réserver la salle de musique deux heures par jour.

– Ce sera fait. Vous verrez, l'ambiance sera magique.

Mary se sentait flattée de cette invitation. Elle courut chez Ida pour l'inviter.

– Je suis un peu nerveuse. Qu'importe, c'est un beau défi. Pour une fois, je ne serai le faire-valoir de personne. Vous viendrez n'est-ce pas?

– Nous serons réunis, nos enfants, vous, moi et monsieur Olivier au *Grand Hotel* pour la première fois. Vous êtes généreuse Mary de m'offrir ce plaisir. Vous vous souvenez de ce vieux porto pour les grandes occasions? Passons un instant au salon en prendre un verre.

Quand Rosie rentra, elle vit sa mère absorbée dans des cahiers de musique, inscrivant des notes dans un calepin. Intriguée, elle questionna :

– Qu'est-ce qui vous occupe autant, on dirait une artiste qui prépare un concert?

– Justement, je vais jouer et chanter dans la grande serre mercredi prochain. Je me suis exécutée bien des fois pour nos invités, à la maison. Juste pour mon talent, c'est la première fois depuis, depuis... oh! et puis n'y pensons plus. Je veux que ce soit réussi.

Entre ses avant-midi consacrés à des promenades avec monsieur le juge et ses soirées en compagnie de Michael, Rosie avait prié Ida de l'initier à l'art de la fabrication des chapeaux.

– Si j'épouse Michael, j'ai l'intention de donner des cours de piano et, qui sait, quand vous aurez beaucoup de travaux de couture, de vous seconder dans la boutique de modiste. Je ne veux pas garnir une forme toute prête, je désire créer ma propre coiffure.

– Ça demande de la patience au début. Parfois, il faut recommencer. Regardez les différents styles et dites-moi ce qui vous accroche.

Elle fut attirée par un modèle original tout noir, car les catalogues consacraient des pages entières aux vêtements de deuil que consommaient, bon gré mal gré, les trop nombreuses clientes condamnées par l'usage à ces longues périodes, souvent lugubres.

– Je le confectionnerai en soie, marine et écrue. Qu'en pensez-vous?

– C'est un bon choix, mais difficile. Vous travaillez à partir d'une petite calotte en feutre comme celle-ci. C'est vous qui drapez le tissu pour lui donner une forme plus élevée du côté gauche. Ensuite vous prenez la soie ivoire et vous confectionnez la grande rosette décorative. Vous fermez la fleur avec un bouton marine, pour le contraste et vous fixez le tout sur la partie la plus élevée qui dégage bien la figure. Les deux points les plus importants : l'ensemble des plis toujours différents les uns des autres et l'équilibre entre la hauteur des deux côtés.

Rosie se mit à l'œuvre. Ida conseillait, faisait reprendre ce qu'elle jugeait peu esthétique. Rosie recommençait, se piquait le doigt, tirait la langue sous la concentration. Après dix heures de persévérance, elle exhibait son œuvre avec fierté.

– Vous avez réussi, ma Rose. Voyez comme il vous va bien. Je ne voulais pas vous décourager. C'était un gros morceau que vous aviez entrepris.

– Ainsi donc, quand je serai l'épouse de Michael, je pourrais vous aider de temps en temps, quand vous seriez surchargée de commandes.

– Si vous prenez Michael comme mari, vous deviendrez ma fille, enfin je vous aimerai comme telle. Tant de choses seront alors possibles entre vous et moi, ma petite.

Rosie rentra fière de son accomplissement. Exceptionnellement, Michael travaillait en ce mercredi. Elle sortit le chapeau du sac en papier avec précaution.

– Regardez ce que j'ai fabriqué. Votre mère m'a conseillée bien sûr. Je n'ai pas voulu qu'elle m'aide. Pas mal, hein?

– Vous avez tous les talents! Quel homme chanceux je suis.

Il sourit tendrement.

– N'est-ce pas? ajouta-t-elle taquine se sauvant par le grand escalier.

Dans la salle de musique, le piano résonnait de toute la vigueur de ses cordes. Mary avait pratiqué sans relâche, bien au-delà des deux heures réservées à cet effet. Ce récital impromptu lui avait donné comme un coup de fouet. Elle voulait se prouver à elle-même qu'elle était encore capable de réussir quelque chose en dehors de son mari et de ses puissantes relations.

Monsieur Kenley avait fait descendre l'imposant piano en bois de rose sculpté. Le lutrin décrivait des arabesques si fines, on aurait dit de la dentelle. Une forêt de plantes vertes tapissait le coin de la verrière. Sur une colonne, un énorme bouquet de delphiniums dont les couleurs se dégradaient à partir du bleu foncé au bleu ciel pour arriver au blanc, étalait sa splendeur. Deux vases remplis de lys décoraient les côtés. Sur le grand piano, on avait placé un chandelier à cinq branches dans son oasis de verdure. Pour protéger l'instrument, il reposait sur une pièce de lin ornée de délicate broderie. Sur des tables basses, des lampions étagés illuminaient l'ensemble. Monsieur Kenley avait fait pousser les meubles et installer une soixantaine de chaises. À huit heures moins cinq, il n'en restait plus une seule de libre. Assis dans la première rangée, Ida, monsieur Olivier, Michael et Rosie attendaient, le cœur battant.

Le gérant de l'hôtel avait présenté celle qui avait si gracieusement accepté de donner ce concert improvisé. Les lumières s'éteignirent, ne resta plus que la flamme vivante des bougies. Surgie de la pénombre, une silhouette moulée dans une robe de taffetas opalin à manches longues, au corsage ajusté comme une seconde peau, qui s'évasait soudain en une jupe ample se prolongeant à l'arrière jusqu'à toucher le sol. Aucun bijou, sauf une aigrette ornée d'une opale et de petites boucles d'oreilles assorties. C'était Marie Gouin qui s'avançait, celle de sa jeunesse enfuie. Pourtant, malgré quelques ridules, ce qu'elle était belle, Marie! Elle fit un petit salut de la tête et s'assis au piano avec grâce. Un court instant de recueillement et elle attaqua *Alla Turca,* de Mozart. Ses mains couraient sur les notes avec une dextérité éblouissante. Le son s'égrenait, coulait, bouleversait. Un tonnerre d'applaudissements éclata à la dernière sonorité. Après une courte introduction, elle entonna dans un italien rocailleux, mais d'une voix si pure, *Come in quest'ora,* de Giuseppe Verdi, extrait d'un opéra peu connu où un plébéien est amoureux de la fille du Doge à Venise. Au même moment, une ombre imprécise se glissa dans la pièce. Celle-ci se tira une chaise restée près du mur et s'assit sans bruit. L'interprétation de Marie révélait une telle sensibilité, une si parfaite plénitude, que l'auditoire la suivait sans effort. S'enchaînèrent du Beethoven, *La Truite* de Schubert et *Plaisir d'amour* de Florian et Martini. Elle termina avec la *Polonaise héroïque* de Chopin qu'elle avait interprétée l'année précédente chez Ida. Elle aimait Chopin, qui appréciait les concerts intimes aux chandelles, comme ce soir. L'âme du génie exilé flottait au-dessus de son piano qui exhalait sa douleur. Elle entrait en communion avec Chopin, vivant témoignage de la poésie, principe d'énergie et de liberté. Quand la dernière note se tut, elle mit quelques secondes à se reprendre. Ce soir, Marie avait été libre et victorieuse. Elle se leva et fit une profonde révérence, à ces auditeurs

qui n'achevaient plus de l'acclamer. Certaines gens la félici-
taient, d'autres regagnaient leurs chambres, ravis. Sa fille
et ses fidèles amis l'embrassèrent.

– Maman, jamais tu n'as été aussi merveilleuse. Je
t'aime, maman, fit Rosie, la voix mouillée.

La grande silhouette était sortie de l'ombre.

– Ma nièce, tu aurais pu faire carrière. Quel talent!

– Oncle James! Où étiez-vous donc? Personne ne
vous a vu.

– Dans un petit coin à l'arrière. Je suis venu passer
quelques jours afin de vous revoir, mes nièces. On n'embrasse pas le vieil oncle?

Toutes deux lui posèrent une bise chaleureuse sur
la joue et Marie s'empressa de faire les présentations.
Quand elle arriva à Michael, monsieur Gouin s'exclama :

– Mais je vous connais, vous. Vous êtes le garçon
aux multiples fonctions de l'accueil.

Michael rougit jusqu'à la racine des cheveux.

– Cette année, il a une occupation de plus. J'ai obtenu
qu'il me serve de garçon de compagnie. Son horaire a
même été ajusté à cet effet, précisa monsieur la juge.

Monsieur Gouin ne releva pas l'explication.

– Et si nous fêtions le triomphe de Marie tous ensemble? Je fais apporter du champagne. Monsieur Kenley
se fera un plaisir de nous installer confortablement.

On aurait pu craindre qu'une assemblée aussi dis-
parate eût généré de la gêne. Il n'en fut rien. La conversation se déroula avec aisance. On porta un toast à l'artiste,
comblée. Elle n'était pas la seule à flotter sur un nuage.
Ida avait peine à croire qu'elle était attablée au *Grand
Hotel* en compagnie du propriétaire, une coupe de champagne à la main. Elle était sensible à la beauté de l'endroit,
intéressée par la conversation, fière de ne pas détonner

dans cette réunion. Elle ne ferait pas honte aux O'Brien, si Rosie devenait sa belle-fille.

Le lendemain, James Gouin voulut jeter un coup d'œil à la construction de la voie ferrée et de la gare qui devait faciliter le voyage aux sources et, selon toute vraisemblance, augmenter le nombre de clients substantiellement. En arrivant près du chantier, il nota la présence de monsieur Olivier, assis sur un banc, appuyé sur sa canne, qui observait le va-et-vient des ouvriers qui s'affairaient à poser le bois à clins sur les murs extérieurs. Il le salua et sollicita la permission de partager son banc. Les rails tout neufs brillaient sous le soleil. Ils serpentaient déjà au loin jusqu'à se confondre en un seul.

– Je vais aller fureter de plus près tantôt. Bien que ce chemin de fer appartienne au Canadien Pacifique, j'y aurai sûrement mes entrées. C'est un apport important pour le *Grand Hotel*.

– Vous avez raison. Nous, de L'Orignal, sentons une perte pour notre village. On n'arrête pas le progrès! Il est logique qu'un endroit aussi prestigieux soit desservi par un moyen de transport moderne.

– La gare est imposante. Elle aura fière allure quand elle sera terminée.

La conversation dévia peu à peu vers des sujets plus personnels.

– Vous savez, c'est un caprice que je me suis offert, cette station hydrothermale. Je n'ai pas de relève. Ma fille a épousé un Anglais. Elle habite un nouveau quartier de Londres et semble heureuse. Mon fils est en froid avec moi. À peine si je reçois une carte à la Noël. Il est quelque part au Manitoba.

– Oh! moi je viens de perdre mon épouse. Nous n'avions pas de parenté proche. Celui que je considère comme mon fils c'est Michael Keough. Il est orphelin de père depuis son jeune âge. Je le remplace un peu. Il est si serviable aussi, vous ne sauriez croire.

– Est-ce que je me trompe, ma nièce et lui ne sont-ils pas amoureux? Ils se jettent des regards si brûlants qu'ils vous réchauffent en passant.

– Oh! vous avez raison. Mais de grands obstacles se dressent devant eux. Si Mary accepte cet amour de bonne grâce, il est beaucoup moins sûr que Daniel O'Brien soit d'accord quand il sera mis au parfum.

– Car il l'ignore! s'exclama James.

– Très certainement.

– Moi, reprit l'oncle, quand j'ai pris femme, je l'ai choisie pour elle-même et je m'en suis félicité tous les jours que Dieu a bien voulu me la laisser. Je parlerai à Marie. Nous trouverons un moyen de les aider.

– Je partage votre opinion. Michael peut compter sur moi. C'est un garçon de valeur. Il a droit au bonheur. Il ne court pas la riche héritière.

– Je dois vous quitter mais nous en reparlerons. Ce fut un plaisir, monsieur.

James Gouin souleva son chapeau et prit congé. Quelques instants plus tard, il pénétrait directement sur le chantier, aussi à l'aise qu'un inspecteur en bâtiment. On ne le revit pas de la journée. Il vaquait à ses nombreuses affaires.

Mary fut le centre d'attraction à la salle à manger. Chacun la félicitait pour son talent, lui exprimait une sincère admiration. Elle sentait les éloges authentiques et les recueillait avec plaisir.

En passant près de la réception, Michael lui remit une enveloppe scellée. Elle regagna sa chambre avant de l'ouvrit. L'oncle James la priait de bien vouloir le rejoindre à son bureau, à dix heures, le lendemain matin. Elle fut surprise et vaguement inquiète. Elle tourna et retourna dans sa tête le propos de cette convocation sans trouver de réponse. Pouvait-il s'agir de Michael, son employé après tout, qui était traité comme un invité? Cela l'aurait étonnée, il était si peu snob. Elle se tracassa quand même. Elle n'en souffla mot à personne. Elle dormit mal.

Le patron de l'hôtel était plongé dans un livre de comptes lorsqu'elle heurta poliment à la porte laissée ouverte.

– Ah! Marie. Je vous attendais.

Il tira deux fauteuils, ferma à clef, afin de ne pas être dérangé.

– Est-ce que l'odeur de la pipe vous dérange? J'en fumerais bien une, fit-il avec bonhomie.

– Faites, je vous en prie.

– Un petit porto peut-être?

Mary accepta, même si elle trouvait l'heure un peu matinale pour boire de l'alcool. Calés dans leurs fauteuils, ils avaient l'air de deux amis en train de deviser.

– Marie, je regrette de ne pas avoir eu une relation plus suivie avec toi. Il faut dire que j'ai reçu mon lot d'épreuves. La mort de ma Clothilde si chère, le départ au loin de mes deux enfants, la distance aussi. Je crois que le motif principal a été mon profond dégoût à l'égard de la façon injuste dont mon frère a traité ta mère après son décès. Nous n'avions pas du tout la même opinion sur de nombreux sujets. Je me suis jeté à corps perdu dans la finance et c'est devenu mon dada. Maintenant que je vous ai retrouvées, Rosie et toi, je m'aperçois qu'au fond je vis en ours solitaire. J'ai envie de chaleur autour de moi.

Il fit une courte pause et fixa sa nièce avec insistance.

– Votre fille Rose est amoureuse de Michael Keough, cela crève les yeux. J'ai rencontré monsieur Olivier hier. Nous en avons discuté. Votre mari l'ignore à ce qu'il paraît ?

– Oui, murmura Marie avec une certaine gêne.

– Quelle est votre opinion à vous, la vraie, celle de la petite Marie d'autrefois ?

– Moi, je suis pour l'amour et le libre choix. Si nous y mettons de la bonne volonté, nous avons les moyens de permettre le bonheur de ma fille unique. Elle vivra en dehors des fastes de la grande société, la plupart du temps. Elle s'en fiche. Elle a rompu ses fiançailles avec l'un des plus brillants partis de Boston. Daniel en a été offusqué. Je crains sa réaction.

– Bon, pour ma part, je mettrai mille dollars dans sa corbeille de mariage. Que son père la dote ou pas.

– Vous êtes bien généreux. Elle touchera un modeste montant d'argent, à sa majorité, le mois prochain. Mon père nous avait légué en biens propres, à ma fille et à moi, un héritage dont nous pouvions disposer. Je suis prête à aider Rosie à s'installer et à lui constituer une petite rente qui viendra s'ajouter au salaire de Michael. Si c'est sa décision, je la respecterai. Je vous confie que je trouverais injuste que mon mari la prive de sa dot. Celle-ci était princière pour le soupirant américain. Là-dessus, hélas, je n'ai pas le dernier mot.

– J'ai l'intention de vous inviter tous pour le souper ce soir. Puis-je l'annoncer à Rose ou préférez-vous le faire en privé, seule avec elle ?

– Si cela vous fait plaisir, pourquoi pas ce soir ? Rose et Michael y verront sûrement un geste encourageant. Ils en ont besoin, croyez-moi.

– Alors, je lance les invitations et, à ce soir ! Nous serons six.

– Merci mon oncle, je suis touchée.

Il lui baisa galamment la main et ils prirent congé.

L'orchestre sur l'estrade interprétait une musique feutrée. Les lustres jetaient une clarté romantique sur les nappes damassées qui brillaient d'un éclat discret. On venait d'apporter le dessert. James prit un air taquin pour déclarer :

– Mes pauvres yeux de myope, ont cru voir que nous avons un couple d'amoureux assis à notre table. Rosie et Michael baissèrent les paupières, mal à l'aise.

– Chut! mon oncle. Il ne faut pas en parler. C'est un secret, même un secret honteux pour des âmes bien pensantes, murmura Rosie, chagrine.

– Mais si, je veux en discuter pendant que nous sommes réunis. Je vous trouve touchants et sincères. J'ai décidé, ma nièce, de vous offrir mille dollars à l'occasion de votre mariage, prochain je l'espère. Je mets aussi mon aide à votre disposition, si vous en avez besoin.

– Je relance la balle, j'égalise la mise de monsieur Gouin. Mille dollars pour Michael lorsqu'il aura passé la bague au doigt de sa belle. Une seule condition : je veux être son témoin.

– Je suis confus monsieur. C'est une grosse somme!

– Tut! Tut! Je donne à qui le mérite. Puis, mes excuses à madame Ida, je me considère un peu comme ton père. Avec cet argent, vous pourriez avoir une maison à votre goût et y élever de beaux petits Keough.

Il y avait comme un grand vent d'émotion et d'amour qui soufflait autour de la table, et un clivage entre l'ombre et la lumière où celle-ci sortait victorieuse.

Il était environ minuit et trente quand un insomniaque sortit de sa chambre en pyjama et robe de chambre. Il hurlait :

– Au feu! au feu! L'écurie est en feu.

Des volutes de fumée noire, léchées par des langues rougeâtres s'échappaient du côté est du bâtiment. L'homme faisait un tel tapage qu'en un rien de temps tous les pensionnaires se réveillèrent. Certains, encore un peu endormis, croyaient que l'hôtel flambait et se hâtaient vers les sorties.

Les écuries du *Grand Hotel* étaient sises à l'arrière de celui-ci, à bonne distance. Cette année, à cause de la construction de la gare, une annexe, composée d'un toit supporté par des poteaux avait été installée pour loger les chevaux des travailleurs du chemin de fer, qui désiraient les y laisser.

Les propriétaires avaient encore en mémoire les conséquences désastreuses suscitées par la destruction, dans les années 1870, du spacieux *Canada House*, établissement en pierre de quatre étages pouvant recevoir deux cents clients. Aussi avait-on à portée de main un modeste équipement pour combattre le feu, ainsi qu'un petit groupe de pompiers volontaires. On sonne le tocsin à l'aide de la cloche de la chapelle anglicane.

La fumée devient de plus en plus dense et les flammes courent maintenant sur le faîte. Les chevaux hennissent lamentablement, les naseaux fébriles, tétanisés par l'horreur qui les menace. Les ouvriers, les employés accourus, bravant le danger, suffoquant, toussant, les détachent le plus rapidement possible. James Gouin contient la foule de son mieux.

Michael arrive un peu après les autres. Le cheval de monsieur Olivier est toujours dans l'écurie. Monsieur le juge a bien essayé de le rejoindre dans son box, justement situé du côté où l'incendie fait rage. Le vieux cœur de monsieur Olivier n'a pas supporté l'air vicié et la chaleur intense. Il a dû reculer à tâtons. Il repose maintenant, assis dans le gazon, reprenant difficilement son souffle. Il implore, des sanglots dans la voix :

– Il faut sauver Bianco! Sauvez Bianco!

Michael a saisi la situation d'un coup d'œil. Il s'élance. Rosie crie :

– Non, Michael! Vous allez brûler. Oh! mon Dieu.

Michael sait que la stalle voisine de Bianco est inoccupée. Il va entrer par là. Il aura plus d'espace pour agir. Il ouvre la porte et se trouve enveloppé dans un nuage âcre qui lui pique les yeux et entoure sa gorge d'un étau. Il n'y voit goutte. Il pose sa main sur le muret près de Bianco. La pauvre bête émet un son poignant qui ressemble à un vagissement. Le jeune homme distingue maintenant la tête de l'animal. Lorsqu'il essaie de détacher la chaîne, une douleur fulgurante l'atteint à la main gauche. Au même instant, un brandon se détache de la toiture et atteint Bianco sur la croupe. Le cheval ploie sous l'impact et s'effondre, brisant d'un coup sec les maillons qui le retenaient prisonnier. Rien ne sert de s'acharner, il n'y a plus rien à faire. Michael réalise que la mort rôde autour de lui. La senteur de roussi se mêle à celle de la fumée. Il titube vers la sortie. Il est maintenant à l'air libre, hébété. Venue de loin, il entend la voix de Rosie qui l'appelle, dans un brouillard. Il avance. Ils sont là.

– Je n'ai pas pu le sauver, monsieur. Je suis désolé.

– Vous êtes blessé. Votre main est toute boursouflée. Vite, secouez-vous, vous avez de minuscules tisons dans les cheveux, crie Rosie au milieu du tumulte.

Les pompiers improvisés, secondés d'un grand nombre d'employés masculins, même ceux du chemin de fer dont certains passaient la nuit dans la gare sur des couches de fortune, faisaient circuler des seaux d'eau qu'ils jetaient en abondance sur le feu. Au bout d'une quarantaine de minutes infiniment longues, la situation était sous contrôle. Par précaution on arrosa le gazon desséché par un été peu pluvieux et susceptible de s'embraser à nouveau. Alors, on ouvrit la porte où reposait le pauvre Bianco. Cinq costauds le tirèrent à l'extérieur. À sa vue, monsieur Olivier se mit à pleurer silencieusement. Rosie en fit autant. Une importante brûlure noircissait son flanc, la chaîne, en cassant, avait laissé une profonde blessure sanguinolente à l'encolure de la bête, tachetant de rouge la crinière soyeuse qui luisait doucement. Il semblait s'être fracassé une jambe dans sa chute. Néanmoins, il respirait encore, quoique faiblement. Son maître s'approcha avec précautions, tandis que la bête le fixait intensément de son regard douloureux.

– C'est Clara qui t'avait choisi. Tu étais si beau. Encore une partie de moi qui s'en va.

Il tenait la tête frémissante dans ses mains. Dans son esprit se répandait un hurlement glacial charrié par un vent mauvais sous les étoiles suspendues dans le vide.

Rosie, revoyait la magnifique crinière onduler dans la campagne, ce jour peu lointain où ils étaient si parfaitement heureux. Pourquoi le bonheur était-il si fugace, tout ce que l'on aime, si fragile? Elle serra la main de Michael, au comble de l'émotion lui aussi.

James, de loin contemplait la scène pathétique. «Quand on prend de l'âge, peut-être est-ce la somme des deuils accumulés qui nous conduit à notre propre fin.» Il posa la main sur l'épaule de monsieur Olivier qui sursauta comme au sortir d'un rêve.

– Votre cheval souffre énormément. Il vaudrait mieux en finir puisqu'il n'y a aucun moyen de le sauver.

– Le tuer? Lui tirer une balle dans la tête? C'est affreux.

– Regardez son état. Il ne verra pas le jour.

– Priez le docteur de lui faire une injection et alors vous l'abattrez. D'ici là, je ne vais pas le quitter.

– Je vais lui demander. Je ne sais pas s'il voudra.

La foule se dispersait peu à peu. Les vacanciers rentraient dans un murmure. Les ouvriers retournaient à leur sommeil écourté. Demain, le travail les attendait comme à l'ordinaire. Déjà, les fossoyeurs s'activaient au pied d'un grand sapin pour y déposer la dépouille de Bianco. Le calme était revenu. Soudain, dans l'abîme du silence retrouvé, un bang! retentit. Bianco avait un coquelicot rouge dans le front. Il ne souffrait plus. Quand on glissa son grand corps d'albâtre dans la gueule de la terre, Rosie jeta sur le cadavre une rose blanche arrachée à la hâte. Le fil de ses jours s'était cassé. Michael était allé faire panser sa main endolorie. Sa blessure ne laisserait pas de traces. Il serait tout de même handicapé pour taper à la machine, le temps de la guérison.

Louis Olivier regagna sa chambre lourdement. Il se versa une rasade de cognac, se mit au lit et ne s'endormit pas. Une aube grise se leva, charroyant des nuages bas. Il ne descendit pas et s'enferma dans le chagrin jamais cicatrisé de la mort de Clara et de ce cheval qu'elle avait tellement aimé. Il l'entendait encore lorsque le maquignon s'était présenté chez eux, il y avait maintenant huit ans de cela. Il avait quatre chevaux dans un chariot à bestiaux. Clara était sortie avec lui. Dès que Bianco était apparu, elle s'était exclamée :

– Louis, regarde cette merveilleuse bête !

Elle avait flatté la tête aux oreilles fièrement dressées. Bianco avait posé un petit geste affectueux, lui caressant le bras.

– Je ne fais pas souvent des caprices. Je vous demande ce cheval en cadeau. Il a l'allure racée, son crin est si fin, on dirait des cheveux. Je vous en prie, faites-moi plaisir.

Le marché avait été conclu au grand bonheur de sa femme. Il l'avait surprise à plusieurs reprises, lui donnant des gâteries dans sa main. Le temps des larmes ne passerait donc jamais.

Rosie de son côté avait à peine sommeillé. Elle s'était levée tôt. Michael n'était pas à la réception. Malgré l'heure matinale, elle courut au bureau de poste. Il n'était pas encore ouvert. Elle frappa à la porte arrière où une Ida à la figure fripée lui ouvrit.

– Comment va Michael?

– Sa main le fait souffrir. Il lui faudrait un sédatif. Il est très fatigué aussi. Il réalise qu'il aurait pu y laisser sa peau. Vous vous rendez compte!

– J'ai eu si peur. Quand pourrais-je le voir?

– Je monte. Il sera heureux de votre présence.

Ce ne fut pas nécessaire. Michael avait entendu la voix anxieuse de Rosie. Il était là, devant elle, en robe de chambre et pantoufles, les cheveux ébouriffés, dans une intimité inconnue jusqu'alors.

– Vous êtes souffrant?

– À vrai dire, un peu. Dès l'ouverture du bureau du médecin, j'irai le consulter à nouveau. Ne vous inquiétez pas. C'est sans gravité.

– Pourquoi ne pas déjeuner avec nous. Après une telle nuit, les pensionnaires fermeront sûrement les yeux sur les convenances. L'épreuve rapproche les gens.

Dans l'après-midi, les jeunes gens allèrent constater l'ampleur des dégâts. Le mur côté est, était carbonisé, la toiture serait à refaire. Un autre cheval avait été légèrement blessé. Le bruit courait sous le manteau qu'un fumeur imprudent était à l'origine de l'incendie. C'était miracle que les pompiers et les bénévoles aient sauvé bêtes et bâtiment. Pourquoi la fatalité avait-elle voulu que Bianco se trouve au seul endroit où le feu avait percé une cavité tout en haut de la bâtisse? Là-bas, sous les grands bras crénelés du sapin, une tache brune marquait l'emplacement où reposait Bianco. Quand sa main serait guérie, Michael y déposerait une grosse pierre blanche.

Monsieur le juge était enfermé dans sa chambre, Mary, dolente, avait envoyé un télégramme rassurant à Daniel et lisait maintenant pour se changer les idées. Les amoureux se réfugièrent dans le salon d'Ida. Malgré les émotions récentes, ils avaient à l'esprit la conversation du souper de la veille.

– Avec les cadeaux de nos deux bienfaiteurs nous aurons assez pour acheter un terrain et y construire une maison de brique et la meubler avec goût, assura Michael, enthousiaste.

– Je suis certaine que je pourrai apporter quelques beaux meubles. J'ai déjà la tête remplie d'idées.

– De plus, nous ne toucherons pas à votre héritage. Vous pouvez vous constituer une rente modeste qui vous permettra quelques fantaisies.

– Ma mère me dotera selon ses propres moyens. Quant à mon père... je n'en sais rien.

Et ils se bâtissaient des châteaux en Espagne, où deux ou trois marmots bouclés gambadaient dans la douce clarté de la farandole des saisons toujours renouvelées. L'anticipation du bonheur est toujours plus parfaite que la réalité, parce que débarrassée des tracas du quotidien. Heureux, ils l'étaient, noyés dans leur certitude.

Les arrivants pour la fin de semaine trouvèrent l'ambiance morose, pour la première fois. Oncle James, pressé de retourner à Québec, avait dépêché un chasseur à L'Orignal afin de passer une annonce dans l'hebdomadaire *The Prescott and Russell Advocate*, propriété de monsieur Basile R. Poulin. Dans un encadré bien en vue – monsieur Gouin était formel – on écrirait : *Jeune cheval entièrement blanc, racé, assez fort pour tirer un landau, impérieusement requis par le Grand Hotel, Caledonia Springs, Ontario. S'adresser à monsieur John Kenley.*

Le texte devait être rédigé dans les deux langues. Durant la soirée, il réussit à parler à monsieur Olivier.

– Je sais que la perte de Bianco vous affecte beaucoup. Je fais de mon mieux pour lui trouver un sosie, conscient qu'il n'effacera pas la valeur de symbole que Bianco avait pour vous. C'est le mieux que je puisse faire. Je regrette.

– Merci mon ami. J'apprécie.

Ils échangèrent une solide poignée de mains.

Au milieu de la semaine suivante, une jument à la robe immaculée, descendait au petit trot la grande allée menant au *Grand Hotel*, retenue par un câble derrière un boghei. Rosie, qui sortait avec sa mère pour se rendre aux sources, fit remarquer le cortège.

– Voyez maman ! attendons, voulez-vous ?

Le temps que l'on avertisse monsieur Kenley qui prévint monsieur Olivier, Rose rôda autour de l'animal. Elle était ravie. Elle se découvrait un intérêt pour la race chevaline. Enfin, les hommes parurent. Ils examinèrent les dents, les pattes, la croupe, soupesant la capacité de la bête à tirer le vis-à-vis assez lourd. On marchanda un peu pour la forme. C'était l'hôtel qui payait. Puis le marché fut conclu.

Alors, la jeune fille se rapprocha et, s'adressant au nouveau propriétaire :

– Je suis certaine que ce cheval s'est échappé de l'attelage du carrosse d'un conte de fées. J'aimerais l'appeler Blanche-Neige. C'est romantique. Est-ce que ça vous déplaît ?

– Non pas. Bianco me faisait penser à Clara, celui-là ce sera à toi. On est bien obligé de se tourner vers le futur. Et si cela te fait plaisir, ma petite...

Michael avait repris son travail. Il trouvait malcommode de taper à la machine comme un manchot. Il attendait avec impatience le moment où il reprendrait le plein usage de ses deux mains.

Le mois de juillet se terminait et Rosie devait rentrer à Montréal durant la première semaine d'août pour se préparer au mariage de son amie Margaret.

– Il me semble que nous venons juste d'arriver et déjà l'heure du départ va sonner, se désolait Rosie.

Le premier août, les jeunes gens n'assistèrent pas au bal. De leur kiosque, à travers la dentelle des branches, ils voyaient la lune monter, mal arrondie, tel un gros caillou clair dans la profondeur d'un lac. Ils se sentaient oppressés par la beauté du soir, par la chaleur de leurs corps pressés l'un contre l'autre, par l'imminence de leur séparation.

– Rosie, j'ai peur du vide de l'absence. Si vous m'aimez, parlez à votre père. Je consacrerai ma vie à notre bonheur, je vous chérirai, vous protégerai. Vous serez une femme de modeste condition, mais libre. Nous aurons suffisamment d'argent pour nous bâtir un avenir confortable. Je ne peux pas souffrir un autre hiver sans vous.

– Le jour de ma majorité, je le mettrai au courant de nos projets. Papa a de l'affection pour moi, c'est certain. Il l'a prouvé à maintes reprises. Cependant, il est rongé par l'ambition et le désir de posséder toujours davantage. Il considère les femmes comme des mineures juste bonnes à obéir. Pourtant ma mère est une femme talentueuse et remplie de sens commun.

– C'est notre dernière saison à Caledonia Springs. J'entrerai en fonction au Palais de justice à la fin de l'été. On ne m'a pas signifié la date encore.

Ils se turent un moment pour admirer l'ensemble qui les entourait. Les soirs de fête, le *Grand Hotel* devenait un îlot enchanté dans la nuit, né d'un sortilège où se confondaient la musique, la rumeur de la joie et le froissement d'une robe.

Ils se promirent d'y revenir chaque année quelques jours, pour la célébration du premier juillet. Cet endroit était magique. Il avait permis que leurs chemins se croisent, alors que leur situation respective, leurs fréquentations, leur lieu de résidence ne permettaient pas de croire qu'une telle rencontre puisse se produire.

Les flons flons de la fête s'étaient éteints lorsqu'ils regagnèrent l'hôtel, tendrement enlacés.

Le mardi après-midi, ils se rendirent à l'île. Mary n'approuvait pas toujours ces excursions sans chaperon. Il y avait si longtemps qu'elle les tolérait qu'elle n'allait pas soulever d'objections la veille de leur départ. Ces deux-là étaient si épris l'un de l'autre, ils avaient beau être de bonne mœurs, qui sait où la passion pouvait les mener. À cela s'ajoutait la détresse de la séparation dépourvue de la certitude du prochain revoir. Elle soupira. Elle avait hâte que cette situation se régularise, bien décidée à mettre tout son poids dans la balance.

L'air était immobile sur le bassin aux eaux étales où ils voyaient leur reflet. Ils débarquèrent sur la terre ferme et cherchèrent l'ombre d'un bosquet. En passant, Michael cueillit une rose qu'il glissa dans la chevelure soyeuse. Au début, deux autres embarcations firent leur apparition sur le plan d'eau. Ils en furent contrariés. Ils regrettèrent un instant de ne pas s'être rendus à la source intermittente pour jouir de plus d'intimité. Les randonneurs se fatiguèrent vite sous le soleil ardent qui répandait une chaleur torride et rangèrent leur barque sur la berge, leur laissant le champ libre. Rosie avait déposé son ombrelle et s'était allongée.

Ainsi, ils pouvaient se contempler à loisir, emmagasiner des images pour le temps de l'absence. Michael n'avait qu'à se pencher pour l'embrasser. Peu à peu ses mains se firent baladeuses, emportées par une sorte de fièvre. Rosie l'arrêta d'un mouvement souple.

– Il ne faut pas poser des gestes inconsidérés, mon amour! S'il arrivait que je porte un enfant, je serais marquée au fer rouge. Votre monde, pas plus que le mien, ne pardonne ces écarts. Je suis à vous, tout entière... je ne peux pas franchir ce pas.

– Pardonnez-moi ma chérie. Cette attente est trop cruelle. Vous êtes si belle, vous feriez perdre la tête au pire crétin. Imaginez, un crétin amoureux fou.

Elle éclata d'un rire qui sonnait faux. Lorsqu'ils regagnèrent la rive, la rose offerte par Michael était déjà fanée. « Comme tout est éphémère » pensa mélancoliquement Rosie.

C'était leur dernier soir dans la gloriette. Ils avaient de la difficulté à contrôler leur désir. Michael avait appuyé sa tête sur la poitrine de la jeune fille, enivré par sa chaleur et son odeur indéfinissable. Rosie, penchée sur son front lisse répétait :

— Je vous aime Michael, je vous aime, tandis que sa main vagabondait, s'égarait sur les contours de son visage d'un geste caressant et souple.

Il se releva doucement, couvrit sa figure de baisers légers puis, prit sa bouche consentante avec une ardeur qui faisait fi de toute retenue. Le lieu, le temps, le milieu extérieur s'évanouirent autour d'eux. Ils atteignaient une rive merveilleuse où tout n'était que délices et volupté. Ils se saoulèrent l'un de l'autre, à la recherche d'un pays d'un autre monde.

Rosie sentait un émoi suave l'envahir. Son cœur était près d'éclater.

Quand Michael la lâcha, elle le regarda avec des yeux dilatés :

— Vous m'aimez?

— Si je vous aime! Il faut nous unir mon amour. Après votre départ je ne promènerai que mon ennui et ma tristesse. Promettez que vous reviendrez vite.

— Je reviendrai.

Le lendemain, une fois les valises bouclées, la jeune fille coiffée du chapeau qu'elle avait fabriqué, descendit voir Ida. Elles s'embrassèrent tendrement.

— Ne tardez pas trop à revenir. Si vous venez vivre à L'Orignal, je vous promets que vous serez la dame la plus chic de l'endroit. Je me surpasserai pour vous. Je vous aiderai aussi à la décoration de votre maison. Ne passez pas à côté du bonheur.

– Chère Ida, vous permettez que je vous appelle ainsi entre nous, je ne suis pas inquiète. Je connais votre sollicitude et votre affection. Il ne reste que mon père à convaincre. À bientôt, j'espère.

Toutes les deux retenaient leurs larmes.

Alors que la sécheresse sévissait depuis près d'un mois, Rosie était revenue du bureau de poste sous de grosses gouttes de pluie qui commençaient à tomber. Puis, lorsque la voiture s'avança, la capote remontée bien entendu, ils prirent place à bord, protégés par de grands parapluies tenus par les chasseurs. Monsieur le juge avait profité de l'occasion pour se rendre au village et Michael les accompagnait. C'était le même voyage que celui qu'ils avaient effectué cinq semaines plus tôt, mais ô combien différent. Blanche-Neige avait remplacé Bianco qui reposait à jamais sous le grand sapin. L'allégresse avait fait place à la mélancolie et le soleil avait raté le rendez-vous. À perte de vue, la pluie striait à longs traits pressés le ciel de cendre et dégoulinait en chuintant sur les feuillages dans un bruit continu. Les arbres se nettoyaient péniblement de toute la poussière accumulée.

Le traversier était déjà à quai lorsqu'ils arrivèrent. Le cocher descendit et les adieux se firent rapidement sous le ciel qui ne décolérait pas. Quand le bateau largua les amarres, Rosie, blottie sous une bâche servant à mettre à l'abri tant bien que mal valises, malles et passagers, sentit son cœur partir à la dérive comme une feuille morte un jour d'automne. Michael rapetissait, rapetissait, n'était plus qu'un point à l'horizon. Puis, il disparut derrière le rideau opaque de la pluie.

Chapitre VI

LA VOLONTÉ DU PÈRE

Le bateau les ramenait vers la gare de Calumet pour la dernière fois. Le train arriverait désormais directement à Caledonia Springs d'ici l'automne. Les voyageurs descendraient dans ce bâtiment luxueux qu'on érigeait là-bas.

La pluie avait lâché prise soudainement. Rosie était silencieuse. Appuyée au bastingage trempé, elle avait encore sur les lèvres le goût du baiser profond, de cet instant d'infini qui avait remué son corps dans un élan irrésistible de fusion. L'arrachement à Caledonia Springs signifiait l'absence de son bien-aimé. Ils s'étaient juré d'unir leurs destinées. La jeune fille soupçonnait le long pèlerinage qui lui restait à parcourir pour atteindre le but de sa dévotion : Michael. Elle laisserait passer le mariage de Margaret, où elle brillerait sans doute et attirerait les regards. Elle ne devait laisser personne l'approcher de trop près. Sinon, son père risquait de se mettre des idées dans la tête au sujet d'un futur soupirant. Il lui faudrait être habile et papillonner comme une écervelée. Qu'importe, tout de suite après, elle ferait part de ses intentions à son père.

Elle sursauta lorsque sa mère la pressa :

– Nous avons accosté. Descends de ton nuage. J'entends déjà le fracas de la locomotive qui vient.

La petite gare, toute en longueur, disparut en premier. Puis la frondaison des arbres dissimula la rivière qui, par moments, réapparaissait, écumeuse ou placide, selon les endroits.

L'arrivée à Montréal se déroulait toujours dans un vacarme de roues qui grincent, de locomotives qui halètent, de gens qui se quittent ou se retrouvent avec des exclamations de joie et des au revoir remplis de tristesse.

Daniel les attendait, le visage tendu vers les compartiments où elles apparaîtraient. Le retour à la maison se fit dans la bonne humeur.

Une carte pour son prochain anniversaire était arrivée la veille en provenance de Boston. Elle était de Patrick. Elle la prit, contente de recevoir de ses nouvelles, sans plus.

Chère Rosie,

Je vous envoie mes vœux à l'occasion de votre majorité prochaine. Je sais que je suis en avance pour l'excellente raison que je m'embarque dans quelques jours, en compagnie de mon père, en direction de l'Angleterre. Si nos parents se mettent d'accord, j'épouserai Charlotte, la fille du comte d'Oxford. Elle ne vous est pas comparable, néanmoins elle est riche, noble et soumise. Je garderai de vous le souvenir d'une femme exceptionnelle. Je vous souhaite le bonheur que vous méritez.

Mes hommages mademoiselle,
Patrick Steele

Ainsi, il avait trouvé sa voie.

Le lendemain, Rosie téléphona à Margaret pour lui annoncer son retour et s'informer où en étaient les préparatifs de son mariage.

– Ici, c'est un vrai capharnaüm. Je suis bien aise que tu sois de retour. Les derniers essayages du cortège urgent. Nous t'attendions afin que tout le monde soit présent. Puis-je prendre rendez-vous pour demain? Ah! oui. J'allais oublier. Toutes les fleurs sont commandées pour la décoration de l'église et de la maison. Je voudrais ton avis pour mon bouquet et pour le tien. Dès que tu peux, viens. Tu as un goût si sûr et j'aime partager avec toi. Si tu savais comme j'ai hâte que tu sois là.

– Es-tu heureuse?

– Je crois bien que oui.

Dès cet instant, Rosie fut happée dans un tourbillon d'ajustements de robes, de choix de mille et un accessoires avec Margaret. C'était bon quand même de partager avec cette amie fidèle depuis l'âge scolaire les moments les plus importants de sa vie.

Sur un seul point, elle se montrait intraitable. Pas question de montrer sa robe de mariée avant le grand jour. Tout ce que Rosie savait, c'était qu'elle était importée de chez *Marshall Fields,* Chicago, Illinois. Elle était confectionnée de soie tussah.

– C'est simple et somptueux à la fois. J'espère que William me trouvera belle.

L'aube apparut dans une orgie de couleurs annonçant une journée au ciel d'azur chargé de chaleur. Rosie revêtit sa robe mauve, de la teinte des lilas fraîchement éclos. Un ceinturon à plis enserrait sa taille fine. Il formait une boucle à l'arrière dont les deux pans frôlaient le sol au bord de la jupe, ce qui effilait gracieusement la silhouette. Rosie se regarda dans le miroir et, comme Narcisse, elle aima son reflet.

Margaret avait voulu que son amie aide sa mère pour le geste symbolique de la pose du voile. Très simple, posé sur un chignon qui dégageait abondamment la chevelure, il était retenu par une délicate couronne de diamants et de perles, assortie à ses boucles d'oreilles, cadeau de William. Sa robe était sans fioritures, mais d'une élégance désarmante. Une généreuse gerbe de roses blanches s'étalait sur la jupe qui s'évasait dans une traîne d'une longueur plutôt modeste. Rosie sentit ses yeux s'embuer. Elle aurait tellement voulu être à sa place avec Michael à l'autel.

La réception fut somptueuse. William semblait heureux, Margaret sereine. Rosie évitait le moindre rapprochement avec quelque garçon que ce soit. Pourtant, elle brillait. Et son père supputait la valeur des jeunes gens présents. Hélas! les lampions de la fête s'éteignirent. Les jeunes mariés partirent en voyage… ironie du sort, vers Boston et la région.

Margaret n'était pas plutôt partie, que Rosie se jeta à l'eau. C'était le soir au souper, le lendemain de son anniversaire.

– Papa, j'ai attendu d'être majeure pour vous parler de mon avenir, avec tout le respect que je vous dois. J'ai rencontré un jeune homme à Caledonia Springs l'an dernier. Nous sommes très amoureux l'un de l'autre. Il n'attend que votre permission pour venir vous demander ma main. Nous voulons nous marier.

– Ah! tu veux l'épouser? Voyez-vous ça! Qui sont ses parents, que fait-il dans la vie?

– Jusqu'au début de septembre, il s'occupe du bureau d'accueil et du secteur de la télégraphie au *Grand Hotel*. L'emploi de greffier au Palais de justice de L'Orignal est vacant. Il a été embauché.

– Un greffier, dans un trou, à la campagne. Quelle heureuse trouvaille! Et son père est concierge, je suppose?

– Ne soyez pas mesquin. Son père est décédé quand il était en bas âge. Son grand-père était propriétaire d'une auberge à Hawkesbury. Il est mort peu de temps après. Sa mère possède une boutique à L'Orignal. Ses chapeaux font les délices des riches clientes durant la belle saison. Elle est également maîtresse de poste à Caledonia Springs. Elle a d'ailleurs confectionné des robes exquises pour maman et moi.

Daniel asséna un coup si violent sur la table que le cristal tinta dans le vaisselier.

– Non mais, tu veux rire de moi, ma parole. Jamais, jamais, cracha-t-il, je ne donnerai mon consentement à une telle mésalliance. Tu veux devenir boniche? La fille de Daniel O'Brien ne s'abaissera pas jusqu'à des gens qui n'en veulent qu'à son argent.

– Papa, laissez-moi vous expliquer. Michael est instruit...

Il la coupa rudement.

– Instruit ou pas, il est pauvre. Je te déshériterai, je te renierai, s'il le faut.

– Vous renonceriez à connaître vos petits- enfants?

– Ceux-là ne seraient rien pour moi.

– Alors gardez-le votre argent. Vous ne l'emporterez pas dans la tombe. Vous le donnerez à des étrangers.

Mary n'était pas intervenue jusqu'à ce moment- là :

– Je connais ce garçon. Il est sincère. Il ne demande rien que la main de Rosie. Même, il a des scrupules à priver celle-ci de son train de vie. Mon père m'a fait un legs à sa mort. Je suis prête à le convertir en rente pour ma fille.

– Mary, ne me provoquez pas. Je serais capable de vous mettre à la rue.

– Ce serait une grave erreur de votre part. Si scandale vous voulez, scandale il y aura. Je me louerais un appartement convenable où je tiendrais salon. Croyez-moi mon ami, votre réputation en souffrirait atrocement. Raconter à ces dames que dans votre esprit, le prétendant américain choisi par vous était supérieur à leurs garçons canadiens ne vous ferait pas que des amis. Les mères ont la dent dure quand il s'agit de leurs fils.

– Vous n'oseriez pas.

– Essayez pour voir. N'oubliez pas non plus que je suis une Gouin. L'oncle James a le bras long, peut-être plus que vous ne le pensez. Il est d'accord, lui. Il est même prêt à déposer mille dollars dans la corbeille de mariage de sa nièce.

– Papa, vous étiez prêt à donner quarante mille dollars aux Steele. Vous ne croyez pas qu'une dot minime ne serait que justice ? Michael a reçu un héritage de l'épouse du juge Olivier dont il est le protégé. Je suis prête à vivre modestement.

– Es-tu prête à vivre au couvent aussi ?

Rosie ne comprit pas tout de suite. Quand elle réalisa la menace de son père, la même que sa mère avait affrontée autrefois, elle hurla :

– On entre au couvent sous la contrainte, c'est vrai. On en sort aussi. Si c'est du tapage, de l'inconvenance que vous cherchez, vous l'aurez. Michael, je l'aime. Vous aussi je vous aime, avec ou sans votre sale argent.

– Il n'est peut-être pas à ton goût mon argent. Il te sert cependant à mener grand train.

– Je ne m'en vais pas dans la misère, papa.

– Pour l'instant, tu ne vas nulle part.

– Vous avez raison. C'est par respect et par amour pour vous que je reste. Il n'est pas moins vrai que le bonheur ne s'achète pas. C'est un état fluide comme l'air. Le mien est intimement lié à celui de Michael. J'attends un geste de bienveillance de votre part. s'il ne vient pas, je ferai ma vie à ma façon.

Elle se leva dignement, le port de tête altier, et disparut, happée par le grand escalier.

Mary, profondément ulcérée, continua le débat :

– Vous vous voyez seul dans cette immense maison? Il est certain que j'emmènerai Eugénie avec moi. Je n'avais jamais pensé que je comptais si peu pour vous, que je n'étais qu'une marionnette, un faire-valoir sans importance. Où sont passés vos mots d'amour du début de notre mariage?

– Mary, je vous demande pardon, je suis allé trop loin avec vous. Vous êtes l'âme de cette demeure. Néanmoins, je m'oppose encore de façon virulente au mariage de Rosie.

– Vous le regretterez un jour. Il sera trop tard! Vous êtes le chef de famille, je n'ai plus rien à ajouter. Vous perdrez votre fille que vous avez chérie depuis sa naissance. J'en suis navrée pour vous. Quand, en vieillissant, vous analyserez votre vie, vous vous rendrez compte combien le temps est court pour la vivre et qu'il ne faut pas laisser échapper les moments précieux.

Rosie, réfugiée dans sa chambre, appuyée sur son pupitre, la tête enfouie dans ses bras repliés, sanglotait si fort que l'on s'attendait à tout moment à voir des morceaux de son cœur surgir à l'extérieur de ses lèvres. Pourquoi était-elle plongée dans cet enfer brûlant où son corps et son âme ignés souffraient mille morts? Son père l'avait admonestée de façon si terrible quand elle avait parlé de Michael qu'elle en avait été assommée. Elle entendait encore ses paroles méprisantes à l'égard de celui-ci. Il était intelligent, plus que la moyenne. Malgré ses modestes moyens, il avait terminé son cours commercial, se classant premier de son groupe, il avait réussi les examens sévères de télégraphiste, grâce à un oncle, sans même suivre la formation régulière de six mois. Il était honnête, travailleur et parfait bilingue. C'était un garçon plein de charme, bien en avant de son temps. Il ne pouvait pas faire fructifier un bien qu'il ne possédait pas. Son père lui consentait une dot princière pour un mariage qui le flattait alors qu'il la lui refusait totalement pour une union, selon lui déshonorante. Alors les pleurs redoublaient, les larmes étaient si abondantes qu'elles se frayaient un sillon le long de ses joues, se glissaient dans son col et mouillaient son corsage.

Son père avait laissé entendre que Michael n'en voulait qu'à sa fortune. Quelle ignominie! Il était prêt à vivre de ses gages mais ne voulait pas la priver de cette cage dorée qu'elle avait toujours connue.

Pourtant, c'était à elle, cette partie manquante de soi, que certains recherchent leur vie durant sans jamais la trouver. Il y avait le moyen suggéré par sa mère, mais Rosie hésitait à briser les liens avec son père, malgré ses menaces. Il vieillissait depuis la rupture avec Patrick. Jamais elle n'aurait pensé qu'une telle tempête s'abattrait sur sa famille. Surtout qu'il parlait du couvent.

À cette pensée elle ressentit une violente nausée. Elle courut aux cabinets mais ne remit rien. Le contraire eût été surprenant. Elle n'avait rien avalé de solide depuis deux jours. Sa tête bourdonnait. Son cœur cognait dans sa poitrine. Soudain, elle eut envie de mourir. Ce serait si facile. Accumuler du laudanum. Quand elle en aurait suffisamment : « Adieu, je m'en vais. L'argent valait plus que mon bonheur. Trafiquez les raisons de mon décès pour sauver les convenances. Ne portez pas le deuil, je hais l'hypocrisie. Vous le donnerez aux étrangers votre maudit argent. Moi, je n'aurai pas vécu mais je n'aurai plus mal. Quand on meurt, on glisse dans le vide et l'on est toujours seul. »

Elle décida de prendre rendez-vous avec son médecin.

Sa mère frappa à sa porte, plus tard dans la soirée. Elle ne répondit pas, faisant semblant de dormir. Mary ne fut pas dupe.

Au milieu de la nuit, Rosie inspecta la pharmacie familiale. Elle trouva une fiole contenant un peu de laudanum. Elle l'emporta dans sa chambre avec un verre d'eau. Elle en prit deux gouttes. Cela ne lui fit pas beaucoup d'effet. Elle s'assoupit pendant une demi-heure et s'éveilla les paupières encore mouillées. Elle suffoquait de chagrin, d'impuissance, de rage. Elle ingurgita le reste qui gisait au fond de la fiole. Il était quatre heures trente lorsqu'elle ouvrit les yeux sur le noir de la nuit que l'aube n'éclairait pas encore. Elle se sentit perdue au centre d'un brouillard dense. Elle apprenait que le chagrin, lorsqu'il vous touche, c'est bien au-delà de ce qu'on avait imaginé, cette attaque qui vous transperce, vous emplit et vous dévore; et l'on se sent saigner de toutes parts, à petit bruit...

Le soleil ne se pressait pas d'éclairer ce jour qui n'avait rien de particulier pour lui. Les astres dansent leur ronde, indifférents aux malheurs des humains.

Eugénie lui apporta son petit déjeuner. Elle lui trouva une mine affreuse.

– Mademoiselle a mal dormi, n'est-ce pas?

– Je n'ai presque pas fermé l'œil de la nuit. Je boirai mon thé, rapportez le reste, je n'ai pas faim. Voici une demande de consultation urgente pour mon médecin. En allant faire le marché, pourriez-vous la lui transmettre ? Insistez que c'est pressant.

En avant-midi, Mary revint à la charge. Cette fois Rosie la reçut.

– Quel air as-tu, ma pauvre enfant.

Rosie ne répondit pas.

– Après ton départ, ton père m'a présenté ses excuses. Il a avoué être allé trop loin avec moi. Pour Michael, il n'en démord pas. Mon offre de te doter tient toujours.

– Vous êtes bonne maman. Si je pars dans ces conditions, papa vous empêchera de me voir. J'hésite aussi à lui faire un tort aussi considérable. Il m'aime à sa manière qui est orgueilleuse et bornée. Sachez cependant que je ne vivrai pas sans Michael. Car moi, c'est comme si j'étais une partie de lui. Maman, est-ce que les filles de riches qui suivent des chemins moins fréquentés sont condamnées aux malheurs ? J'ai envie de me perdre dans l'espace infini qui viendrait aspirer ma substance.

– Rosie, tu divagues. Il faut être forte. Donne le temps à ton père de s'habituer à l'idée. Il est impulsif comme un Irlandais. Je vais faire appel à l'oncle James pour qu'il lui parle. Entre hommes d'affaires des fois... S'il n'y a rien pour le fléchir, tu suivras ta route qui sera plus rocailleuse. Moi, je trouverai toujours un moyen de te voir et d'embrasser mes futurs petits-enfants. Ils ne seront pas des rupins bien sûr, mais ils seront le fruit de vos amours.

Rosie pleurait de plus en plus. Mary se sentait impuissante.

– Tu vas te rendre malade. Sois raisonnable, ma chérie.

Mary avait pris sa fille par les épaules et la berçait doucement en flattant sa chevelure en bataille.

– Je voudrais être encore fillette. Je croyais tout le monde bon. Vous me chantiez de si belles chansons de votre voix d'ange. Petite mère, je suis malheureuse. J'aurais tellement voulu vivre à la face du monde avec Michael.

Restée seule, Rosie se mit en devoir d'écrire à son amoureux. Elle voulait tout raconter. Hélas! les larmes maculaient les mots qui devenaient illisibles. Alors, opiniâtrement, elle recommençait. Les pâtés s'accumulaient tels des oiseaux noirs qui crient aigrement dans les arbres. Après un effort considérable, la lettre porte-malheur avait pris forme dans une apparence négligée, échevelée, barbouillée. Elle avait terminé en disant : *Je voudrais mourir dans vos bras. Votre Rose pour l'éternité.*

Elle traça l'adresse d'une main tremblante, complètement épuisée. Au même moment Eugénie revenait lui transmettre le message du médecin. Il la recevrait à la fin de ses consultations, vers cinq heures. Rosie remit la missive à la servante.

– Ma bonne Eugénie, ne parlez pas de cette visite chez le docteur. J'ai un autre service à vous demander. Je n'ai pas l'habitude de solliciter de l'aide pour m'habiller, sauf les soirs de gala. Aujourd'hui, je voudrais que vous placiez mes cheveux de façon présentable. Sortez mon deux pièces ivoire aux manches trop courtes que je portais à Caledonia Springs en 1895, et le chapeau assorti. J'étais remplie d'espoir en ce temps-là.

Et elle éclata en sanglots.

– Ça n'a pas de bon sens de se mettre dans des états pareils. Je vais vous faire belle. Comment dissimuler votre visage rouge comme une pomme mûre?

– Rassurez-vous, je ne vais pas à la conquête du jeune docteur. Il me prendra avec l'air que j'ai. Je veux juste avoir une allure un peu soignée.

Le docteur Painchaud resta interdit devant la mine de sa patiente.

– Qu'est-ce qui ne va pas, mademoiselle?

Ses yeux se mouillèrent. Elle se contint.

– Un cataclysme me frappe, docteur. Je ne mange plus, je ne dors plus. J'ai le vertige. Il faut que je dorme. J'ai pensé que vous pourriez me prescrire du laudanum pour que je me repose. Je suis à bout.

– Peut-on savoir quel événement vous rend si misérable?

– Je suis très amoureuse d'un jeune homme qui partage mes sentiments. J'ai rompu mes fiançailles avec l'un des plus brillants partis de Boston. Je ne suis pas à vendre. Or, mon prétendant n'est pas de notre classe sociale, veuillez comprendre par là qu'il n'est pas riche. Sur tous les autres points, il pourrait faire rougir plusieurs blancs-becs qui n'ont pour tout mérite que la fortune de leur père. Pardonnez-moi. Je m'égare. Mon père refuse ce mariage. Il a usé de menaces. Je suis majeure. Je peux passer outre. Il est difficile de rompre avec ses parents. Je ne veux pas d'une vie sans Michael. Je me sens malade, docteur.

Il prit son pouls qui battait trop vite. Sa température était un peu trop élevée. Rien d'alarmant cependant.

– Buvez-vous suffisamment?

– Un peu.

– Il faut boire beaucoup. Prendre l'air. Êtes-vous capable de vous concentrer?

– Non. La peur de perdre Michael prend tout l'espace. Vous savez, sa pensée ne me quitte jamais. Il est partout présent dans tout ce que j'aime. Rien d'autre n'existe.

– Je vais vous donner du laudanum. Il vous faut retrouver le sommeil. Quand vous serez plus détendue, votre capacité de concentration reviendra sans doute. Prenez une décision à tête reposée. Plus vous attendrez, plus vous vous enfoncerez. Avez-vous des gens de confiance à qui vous pouvez parler?

– Ma mère m'a promis de m'aider. J'ai aussi une grande amie. Elle est en voyage de noces présentement. Michael est intime avec un vieux magistrat, à L'Orignal, en Ontario. Nous avons passé beaucoup de temps ensemble l'été dernier, à la station hydrothermale de Caledonia Springs. C'est un homme d'une grande sagesse. Il a beaucoup de vécu. Je pourrais lui écrire.

– C'est dommage que votre confidente soit absente. L'important c'est que vous ne soyez pas seule. Prenez ces gouttes. N'en abusez pas. Si votre état ne s'améliore pas, revenez me voir.

Rosie rangea les précieuses bouteilles dans son sac à main, régla la note, remercia chaleureusement le médecin et sortit. Elle héla un fiacre de louage et rentra à la maison.

Dans le vestibule, elle croisa sa mère.

– Je suis contente de constater que tu es sortie.

– Je suis allée consulter le médecin. J'en ai besoin. Il s'est montré compréhensif. Il faut que je dorme sinon je vais sombrer. Voulez-vous donner des ordres afin que je ne sois pas dérangée avant demain midi au moins?

– Essaie de te calmer. J'ai envoyé un télégramme à l'oncle James, tantôt. J'attends sa réponse.

Rosie gravissait déjà l'escalier imposant. Elle se dévêtit, sa chevelure se répandit en un flot d'or foncé. Elle se fit une longue tresse, enfila une chemise de nuit en batiste blanche garnie de dentelle. Même si elle était frissonnante, elle ouvrit la fenêtre latérale de quelques pouces, avala une dose du médicament et se glissa sous l'édredon. Ses larmes coulaient silencieusement, tandis qu'un bienheureux engourdissement l'envahissait. Elle s'abîma dans un profond puits noir et poisseux.

Quand Mary regagna sa couche – depuis la scène entre elle et Daniel elle faisait chambre à part –, elle ouvrit la porte du refuge de Rosie, avec des précautions infinies. Celle-ci reposait, aussi immobile qu'une morte, le teint cireux, une main diaphane posée sur le couvre-pied, sa natte décrivant une majuscule. Seules les couvertures qui se soulevaient à intervalles réguliers disaient qu'elle était vivante. Mary soupira. « Quel gâchis! »

Rosie dormit près de vingt heures. Quand elle voulut se lever, un malaise la saisit. Elle sonna, effrayée. Eugénie monta. Celle-ci fut sidérée de constater les ravages causés par le chagrin insoutenable qui rongeait Rosie.

– Eugénie, aidez-moi à m'asseoir dans mon fauteuil. J'ai le tournis. J'ai la bouche sèche. Une limonade citronnée me ferait du bien.

– Mademoiselle devrait manger quelque chose aussi.

– Pas tout de suite. Je n'ai pas faim.

C'est Mary qui apporta le breuvage.

– Est-ce que le sommeil t'a fait du bien?

– Pour le moment, j'ai la tête qui tourne. Mon désespoir ne s'est pas atténué. Je ne serai plus jamais bien maman. Je vais m'éteindre comme une chandelle dont le vent souffle la flamme.

Plus tard dans l'après-midi, elle avala un consommé de poulet.

Dans la soirée, Mary reçut une réponse de l'oncle James. Il viendrait de Québec rencontrer Daniel à son bureau le surlendemain. Il plaiderait la cause de Michael et de Rosie de son mieux. Mary se pressa d'avertir sa fille de la bonne nouvelle.

– Mon père est buté. Pour lui, Michael est un moins que rien qui n'en veut qu'à sa fortune. L'oncle James est bien bon d'intervenir, mais il n'aura pas plus de succès que Sisyphe avec son rocher.

Quand James Gouin serra la main de son neveu, il sentit d'emblée qu'il n'était pas le bienvenu. Daniel n'avait pas osé l'éconduire parce qu'il savait que Mary aurait très mal pris la chose. Ils parlèrent affaires quelques minutes, puis James se lança :

– Vous connaissez mon hôtel de Caledonia Springs, n'est-ce pas ?

– En effet. Un bel endroit.

– Mon directeur, John Kenley, en qui j'ai entière confiance, m'a aidé à mener une petite enquête au sujet de Michael Keough, qui est chargé de la réception et du télégraphe là-bas. Il n'a que des éloges à l'égard de ce garçon. Honnête, travailleur, compétant, efficace. Il regrette beaucoup de le perdre, car celui-ci a obtenu le poste de greffier à la cour de L'Orignal.

– En quoi ce garçon devrait-il m'intéresser ? Dans sa litanie de louanges, monsieur Kenley a-t-il ajouté cupide ?

– Non, je ne crois pas qu'il le soit.

– Ah ! vous ne croyez pas. Et vouloir épouser la fille unique de Daniel O'Brien, ce n'est pas de la rapacité ça ?

– Non, c'est de l'amour. D'ailleurs, pendant longtemps, mon employé ignorait que vous étiez aussi fortuné.

– Votre employé... vous avez dit le mot. Rosie n'épousera pas un employé mais un patron, un chef. C'est un homme de notre classe sociale, de notre rang qu'il lui faut. Chacun à sa place.

– Sachez que Michael possède l'intelligence et le savoir pour le devenir.

– Sauf qu'il ne l'est pas. C'est un médiocre qui se sert de ma fille pour faire le saut dans le grand monde. Très peu pour moi.

– Vous vous trompez. Michael l'épousera même sans dot.

– Et Rosie ira croupir dans la pauvreté. Ce mariage n'aura pas lieu, sauf si la volonté d'un père est bafouée. Je crois que notre conversation s'arrête ici cher monsieur Gouin.

Aussi cavalièrement congédié, James Gouin sentit la moutarde lui monter au nez. Il prit son haut-de-forme et, raide comme un général, il sortit sans saluer. Un arrière-goût de vengeance flottait dans son cerveau. Il plaignit sa nièce.

Il passa à la demeure des O'Brien. Mary le reçut seule dans le grand salon.

– Rosie n'est pas là? s'enquit l'oncle James.

– Hélas! elle se terre dans sa chambre depuis le refus de son père. Elle a tellement changé. J'ai peur pour elle.

– Demandez-lui de descendre s'il vous plaît, même si elle n'est pas habillée pour recevoir.

La jeune fille qui apparut dans l'embrasure de la porte n'était que l'ombre d'elle-même. James réprima un mouvement de surprise. Vêtue d'une robe d'intérieure toute blanche, le chignon lâche ramassé à la hâte, le teint hâve, l'œil morne, elle n'était que le fantôme de la Rosie pétillante qu'il avait connue.

– Bonjour mon oncle. M'apportez-vous des nouvelles encourageantes?

– Ma pauvre enfant, votre père est intraitable. Cependant, je peux vous aider un peu plus à réaliser votre rêve. Je possède trois terrains à L'Orignal. Je peux vous en céder un. De plus, il y a un fabricant de brique à Vankleek Hill. Je lui ai prêté de l'argent à ses débuts. Pour une grosse commande, il me fera un prix d'ami. Je me charge de cette dépense. La construction de votre maison ne sera peut-être pas terminée cet automne, car je veux qu'elle soit digne de vous deux. Je peux commencer les démarches dès que vous me ferez signe.

– Merci, mon oncle. Je sais que je peux vivre dignement à L'Orignal. C'est mon père qui me rend folle. Pourquoi ne pas comprendre ?

Les larmes s'étaient remises à couler silencieusement.

– Pardonnez-moi. Je vous remercie de tout. Je dois réfléchir à votre proposition.

Elle s'éclipsa d'un pas languissant. Dans la soirée, munie d'une lampe à l'huile – il n'y avait pas l'électricité dans le grenier –, elle fureta parmi les coffres, les meubles anciens. Elle trouva son cheval de bois qui l'avait émerveillée le jour de Noël où elle avait cinq ans. C'était un cadeau de son père.

Puis, elle ouvrit la malle qui contenait les vêtements de deuil de sa mère. Elle choisit une jupe toute simple, une blouse à col montant, ainsi qu'un châle de laine. Sur une patère écaillée, des chapeaux étaient accrochés, en une forme pyramidale. Elle examina le tout, secoua la poussière et opta pour un galurin muni d'une voilette tissée serrée. Elle enleva la plume qui lui donnait un air coquet et la planta à tout hasard dans une autre coiffure. Elle reprit la lampe et emporta ses trouvailles.

Elle confia les vêtements à la jeune bonne, lui recommanda de les aérer, de les brosser et de les repasser dans la matinée.

Elle prit l'habitude de se lever dès que la nuit pâlissait, elle descendait manger une rôtie et boire une tasse de thé. Elle remplissait une bouteille d'eau fraîche et glanait quelques biscottes qu'elle glissait dans son sac à main. Son laudanum ne la quittait pas non plus. Elle remontait revêtir sa tenue de veuve, tressait ses cheveux qu'elle dissimulait le plus possible, puis hélait un fiacre. Ils étaient plus nombreux à cette heure d'effervescence. Elle donnait toujours le même ordre au cocher :

– Conduisez-moi au bord du fleuve dans un endroit tranquille.

Elle était en complète révolte contre les convenances et l'étiquette qui n'avaient pour fonction que l'asservissement des femmes. De toute manière, ainsi déguisée en pauvre fille sans éclat, elle n'attirait guère l'attention. Son port altier et ses allures distinguées, joints à l'incommensurable détresse qui se dégageait d'elle, suffisaient à tenir les importuns à distance.

Elle déambulait pendant des heures le long du rivage, contemplant l'eau turquoise qui courait vers l'océan sans se presser. C'était son destin. Quel était le sien ? Vivre ou mourir ? Vivre comme une proscrite au côté de son amour, condamnant ses enfants à l'amertume du rejet ? Elle n'avait qu'une seule certitude, l'existence sans Michael n'était pas possible. Parfois, elle se sentait irrésistiblement attirée vers l'onde chatoyante qui l'emporterait dans un abysse dont on ne revient pas.

Il lui arrivait de s'asseoir sur une grosse pierre tout en grignotant du bout des lèvres les minces provisions qu'elle emportait. Ou bien, si elle trouvait un coin herbeux, elle s'étendait et regardait marcher le ciel. Elle rentrait à la brunante. Certains soir, elle descendait dans la verrière où elle avalait un bouillon et contemplait l'horizon, l'œil éteint. Ce soir-là, la brume enveloppait le paysage d'un voile fantomatique. De l'autre côté de la rue, un arbre était mort durant l'été. Il étendait ses bras décharnés vers le ciel pour demander sa rédemption, quand surgit des nuages le halo de la lune qui jetait une lumière diffuse à travers les branches squelettiques et le rideau de brouillard. L'image était saisissante. Jamais elle n'avait vu pareil tableau. Elle était cette lune pâle qui se battait pour se frayer un chemin parmi les obstacles. Soudain, elle sursauta, sa mère se tenait près d'elle, dans l'ombre.

– Tu as vu maman, la lueur qui essaie de percer la nuit et qui habille l'arbre de ouatine blanche?

– Oui, c'est spécial. La nature est une source perpétuelle d'étonnement.

Hélas! la conversation s'éteignit aussitôt amorcée. Rosie restait muette quand Mary lui parlait. Elle se contentait de répondre par des signes vagues et la fixait de ses yeux de biche affolée. La maison avait le silence sonore du vide et Rosie se sentait toute creuse.

À L'Orignal, Michael avait eu la lettre assassine qui avait éteint le soleil. Il faisait sombre. Les mots avaient emporté la couleur du temps. Pour Ida aussi la face du soleil s'était obscurcie. Elle avait les yeux rougis par les larmes et l'insomnie.

Puis, Michael était venu rendre visite à monsieur le juge. Jamais le jeune homme ne lui était apparu aussi défait. Il lui avait raconté la scène atroce qui s'était déroulée au domicile de Rosie lorsqu'elle avait fait part à son père de son intention de l'épouser. Daniel O'Brien avait même proféré des menaces. Rosie était dans un état de découragement tel qu'il craignait pour sa vie. Les événements le dépassaient. Michael pouvait comprendre que Rosie hésite à détruire sa famille, il n'envisageait pas de tout sacrifier pour les caprices d'un homme dont les valeurs plaçaient les biens matériels avant le bonheur. Devant la complexité de la situation, il ne trouvait pas la manière de dénouer l'impasse. Il devait entrer en poste comme greffier à la cour du comté deux jours plus tard. Son degré de concentration était nul. Il s'interrogeait sur sa capacité présente à bien remplir les devoirs de sa charge.

Devant son désarroi, monsieur Olivier prit une décision soudaine :

— As-tu complètement confiance en moi, Michael?

— Oui monsieur.

— Alors, je te promets que tu vas l'épouser ta Rosie, et sans drame.

— Je ne vois pas comment vous pourriez accomplir un miracle de la sorte.

— Laisse ça entre mes mains. Demain, je vais aller rendre visite à mon avoué et dimanche, je prends le train pour Montréal. J'ai envie d'un séjour à l'hôtel Windsor. Tu peux commencer ton travail la tête tranquille.

— Monsieur, est-ce bien prudent de partir ainsi, sans escorte, pour un voyage aussi fatigant? Et j'aime autant vous le dire, vous ferez face à une fin de non recevoir de la part de monsieur O'Brien.

— Si tu étais mon fils, est-ce que sa réaction serait différente?

— Peut-être. Il y aurait le prestige de vos fonctions, ajouté à votre aisance, qui joueraient en ma faveur.

— Vois-tu mon garçon, il y a un côté de moi que tu connais peu. Je sais hurler avec les loups quand c'est nécessaire. J'ai dans ma poche secrète des arguments qui pèsent lourd. Puis, pourquoi discutes-tu de la sorte? Ou bien tu as confiance ou bien tu doutes.

– C'est très mêlé dans ma pauvre tête.

Monsieur Olivier passa l'après-midi du samedi à discuter affaires avec son notaire, à Hawkesbury. Il ne revint qu'en soirée, son hôte l'ayant convié à souper. Sa bonne avait préparé sa valise. Il avait recommandé qu'on y dépose ses plus beaux vêtements. Il n'habitait peut-être pas le *Golden Square Mile*, mais on allait voir qu'il en avait les manières et savait suivre le code vestimentaire. Après tout, puisque les apparences avaient tellement d'importance, aussi bien s'y conformer.

Le voyage jusqu'à Montréal le fatigua bien un peu. Une fois installé dans sa chambre, il se fit monter une bouteille de scotch et s'installa avec un bon cigare. Il aurait pu utiliser le téléphone, mais il ne s'y sentait pas à l'aise. Muni d'une plume et de papier de haute qualité, il écrivit posément un texte dans lequel les chiffres tenaient beaucoup de place. Puis, après avoir demandé qu'on le réveille à sept heures, satisfait de lui-même, il se coucha pour une nuit de sommeil réparateur.

On frappa à la porte du bureau cossu de Daniel O'Brien, peu après son arrivée. Un chasseur de l'hôtel Windsor se tenait devant lui, un pli à la main.

– J'ai reçu l'ordre de vous remettre ce message en main propre. Monsieur Olivier m'a chargé d'attendre une réponse avant de partir.

Agacé, monsieur O'Brien s'empara de la lettre et indiqua à son clerc, qui se confondait en excuses, de faire patienter le messager dans le couloir.

D'un geste brusque, Daniel fit sauter le cachet.

Monsieur Louis-Adolphe Olivier, juge en chef des Comtés unis de Prescott et de Russell, sollicite l'honneur d'un entretien avec vous durant son bref passage à Montréal. Cette rencontre peut avoir lieu à votre bureau, dans un restaurant discret ou à l'hôtel Windsor où je suis descendu. Tout autre endroit jugé par vous acceptable me conviendrait également. Cette rencontre est d'une importance primordiale pour moi, aussi bien que pour vous. Je vous prie donc d'agir dans les plus brefs délais.

Veuillez recevoir, Monsieur O'Brien, mes salutations distinguées.

Louis-Adolphe Olivier, juge

Daniel tenait le papier à la main avec circonspection. Que lui voulait cet homme de loi dont-il ignorait l'existence? En se creusant la mémoire, il se rappela vaguement avoir entendu ce nom à la maison. Il venait de la même région que ce démon de Michael dont sa fille était amoureuse. Y avait-il un lien entre cette demande d'entrevue et les affaires de Rosie? Il décida d'en avoir le cœur net, sans précipitation. Il ne faut jamais laisser croire à l'adversaire qu'il vous tient dans sa main. Il se saisit d'un bristol sur son bureau, y griffonna quelques lignes, à la limite de la politesse mais, bon prince, donnait rendez-vous à monsieur le juge à sept heures, à son hôtel. Il remit le carton à son employé qui, à son tour, le donna au groom qui poireautait dans l'antichambre.

Monsieur Olivier avait loué un petit salon aux lourdes tentures, aux fauteuils capitonnés du dernier confort. Sur un guéridon, reposait un cabaret où étaient posés les meilleures bouteilles et quelques verres de cristal.

Entièrement vêtu de noir, à l'exception de sa chemise amidonnée, une liasse de papiers posés près de lui, monsieur Olivier avait tout de l'homme raffiné et sûr de lui. Quand on introduisit Daniel, les deux protagonistes se jaugèrent en se serrant la main.

Un verre à la main, monsieur Olivier pensa qu'il valait mieux attaquer le premier. Il lui semblait qu'ainsi il montrerait qu'il était tout à son aise par rapport aux pourparlers qui allaient suivre.

– Je suis venu vers vous monsieur, afin d'empêcher une grande injustice. À l'appui de tout ce que je pourrai dire, j'ai apporté de la documentation. Je ne possède pas les originaux que mon notaire rédige en ce moment. Je crois néanmoins avoir fait un bon résumé de ma situation financière.

– En quoi vos finances devraient-elles m'intéresser ?

– Vous êtes un homme d'affaires avisé. Donc tout ce qui concerne l'argent est de votre domaine. Je possède à L'Orignal, province de l'Ontario, une maison de treize pièces, incluant deux chambres de domestiques. Elle a été bâtie en 1885. Pour l'instant c'est la plus imposante demeure de l'endroit. J'ai également des placements divers totalisant environ quinze mille dollars.

Daniel réprima un sourire. Ce vieillard croyait jouer dans la cour des grands avec cette somme. Certes, ce n'était pas négligeable. Cet homme était à l'aise, il avait de la prestance, mais où diable voulait-il en venir ?

– Je sais que vous vous moquez bien de mon humble fortune. Cela ne m'offusque pas. Cet avoir représente tout de même le fruit d'une longue vie de travail. Comme je n'ai pas de famille et que je me fais très vieux, il est temps de savoir ce que je ferai de ce modeste pécule, ne trouvez-vous pas ?

– Certainement. En quoi puis-je vous être utile, monsieur le juge ?

– À combien estimez-vous la valeur du bonheur de Rosie, monsieur O'Brien?

À ces mots Daniel blêmit.

– Ça ne vous regarde pas, monsieur!

– Ne nous énervons pas. Tout se monnaye dans votre monde. Le principal obstacle au mariage de votre fille avec Michael Keough n'est-il pas une question de gros sous?

– Je n'ai pas à discuter de ce vulgaire gratte-papier avec vous. Encore moins de ma fille.

– Vous êtes dans l'erreur, monsieur. Je suis navré de vous le dire. Votre charmante enfant sombre dans une mélancolie fort inquiétante. Elle ne veut pas briser sa famille et ne peut renoncer à Michael. Son amour est sa raison suprême de vivre ou de mourir. Vous méprisez Michael simplement parce qu'il n'a pas d'argent. Par pitié pour votre fille unique, voulez-vous vous asseoir avec moi et comptons ensemble le montant dont le ménage disposera si je leur donne ma maison, les dépendances, les voitures, les chevaux, le mobilier plus les deux tiers de mes avoirs. Je garde l'usufruit de trois pièces dans la demeure, plus une chambre de bonne. Si l'on ajoute à cela le legs de son grand-père, le cadeau de mariage d'Ida Keough qu'elle rogne sur l'héritage de son père, celui de l'oncle Gouin, sans compter sur la générosité dont votre femme fera preuve, Rosie peut se constituer une rente acceptable. Il faut compter aussi avec le salaire de Michael qui est supérieur à la moyenne. Il suffira pour les frais domestiques. À ma mort, le résidu de mes biens ira à Michael. Il est le fils que je n'ai pas eu. Je vais vous faire une confidence monsieur O'Brien. J'en ai eu un fils, il y a très très longtemps. Il était chétif. À quatre semaines, sa mère l'a trouvé mort dans son berceau, sa petite figure était toute bleue. Est-ce que vous comprenez la raison pour laquelle je veux que votre Rosie soit heureuse avec Michael?

Daniel fut ébranlé par cette révélation. Sa fille était belle et aimante. Vivante surtout. Pourquoi risquer de la perdre? Il n'était pourtant pas prêt à lâcher le morceau. Elle avait renoncé à une vie princière pour aller s'enterrer à la campagne. Il est vrai que le Palais de justice entraînait dans son sillage son lot de gens instruits avec quelque fortune. Comparé à Boston, c'était un bled.

– Laissez-moi la nuit pour réfléchir. C'est exact que Rosie ne va pas bien. Peut-être irais-je parler avec ce garçon que tout le monde tient en si haute estime. Au moins, je sais maintenant qu'il ne court pas après la fortune des O'Brien puisque, de toute façon, il sera votre héritier. Je n'ai pas l'intention d'enrichir cet inconnu.

– Prenez en considération qu'il vous fait économiser quarante mille dollars que vous donniez de bon cœur à Patrick Steele. C'est un montant non négligeable, même pour une grande fortune.

– Vous moquez-vous de moi, monsieur le juriste? Je n'apprécie pas du tout.

– Jamais je n'oserais. Je me base sur des faits et ceux-ci ne mentent jamais.

– Bien. Venez me rejoindre à mon bureau, demain à quatre heures. Je verrai ce que je peux ou veux faire.

Il tendit la main et prit congé sèchement.

Monsieur Olivier était assez content de lui. Il avait réussi à ouvrir une brèche dans les certitudes et les préjugés de Daniel O'brien.

Le lendemain, à l'heure dite, monsieur le juge était introduit dans une pièce spacieuse, lambrissée d'acajou, avec vue sur la montagne. Il prit place près d'un bureau massif qui sentait la richesse. Le maître des lieux lui faisait face.

– Est-ce que la nuit vous a porté conseil cher monsieur?

– Vous devez avoir hâte de rentrer chez vous. Je vous accompagnerai. J'ai très peu observé ce village de L'Orignal à ma descente du traversier. Je veux constater par moi-même. Ce Michael si extraordinaire, il est mieux de trouver des arguments de poids pour me convaincre d'accepter une si épouvantable mésalliance qui souvent engendre mésententes et déceptions.

– Mon protégé n'a que son cœur et son amour à offrir. N'est-ce pas là des biens précieux? Votre fille et son prétendant ont des projets et des goûts communs. Même dans les ménages les mieux assortis, il y a toujours des compromis acceptables à faire. Ma Clara a toujours été derrière moi, pour m'appuyer. Nous nous leurrons, nous les mâles, en nous prenant pour les maîtres. Derrière chaque grand homme, se trouve une femme aimante et intelligente.

– Vous n'avez que l'amour à la bouche. La réalité est bien plus dure que toutes ces mièvreries.

– Pourtant, monsieur O'Brien, au plus profond de vous, je sens que vous avez de la tendresse pour votre épouse et pour votre fille unique.

Daniel, touché dans une fibre sensible, changea rapidement de sujet.

– Quand partirons-nous monsieur? Réglons cette affaire qui est cause de grand remous à la maison.

– Demain. À la gare Windsor.

– J'y serai. N'oubliez pas, je n'ai rien promis.

Monsieur Olivier pensa qu'il ne fallait pas trop se réjouir d'un rayon de soleil quand on sait qu'un gros nuage peut le cacher.

Malgré sa promesse, c'est en vain que monsieur le juge attendit Daniel O'Brien. C'est plutôt son clerc tout essoufflé, qui le rejoignit quelques minutes avant le départ du train. Il était porteur d'une dépêche.

Cher monsieur,
Un bris mécanique majeur paralyse mon usine de traverses de chemin de fer. Il y a eu des blessés. Je me dois d'être sur place. Je vous donne ma parole d'être chez vous, lundi ou mardi prochain en après-midi.
Mes respects monsieur Olivier.
Daniel O'Brien

Au déjeuner, le lundi matin, Daniel, qui voyait rarement sa femme depuis l'altercation au sujet du mariage, interrogea celle-ci :

— Comment se fait-il que Rosie ne partage plus notre table ? Je ne l'ai pas vue depuis des jours. Elle boude ?

— Vous minimisez la situation. La vérité c'est que votre fille n'est plus du tout la même. Elle s'alimente à peine, est pâle comme un drap. Après votre esclandre, elle s'est murée dans sa chambre. Puis, soudainement elle s'est mise à sortir tous les jours, vêtue de noir, le visage à moitié dissimulé par une voilette. Elle se fiche des conventions sociales. Elles ne sont guère menacées, de toutes manières, car si vous la rencontriez dans la rue, vous auriez peine à la reconnaître. Nous perdons notre unique enfant pour une question d'argent. Je ne comprends pas.

Mary avait noté que la valise de son mari était dans l'entrée. Elle ne posa pas de questions. C'est Daniel qui vint à elle.

— Je pars pour quelques jours. Nous en reparlerons à mon retour.

– Comme vous voudrez. J'espère que vous ferez diligence... et que vous réfléchirez.

Daniel arrive à L'Orignal par le traversier. Le ciel d'un bleu céruléen coiffait un village d'environ huit cents habitants, aux trois églises, au Palais de justice en pleine effervescence. Il découvrit un centre administratif assez actif. Sur la rue King, il repéra trois établissements hôteliers : l'*Orignal Hotel*, l'*Ottawa Hotel*, et l'*Ontario Hotel*, en belle pierre grise. Il opta pour ce dernier. Débarrassé de ses bagages, il décida d'explorer les alentours. Il découvre plusieurs bâtiments en brique ou en pierre : le bureau d'enregistrement, le bureau de poste, la résidence de John Martson de style régence, le presbytère de l'église Saint-Andrew et la maison de monsieur le juge. Malgré lui, il doit s'avouer que ce n'est pas ce bourg désolé qu'il s'attendait à trouver. Il s'informe sur les ressources et les habitants de l'endroit à l'un des deux magasins généraux. On lui parle du juge de comté, du shérif, de la présence de six avocats, du gouverneur de la prison, des baillis, du journal local : *The Prescott and Russell Advocate.*

On peut trouver tout le nécessaire à la vie quotidienne sans sortir de L'Orignal. En plus des magasins généraux, il y a une épicerie, une échoppe de chaussures, une modiste et une boutique de vêtements. Il prend un bon repas chaud à son retour à l'hôtel. Le lendemain, il rendra visite à monsieur le juge.

Il s'éveille très tôt et change ses plans. C'est mieux ainsi, car la cour siège en ce moment. Pourquoi ne pas se rendre au tribunal afin d'observer incognito ce jeune homme si parfait ? Au Palais de justice, tout est tranquille. Il s'installe dans un coin discret. Un employé impeccablement vêtu, col blanc immaculé, pantalon aux

plis aussi droit qu'un «i», chaussures luisantes comme
à l'armée, s'affaire à placer des verres pour l'eau, des
dossiers, des feuilles, à vérifier les encriers. Il est de
taille moyenne, mince, les mains fines, les yeux tristes.
C'est un bel homme, mais trop délicat au goût de
Daniel. Des gens entrent de temps à autre. La salle se
meuble petit à petit. Soudain la fébrilité s'installe. Les
avocats font voler leurs larges manches comme des ailes
de corbeaux. Les jurés prennent place. « La cour. »·
Monsieur le juge fait son entrée. On en est aux plaidoiries.
À onze heures trente, la séance est ajournée à la requête
de l'avocat de la Couronne.

Daniel a assisté avec intérêt à ce ballet judiciaire. Il
a pu contempler le monde dans lequel Michael Keough
évolue. C'est toujours cette maudite question de cupidité
qui l'agace. Pourtant, l'amoureux ne demande rien. Et
s'il était sincère? N'empêche, il n'arrive pas à la cheville
de Patrick. Il ne sera d'aucune utilité pour ses affaires.

Il se fait annoncer chez monsieur le juge pour deux
heures. Louis-Adolphe Olivier a en mains tous les docu-
ments de donation et d'usufruit que le notaire a préparés
pour lui. Il n'y manque que sa signature. Les deux
hommes discutent d'abord âprement puis, de plus en
plus affablement. Il ne reste plus qu'à rencontrer le prétendant. Ils ont été conviés à souper tous les deux, à la
table de monsieur Olivier. La rencontre entre le père de
Rosie et son promis est guindée. Michael sent que c'est
le rendez-vous de la dernière chance. Daniel s'efforce de
le faire disserter sur plusieurs sujets pour tester sa
capacité à évoluer dans le monde des grands. Michael
s'en tire plutôt bien. La soirée s'écoule rapidement. La
grande horloge vient de sonner la demie de neuf heures.

Devant un verre de porto, Michael se lance :

– Monsieur O'Brien, bien que je sois de condition modeste, je possède le trésor le plus merveilleux qui soit : l'amour de votre fille. La terre est immense monsieur, mais sans elle, c'est trop petit, j'étouffe. Elle est l'air que je respire. Je ne désire qu'elle et votre bénédiction, rien d'autre. Nous nous bâtirons un chemin au soleil monsieur, je vous le jure.

Juste à cet instant le heurtoir de la porte résonna avec force : un télégramme urgent :

J'ai réussi à vous localiser grâce à votre clerc. Rosie a disparu. Un cocher de fiacre m'a rapporté son sac qu'il a trouvé au bord du fleuve, non loin du pont de chemin de fer Victoria. C'est horrible Daniel. Qu'est-ce que je fais ?

Une bombe venait d'éclater dans le salon du juge. Daniel, qui d'habitude faisait face à l'adversité avec calme se sentait terriblement impuissant. Comme il était coupable aussi ! En cet instant, il aurait échangé sa fortune pour que sa fille soit sauve.

Dans la tête de Michael, une voix répétait : « Au bord du fleuve. » Une prière monta en lui « Oh ! mon Dieu ! ne ferez-vous rien pour ceux qui s'aiment ? Suffisait-il qu'il leur eût permis de se rencontrer et de s'aimer ? » Il tremblait, hagard, tandis qu'une peur diffuse commençait à ramper comme un liquide visqueux et froid dans toutes ses veines.

Monsieur le juge proposa immédiatement de prévenir les policiers.

– Songez, il est possible qu'elle soit entre les mains de voyous qui l'auraient enlevée.

– Elle repose peut-être aussi au fond du fleuve, gémit Michael.

Daniel réfléchissait au scandale qui pourrait survenir si on faisait une déclaration à la police. Y avait-il un autre moyen? Soudain, les convenances, les racontars, le statut social, ne comptèrent plus. Il y allait du salut de Rosie. Tout, plutôt que cette inquiétude affreuse qui le faisait transpirer à grosses gouttes.

Les trois hommes se rendirent au Palais de justice, à proximité. Monsieur Olivier possédait la clef. Michael transmit le message de Daniel.

Ma chère femme. Fais-toi conduire en vitesse au poste de police le plus près. Demande une recherche immédiate. Je paierai des détectives privés. Tiens-moi au courant. Je prends le premier train demain.

Daniel qui t'aime

Au retour, on arrêta prévenir Ida, qui était venue à L'Orignal à l'occasion du décès d'une vieille servante de l'auberge qui avait été sa nounou après la mort de sa mère. Elle revenait de la veillée funèbre et se proposait d'assister aux funérailles le lendemain matin.

– Mon Dieu! Cette chère petite si adorable, dit-elle en se mettant une main sur la bouche, horrifiée.

Elle suivit les trois hommes à la demeure du magistrat. Et la longue veille commença. Toutes les deux heures, Michael allait voir si rien de nouveau n'était entré. Hélas! le télégraphe restait muet. La bonne préparait du café pour tout le monde, qu'elle apportait avec des biscottes qui restaient sur le plateau.

Daniel se promenait de long en large, incapable de rester immobile, comme un fauve en cage. On était à cette heure où l'aube impatiente s'affaire à chasser la nuit encore victorieuse. Un mince filet de lumière grise effleurait le plancher du salon.

Ida pensait à son amour à elle, parti si jeune, et à son père qui l'avait suivi peu de temps après. Que de chagrin sur sa pauvre jeunesse. Le malheur peut dormir des années durant, comme une bête tapie dans quelque obscure caverne. On l'oublie. Et tout à coup, il se réveille. Son pauvre Michael. Elle voulait tellement qu'il soit heureux. Sans Rosie, c'était impossible. Elle, au moins, avait un enfant sur lequel reporter son trop-plein de tendresse.

Ida se leva et posa ses mains sur les épaules de son fils.

– On va la retrouver saine et sauve mon petit. N'est-ce pas monsieur O'Brien?

– Je mettrai la ville à l'envers pour ça. Quand elle sera de retour, j'ai promis à Dieu de vous la donner avec ma bénédiction, Michael.

– Ah! monsieur! Vous verrez que je saurai la mériter.

Un matin blême et pluvieux se leva enfin, enveloppant les gens et les choses de grisaille. Monsieur le juge se fit porter malade. Quant à Michael, monsieur Olivier, usant de son autorité, déclara que sa fiancée avait été victime d'un accident dont on ignorait la gravité.

À sept heures du matin, un autre télégramme en provenance de Montréal était arrivé, semant le désarroi. Mary écrivait :

Aucune nouvelle de Rosie. Nuit atroce. Venez vite.

Daniel et Michael prirent le premier train en partance de Calumet en direction de Montréal. Tout au long du trajet qui leur parut interminable, les deux hommes n'eurent qu'un seul sujet de conversation : Rosie. Cela les rapprocha. Daniel était maintenant assuré que ce beau garçon avait du cœur et qu'il ferait tout en son possible pour rendre la vie agréable à Rosie... à condition qu'elle ne soit pas disparue pour toujours. Juste à cette pensée, il sentait ses doigts se crisper.

Ils rentrèrent à la maison dans l'indifférence des vieilles pierres et du jardin qui vivaient le moment présent, impassibles. Michael, malgré son trouble, fut sensible à la majesté du lieu. Mary se jeta au cou de Daniel avec impétuosité.

— Le docteur Painchaud, que j'ai fait prévenir tôt ce matin, l'a localisée à l'Hôtel-Dieu. Il a fini par trouver un téléphone, je ne sais où, et il vient de m'appeler. Les imbéciles ! Rosie avait repris connaissance depuis au moins quatre ou cinq heures. Elle leur a révélé son identité. Ils l'ont gardée sous observation et ne se sont pas préoccupés de me prévenir. Jésus ! je n'ai jamais passé une nuit semblable.

— Quel poids vous m'enlevez, ma mie. Si elle était morte, jamais je ne me serai pardonné.

Il en avait les larmes aux yeux.

Soudain, Mary s'avisa de la présence de Michael.

— Mon Dieu ! Mon garçon, mon tendre Michael, quel calvaire vous avez dû vivre !

Ils s'étreignirent avec soulagement.

— Vous ne me demandez pas les raisons de sa présence ? N'êtes-vous pas surprise ?

— Oui, certes. Je me doute que vous avez des explications toutes prêtes.

Ce malheur affreux m'a fait réaliser que j'aurais donné ma fortune en échange de la vie de ma fille et de son bonheur. Michael aurait donné la sienne pour sauver Rosie. Il la mérite. Maintenant, je vais la chercher.

— Monsieur, puis-je vous accompagner ? pria Michael.

– Je préfère lui apprendre doucement mon changement d'attitude. Il est bon de lui éviter les chocs. Vous
avez tout l'avenir devant vous. Laissez-la moi encore
une heure ou deux.

Se tournant vers Mary, il ajouta :

– Demandez à Eugénie de préparer une valise de
linge propre et d'envoyer un message à L'Orignal pour
apaiser tout le monde.

Il partit dans son landau des grands jours chercher
sa princesse que Barbe-Bleue avait épargnée. Il se sentait heureux, comme au temps où il avait rencontré Marie
Gouin. Et cela était bon.

Chapitre VII

LES LUCIOLES DANS LE SOIR

Le matin de sa disparition, Rosie avait demandé au conducteur du fiacre de la conduire du côté du pont Victoria.

– On vient de commencer des travaux pour permettre aux voitures de traverser vers la rive sud. Il paraît que les voies carrossables ne seront terminées qu'en 1898.

L'homme commençait à la connaître puisque cela faisait trois jours de suite qu'il la conduisait. Elle donnait de bons pourboires et il la prenait en pitié. Il avait perdu une fille de son âge l'an dernier, d'une maladie infectieuse.

Rosie avait erré longtemps, sans but. Lorsque les ouvriers furent partis, elle avait grimpé sur un échafaudage qu'on laissait ouvert. Là, elle avait contemplé d'en haut le Saint-Laurent. L'eau l'attirait, lui tendait les bras. « Viens, je suis le repos, l'anéantissement de la souffrance. Je te bercerai de ma vague. » Comme elle fixait le mouvement des flots qui se soulevaient, elle ressentit dans son corps le bien-être infini que lui avait procuré ce dernier baiser échangé avec Michael à Caledonia Springs, où leurs bouches n'avaient plus fait qu'une. « Promettez que vous reviendrez. » Son sein se souleva au même rythme que l'eau. Son courage devait être à la hauteur de son amour. Sa décision se précisait. Une vie l'attendait, elle allait la vivre avec Michael. Elle passerait à la poste quérir ses lettres qu'elle avait laissé dormir sans réponses. Elle ferait ses bagages et dans deux ou trois jours, elle serait partie.

Elle descendit de son perchoir avec effort. Elle ne se sentait pas bien. Près de la grève, elle se mit à tituber. Elle laissa tomber son sac sans s'en rendre compte. Elle continua d'avancer. De grandes lames acérées lui coupaient la respiration. Puis, ce fut le trou noir, le néant qui l'absorbait. Elle s'effondra sur la berge, inconsciente.

Quand le cocher revint à sept heures pour la ramener à la maison, il ne trouva aucune trace de la jeune fille, sauf sa sacoche. Son adresse y était inscrite. Il ramena sa mince trouvaille à sa mère.

Deux adolescents, qui prenaient le frais, avaient fait la triste découverte. Leur premier réflexe fut la peur. Si elle était morte, ils seraient accusés. Les pauvres sont des proies faciles pour la justice. D'un autre côté, si elle était vivante, il fallait la secourir. Ils s'approchèrent avec circonspection. Elle reposait face contre terre, son galurin renversé, une main agrippant le sol. Nul doute, elle respirait. Les gamins se hâtèrent vers la rue, peu fréquentée à cette heure. Ils attendirent un temps qui leur parut fort long. Finalement, une voiture un peu étriquée se pointa.

– Monsieur, monsieur, à l'aide ! Il y a au bord du fleuve une jeune fille en train de trépasser.

Le conducteur, très méfiant, de crainte de tomber dans un piège, questionna :

– Où ça ? Je ne vois rien.

La lune, encore basse, sortit d'un nuage et projeta un faible éclairage sur la mince silhouette gisant près du fleuve.

– Blasphème! c'est vrai.

Il descendit si rapidement qu'il faillit manquer le marchepied. Accompagné des deux jeunes, il s'empressa de porter secours à la malheureuse. Quand ils la soulevèrent de terre, avec sa figure pâle, sa longue chevelure dénouée, on aurait dit un ange perdu au pays des ténèbres.

À l'Hôtel-Dieu, l'homme raconta son aventure. Il n'était pas dans les habitudes d'accueillir des patients dont on ignorait l'identité. En l'examinant de près, la religieuse constata qu'elle n'avait pas affaire à une prostituée. Rosie ne portait pas de maquillage. Ses mains fines ignoraient les gros travaux. Puis, la religieuse nota, à son annulaire droit, une bague ancienne surmontée d'une perle rose dans un entrelacs de diamants. Pas de doute, cette fille était de bonne naissance. Quand elle serait ranimée, l'on connaîtrait tout de suite son identité. Rosie fut donc admise, au grand soulagement du bon samaritain qui l'avait amenée.

Le médecin qui l'ausculta découvrit un cœur qui battait au ralenti. Le teint cireux, les narines pincées, il était évident que cette frêle jeune fille nécessitait des soins attentifs. Il appela une infirmière qui lui fit une injection et prescrivit des fortifiants. Il ne comprenait pas bien ce cas. On aurait dit une personne sous-alimentée. Pourtant, elle n'était pas maigre et ses vêtements, dont on l'avait débarrassée, dénotaient, malgré leur sévérité, un bon faiseur. Donc, il était peu probable qu'elle ait manqué de nourriture. Perplexe, il plaça une soignante à son chevet.

Rosie, émergeait parfois du néant pendant une brève période. Elle entendait des voix, du fond du puits sombre où elle était plongée. Elle sentait une certaine effervescence autour d'elle. Graduellement, elle sortit de sa léthargie, dans un brouillard ouatiné. Elle distingua un visage encadré d'un voile blanc, puis des murs neigeux que seul barrait un grand Christ en croix. Elle fixa ses prunelles brouillées sur le décor inconnu qui l'entourait.

– Où suis-je? murmura-t-elle.

– À l'hôpital, mademoiselle.

– Pourquoi?

– Vous étiez inconsciente à votre arrivée. Ne vous fatiguez pas. Je vais avertir l'infirmière, sœur Thérèse-de-l'Enfant-Jésus.

Celle-ci ne tarda pas. Elle entra accompagnée du docteur. Il prit les choses en mains :

– Comment vous sentez-vous mademoiselle?

– Faible. Il me semble que je reviens de loin.

– Quels sont vos derniers souvenirs avant votre évanouissement?

– Je marchais au bord du Saint-Laurent, j'étais affreusement mal, je n'y voyais plus, mon corps m'a abandonnée. Le sol est venu me frapper et j'ai définitivement glissé dans l'abîme.

Parler autant l'avait fatiguée.

– Juste une dernière question, si vous permettez. Vous êtes-vous alimentée suffisamment depuis quelque temps. Avez-vous pris de l'eau? s'enquit le médecin.

– Je ne mange presque pas depuis un certain temps et je dors peu.

Voilà, il tenait le mot de l'énigme. Enfin, une partie. Il soupçonnait qu'il y avait anguille sous roche. Il remit à plus tard la suite des explications.

Sœur Thérèse-de-l'Enfant-Jésus n'était pas satis-faite. Elle se promit de revenir un peu plus tard, s'en-quérir de l'identité de la demoiselle. Comme elle était très occupée, les choses traînèrent.

Entre-temps, Rosie avait avalé un bouillon bien chaud, accompagné d'un thé. La personne avenante qui s'occupait d'elle avait remonté ses oreillers recouverts de tissu rêche.

– Là, mademoiselle reprend un peu de vigueur.

– Merci pour vos bons soins. Pouvez-vous me dire quelle heure il est?

– C'est que je n'ai pas de montre.

Dans le coin de la pièce, telle une tache sur un nuage d'été, Rosie nota un sac de papier brun qui contenait ses affaires personnelles.

– Donnez-moi mon réticule, s'il vous plaît. J'ai ce qu'il faut.

La fille sortit tous les vêtements. Nulle trace de sacoche.

– On me l'aura volée ou je l'aurai perdue en tombant, se désola Rosie.

Le temps s'écoulait avec la lenteur du sable dans le sablier. La dame avait quitté son chevet pour aller veiller quelqu'un de plus mal en point qu'elle. L'imposante religieuse se pointa le nez pour lui faire une autre piqûre.

– Mademoiselle, il faudrait connaître votre identité.

– Rose O'Brien, ma sœur. Il est impérieux de prévenir ma mère. Elle doit être morte d'inquiétude. Mon père est absent en ce moment.

– Bien sûr, bien sûr, ma fille. Est-ce que vous voulez essayer de vous asseoir un peu?

Elle réussit à se tenir sur ses jambes flageolantes et prit place sur un chiche petit fauteuil, un oreiller posé sous sa tête. La religieuse causa avec elle quelques minutes.

Elle fut toute heureuse d'apprendre que la patiente était la fille d'un industriel. Elle se félicita qu'on lui ait prodigué de bons soins. Rosie se remit au lit avec l'espoir de voir sa mère sous peu. On lui apporta un bol de céréales, on lui fit avaler une potion, mais personne n'arrivait. Soudain, la face joviale du docteur Painchaud se pointa dans la chambrette.

— Enfin, je vous retrouve, mademoiselle O'Brien. Votre mère est au bord de la crise de nerfs.

— Comment, elle n'a pas été prévenue?

— Hélas, non! Je prends de vos nouvelles et je cours la rassurer

Rosie lui raconta ce dont elle se souvenait et le pria de faire diligence pour avertir sa mère. La journée avançait quand Rosie vit la silhouette de son père se profiler dans l'embrasure de la porte. Elle ressentit des sentiments ambigus. Machinalement, elle se redressa sur ses oreillers, un peu raidie, prise dans son courage comme dans une armure protectrice. Le visage ravagé de son père, ses bras tendus, l'amadouèrent légèrement.

— Ma petite, ma toute petite fille. Ta mère et moi, nous avons eu si peur de te perdre. Tu es notre trésor irremplaçable. Et Michael! Il te croyait au fond du fleuve. Il m'a expliqué qu'il n'avait pas fait le choix de t'aimer, que c'était arrivé aussi naturellement que l'aube succède à la nuit. Que personne n'avait de pouvoir sur l'inéluctable.

— Vous avez vu Michael?

— Oui. Bien plus mais, il faut promettre de ne pas t'énerver.

— Je promets, je promets.

— Devant son désespoir, j'ai compris qu'il tenait à toi. Nous nous sommes mis d'accord. Je ne m'oppose plus à votre mariage. Je crois même que Michael sera un bon gendre.

Les yeux de Rosie s'agrandirent comme l'eau de l'étang au printemps quand les ruisselets s'y déversent. Elle fut secouée d'un tremblement. Elle enlaça son père convulsivement.

– Papa, oh! papa.

– Maintenant, il s'agit de reprendre des forces rapidement afin que tous ensembles nous préparions la noce. N'oublie pas monsieur Olivier. C'est un homme d'une grande générosité au jugement sûr. C'est lui, par sa sagacité, qui m'a entraîné sur la voie de la raison. Assez parlé. Je veux te ramener à la maison. Je paierai une infirmière privée s'il le faut.

– Je me sens déjà mieux. Le bonheur est le meilleur des remèdes en ce qui me concerne. Je me sens transportée, comblée. Je crois que mon pauvre cœur pourrait éclater.

Couchée sur la banquette de la voiture, son père assis en face d'elle, Rosie transfigurée regagnait sa maison de la rue Mountain.

Aidée de son père, Rosie gravit lentement les quelques marches qui donnaient sur le porche. Mary, à l'affût, entendit vaguement le crissement de la clef dans la serrure. Elle accourut aussitôt. « Elle était de retour. Merci Vierge Marie. »

– Mon enfant, ma folle à moi.

Mary la serrait, la palpait comme pour vérifier si elle était là toute entière.

– Maman, je crois que j'ai failli mourir.

– Il ne faut plus jamais penser à ça.

Michael entendait la conversation. Il avait toutes les peines du monde à rester en place. Dans cette maison inconnue dont il avait si longtemps été tenu à l'écart, il se sentait encore comme un intrus, bien que Daniel se fût montré bienveillant à son égard.

– Fillette, il faut t'asseoir et respirer bien profondément. J'ai une surprise pour toi, plus merveilleuse encore que tu ne peux l'imaginer! déclara Daniel avec un large sourire qui le rajeunissait.

Il pénétra dans le salon et fit signe à Michael qui s'y morfondait. Celui-ci avança et Rosie, sous le choc, vacilla :

– Toi! Toi ici!

Il l'étreignit pendant que Daniel les observait, songeur et satisfait à la fois. En voyant le bonheur qui irradiait des yeux de Mary, il fut certain d'avoir pris la bonne décision, posé le bon geste.

Ils passèrent tous au salon. Rosie s'installa dans le meilleur fauteuil, la tête appuyée au haut dossier.

– Expliquez-moi ce miracle, papa.

– Oh! il y a beaucoup à dire. Tant d'événements nouveaux se sont produits. Le plus important, c'est que j'ai réalisé dans la douleur de ta disparition que l'amour ne s'achète ni ne se vend. Il se donne. Que valait ma fortune si l'on t'avait tuée ou si tu t'étais volontairement enlevé la vie? Je devenais ton bourreau et c'était insupportable. Monsieur le juge m'a aussi donné le bon exemple. Il m'a ouvert les yeux. Ce n'est pas à moi de t'expliquer ça.

– Vous voulez dire que je suis libre d'épouser Michael?

– Tout à fait. Avec ma bénédiction en plus. Mais assez parlé. Tu dois te reposer, reprendre très vite des forces, car nous avons du pain sur la planche.

– Michael, tu as entendu. Nous allons enfin partager notre bonheur, mettre nos projets à exécution, ne plus être séparés, jamais, jamais.

Michael lui baisa la main, le poignet. C'était beaucoup trop peu. Il aurait voulu l'avoir toute à lui immédiatement, crier sa joie à tue-tête. Il avait de la difficulté à se contenir.

Rosie essaya de faire la sieste. Elle était agitée de tant d'euphorie, d'interrogations, que l'énervement l'empêchait de fermer l'œil. Le visage de Michael apparaissait derrière ses paupières, de différentes façons, un peu à la manière d'un kaléidoscope. C'était comme un grand rayon de soleil qui lui éclatait dans la face. Elle se projetait dans un univers où sa passion, son exaltation se donnaient libre cours. L'intimité, les gestes de l'amour, la vie à partager pour le meilleur et pour le pire. Elle maudissait cette faiblesse dont elle était responsable. C'est dans l'action qu'elle retrouverait ses forces.

Eugénie l'aida à s'habiller, à se mettre du rose sur les joues. Quand elle descendit, elle avait déjà meilleure mine. Elle avala un potage, du blanc de poulet, et du riz sucré à la cannelle.

L'atmosphère, loin d'être guindée était à la fête. Daniel avait retrouvé sa bonne humeur du temps de son amour de jeunesse. S'adressant à Michael, il suggéra :

— Jeune homme, si vos intentions sont sérieuses au sujet de ma fille, ce serait le temps de faire votre demande. Votre engagement deviendrait officiel. Quant aux gants blancs, je vous en prêterai une paire. Vous n'en avez sûrement pas apporté dans l'état d'inquiétude où vous vous trouviez à votre départ de L'Orignal.

— Oh! oui, Michael. Comme ça nous serons vraiment fiancés, ajouta vivement Rosie.

— Dès que vous le jugerez opportun, monsieur. Il y a si longtemps que j'attends ce moment.

— Après le repas, dans le grand salon, autour d'un bon porto. Qu'en dîtes-vous ?

— Cela m'enchante monsieur. Je ne saurais trop vous remercier.

– Ensuite, ajouta Mary, je vous jouerai une ou deux ballades romantiques. Puis, nous vous laisserons seuls. Vous devrez mettre Rosie au courant de tous les développements survenus dans votre situation.

Daniel se racla la gorge et s'efforça d'ajouter aux propos de sa femme :

– Nous ne perdons pas notre fille, nous gagnons un fils. N'est-ce pas Mary ?

Celle-ci se contenta de presser la main de Michael. Daniel n'était pas complètement sincère. Il aurait préféré un gendre rompu aux affaires qui lui aurait succédé un jour. « Qui sait, peut-être un petit-fils ? »

Ils étaient maintenant installés dans la grande pièce d'apparat sous les lustres que l'on venait d'allumer pour chasser les coins d'ombre. Les fenêtres ouvertes sur la nuit naissante laissaient entrer l'air doux et parfumé.

Michael, un genou à terre, tenant la menotte de Rosie, prononça avec assurance :

– Monsieur O'Brien, j'ai bien l'honneur de vous demander la main de votre fille Rosie parce que nous nous aimons.

– Je vous la confie avec le devoir de la rendre heureuse. J'ajoute que j'accorde à Rosie une dot de vingt-cinq mille dollars et que je suis disposé à lui fournir l'ameublement manquant dans sa nouvelle demeure. Embrassez-vous, fit-il bougon.

Jamais baiser ne fut plus chaste. Puis, Rosie se tourna vers son père.

– Papa, je vous serai reconnaissante toute ma vie et vous aurez des petits-enfants qui vous feront honneur.

Mary offrit un peu de musique, puis les parents se retirèrent. Sous l'abat-jour de soie rosée, qui nimbait leurs têtes rapprochées, Michael se mit en devoir d'exposer à Rosie le déclencheur de ce revirement de situation, puisqu'elle n'avait pas encore lu ses dernières lettres.

– Monsieur Olivier nous donne sa maison avec son contenu, les dépendances, ainsi qu'une large part de ses économies. Vous vous rendez compte, Rosie, de sa générosité? Juste avant la maladie de madame Clara, il avait fait construire une annexe à la maison pour loger les jeunes juristes de passage. La maladie de sa femme a arrêté les travaux. Il a l'intention de faire terminer l'intérieur à son goût, de s'y installer. Il gardera sa vieille bonne si dévouée. Nous n'aurons qu'une porte communicante. Nous veillerons un peu sur lui. Il se sentira plus en sécurité et moins seul. Ce don a fait réfléchir votre père.

– Pouvons-nous accepter un présent aussi somptueux?

– À sa mort, il me l'aurait donné de toute façon. Il me considère comme son fils. Et ce n'est pas tout. Il a précisé que vous pourriez apporter tous les changements qu'il vous plaira afin que vous vous sentiez chez vous.

– Donc, nous pouvons nous marier bientôt, puisque nous n'avons pas à construire. Plus d'hiver maussade à passer sans vous.

– Ma mie, nous dormirons ensemble, tout au chaud sous le même édredon pendant que la neige blanchira le paysage et que le vent hurlera à tous les diables à l'extérieur. Mon rêve! Chez nous, il fera bon et tiède et l'amour nous engourdira de son essence.

– Dans mon énervement, j'ai oublié. Est-ce que votre mère et monsieur Olivier ont été prévenus que j'étais saine et sauve?

– Oui, oui. J'ai rédigé un télégramme qu'Eugénie est allée porter avant votre retour.

– Savez-vous aussi que nous étions réunis avec votre père lorsque la nouvelle de votre disparition nous est parvenue?

– Mon père était à L'Orignal?

– Il est venu constater de visu de quoi avait l'air ce village perdu. La visite de monsieur de juge l'y avait encouragé. Il a trouvé l'endroit beaucoup mieux pourvu qu'il ne s'y attendait. Il était là pour nous jauger en quelque sorte. Quand il a appris que vous étiez en danger, il a blêmi, plus rien d'autre n'a compté que vous. Il vous aime Rosie, à sa manière. Que voulez-vous, je ne suis pas le gendre dont il rêvait.

– Je n'en doute pas. C'était bien là mon dilemme.

– Je dois retourner à L'Orignal demain. Quand pensez-vous être suffisamment remise pour que nous nous réunissions tous pour discuter?

– Le plus tôt possible. En fin de semaine peut-être. Je suis si impatiente.

– Ma pauvre chérie, vous paraissez bien fatiguée. C'est beaucoup d'émotions pour une seule journée. Nous nous reverrons au déjeuner. Essayez de dormir.

Mary retrouva Rosie dans sa chambre où elle la borda. Il fut convenu qu'ils se retrouveraient tous les quatre le lendemain matin.

– Rosie, je t'en prie, ne commets plus de gestes aussi imprudents. J'ai vécu des moments où ma raison vacillait. Je te voyais maltraitée par des voyous, enlevée, perdue à jamais.

– Pardon maman. Je n'arrivais pas à rompre avec papa. Et la vie sans Michael, c'était le désert sans fin. Je ne voyais pas d'issue. Pourtant, avant de me jeter dans le tourbillon écumant du fleuve, j'avais pris la résolution de rejoindre Michael, coûte que coûte.

Mary embrassa sa fille et murmura :

– Ne le dis pas à ton père. Ça le chagrinerait en pure perte.

Elle ferma la porte doucement, comme elle le faisait du temps de l'enfance de Rosie, après lui avoir chanté une berceuse. Sa petite, au moins, serait heureuse. Elle y veillerait. L'expérience de Mary l'avertissait tout de même que la vie n'est pas qu'une vallée de roses et que, même les mères les mieux intentionnées ne possèdent pas le pouvoir d'écarter les chagrins et les malheurs qui sont le lot de chacun.

Mary descendit et rédigea un bref télégramme à l'intention de l'oncle James :

Rosie et Michael s'épousent cet automne. Daniel a donné son consentement. Nous nous rendrons à L'Orignal dès que possible. Vous êtes le premier à qui je l'annonce. Lettre suivra. Beaucoup de nouvelles. Sommes très heureux.

Affection, Mary

Elle l'enverrait porter demain matin.

Michael regagna la campagne le cœur léger. Il flottait sur un nuage. Toute la famille O'Brien avait décidé de venir à L'Orignal le samedi si la santé de Rosie le permettait. Elle pourrait ainsi visiter cette maison élégante qui servirait de cadre à son bonheur.

– Si je m'alimente bien, je serai en mesure d'effectuer le voyage. Vous veillerez sur moi, j'en suis convaincue. J'ai tellement hâte, insistait Rosie.

Dans la journée un long télégramme de l'oncle James arriva. Il ne comprenait pas bien ce changement d'attitude. Il s'en réjouissait beaucoup. Il ajoutait la proposition suivante :

Rosie et Michael se sont connus à Caledonia Springs. Pourquoi ne pas faire la noce au Grand Hotel tout de suite après le 15 octobre? Je promets que l'événement restera gravé dans les mémoires. Le train sera en fonction à ce moment-là. Je suis prêt à me déplacer à Montréal, à Caledonia Springs, partout où ma présence sera requise.

– Quelle idée merveilleuse! s'écria Rosie.

– Tu veux dire que tu abandonnerais tous nos amis de Montréal pour un mariage à la campagne, déplora Daniel.

– Pas du tout. Ceux qui vous tiennent à cœur pourraient loger au *Grand Hotel*. Là-bas, il y aura sûrement moyen de retenir des voitures de louage dans les villages environnants. Je ne tiens pas à un très grand nombre d'invités. Il faudra établir une liste avec le concours de madame Keough et de monsieur le juge. Nous pourrions peut-être y travailler en fin de semaine. Vous aurez le dernier mot, papa.

– Pour une fois! Quant à ça, une réception au *Grand Hotel* serait originale sans manquer de classe. Si tout le monde se met d'accord sur ce point, je ne m'opposerai pas. Il faudra demander une dispense pour que tu obtiennes la permission de l'Église de te marier à l'extérieur de ta paroisse.

– Oh! pour ça, je me fie à vous. Vous avez plus d'un tour dans votre sac et des relations dans toutes les sphères de la société.

– Voyez-vous ça! Ma fille qui fait appel à mon influence, c'est nouveau.

– Ne vous moquez pas, papa! C'est commode parfois.

Ils partirent par un clair matin de septembre. Le trajet pour se rendre à Calumet était toujours le même.

Aujourd'hui chaque tour de roues psalmodiait d'une voix métallique : « C'est pour toujours! C'est pour toujours! » Malgré sa faiblesse, Rosie éclatait d'un bonheur qui remplissait l'espace du compartiment.

Le propriétaire du traversier affichait une mine grise. L'arrivée imminente du train à Caledonia Springs diminuerait sensiblement sa clientèle.

La voiture de monsieur Olivier les attendait au débarcadère. Monsieur O'Brien avait voulu louer des chambres à l'hôtel. De concert, il avait été jugé plus pratique de loger au domicile de leur hôte, d'abord parce que les sujets de discussion d'ordre pratique ne manqueraient pas et, d'autre part, il était important que la future mariée se familiarise avec les aires de la maison qu'elle allait habiter. Ida avait laissé les pensionnaires aux bons soins de sa cousine. Quand le bureau de poste était fermé, c'était acceptable.

La joie d'être ensemble, sans rien dissimuler puisque Daniel était maintenant des leurs, ajoutait à l'ambiance. Les bagages des invités furent montés à leurs chambres. Puis Michael, invita Rosie à faire «le tour du propriétaire ».

– Je ne vous fais pas les honneurs moi-même. Je ne veux pas vous gêner. Vous aurez ainsi l'opportunité de faire vos commentaires librement, précisa monsieur Olivier.

À l'étage, l'escalier débouchait sur un vaste couloir qui atteignait un bon huit pieds de largeur. De chaque côté, quatre portes en chêne foncé donnaient sur les chambres de grandeurs variées. Celle des maîtres, spacieuse à souhait, abritait des meubles rustiques fabriqués par des artisans au début du siècle. Une lourde armoire aux portes ornées de pointes à diamants attirait particulièrement l'attention.

– Ces meubles appartenaient aux parents de madame Clara. Monsieur Olivier y tient beaucoup. Il les gardera pour lui. Nous choisirons donc le décor qui sera témoin de nos nuits d'amour.

Émus, l'espace d'un battement d'aile, ils s'embrassèrent avec fougue. Rosie reprit ses sens la première.

– Bientôt, très bientôt, mon amour.

– Je souhaiterais que ce soit tout de suite. J'ai soif de vous.

– Un petit mois, cinq semaines tout au plus. La certitude du bonheur, c'est déjà une grande félicité. Je trouve très excitant tous ces préparatifs. Partagez cette joie avec moi. Vous verrez comme c'est agréable.

– Vous avez raison. Jouissons du moment présent.

Contiguë à cette première pièce, la deuxième chambre était la plus petite.

– Je voudrais installer mes meubles de jeune fille ici. Mes parents me les donneront sûrement. Un jour, ce sera le nid de notre premier enfant.

De l'autre côté du corridor l'espace était divisé en deux parties égales. Ces pièces donnaient sur l'arrière de la maison.

La visite du rez-de-chaussée se fit en groupe. Le salon abritait deux causeuses en soie de ton or, incrustées de riches fleurs de velours bleues et roses, et des fauteuils de velours aux tons assortis. Sur un guéridon de bonne taille, une lampe, peinte à la main, trônait, solitaire. Dans un coin, tout au fond, un piano *Square Grand* richement sculpté. Un tapis de laine réchauffait le plancher de bois franc. Seules les tentures étaient un peu défraîchies. Ida et Rosie s'amuseraient durant l'hiver à corriger ce détail.

Ouvrant sur des portes françaises, la salle à manger pouvait accueillir douze convives assis. Un lustre descendait au milieu d'un médaillon de plâtre, au-dessus de la table recouverte de lin brodé finement. Sur une desserte, un service à thé en argent brillait.

Les murs du refuge de monsieur le juge soutenaient une bibliothèque où couraient des centaines de livres. Près de la fenêtre, un imposant bureau ministre surmonté d'un cylindre qui s'ouvrait et se fermait sur des dizaines de petits casiers secrets. Depuis cinquante ans, il en avait vu passer des misères humaines, des crimes plus ou moins sordides.

– Je prendrai quelques livres de loi avec moi et mon bon vieux copain. Savez-vous, il m'a accompagné durant toute ma carrière, depuis le jour où, jeune avocat, je m'étais permis cette fantaisie trop coûteuse pour mes moyens à l'époque. Je ne l'ai pas regretté. Il a bien gagné son argent.

La cuisine reluisait de cuivre bien astiqué. Une petite table, un peu grossière, pouvait servir lors d'un déjeuner pressé et pour les repas des serviteurs. Ce qui attira surtout l'attention de Rosie, ce fut l'immense solarium à l'arrière. Il était un peu à l'abandon, mais la future maîtresse de maison y voyait des possibilités énormes. Il offrait une vue sur l'étang de verdure qui coulait à l'extérieur. Elle voyait les meubles en rotin blanc dont elle le garnirait, avec un coin repas, juste pour elle et son amour. L'été, ils auraient une vue sur toutes ces fleurs qu'elle ne manquerait pas de planter. Une roseraie peut-être, avec un bassin pour les oiseaux. L'hiver, elle se ferait des coins de verdure qui lui rappelleraient la serre de Montréal.

– Monsieur Olivier, est-ce que je peux aménager ce lieu à ma façon? On peut l'habiter durant la saison froide aussi, je crois?

– Bien sûr! Autrefois Clara s'y plaisait beaucoup. Il est tout à vous.

Le moment de se mettre à table arriva sans que l'on ait vu le temps passer. Au souper monsieur le juge annonça solennellement :

– Ma lettre de démission est prête à porter. Je prends ma retraite. À soixante-dix-sept ans, je crois qu'il est grandement temps de laisser la place à des plus jeunes. Un peu de repos ne me fera pas de tort. Je caresse aussi l'idée d'écrire. J'ai quelques projets en tête.

– Vous allez me manquer, monsieur. Depuis mon arrivée dans le village, vous êtes inséparable du Palais de justice. Vous laisserez un grand vide.

– Bah! personne n'est irremplaçable. Ta belle Rose va t'occuper la cervelle si intensément, elle va combler toute ta vie. Puis, je ne serai que de l'autre côté de la porte, à la maison.

On trinqua à monsieur le juge!

Le repas expédié, on se mit en devoir de dresser la liste des invités. Mary observa :

– L'oncle James a suggéré de tenir la noce à Caledonia Springs, tout de suite après la fermeture de la saison. Il pense que ce serait du dernier romantisme. Qu'en dites-vous?

Ils répondirent tous en chœur, à l'exception de Daniel :

– Quelle suggestion intéressante!

– Papa, vous n'avez rien dit, souligna Rosie.

– Ma foi, si tout le monde est tellement enthousiasmé, j'en parlerai avec James pour voir si c'est réalisable. Nous ferons tout notre possible.

– Nous en ferons un événement mémorable, s'exclama monsieur Olivier avec fierté.

– Papa, quand vous êtes convaincu de la pertinence d'un projet, je sais que vous le menez à bien. Si vous, vous décidez que les noces auront lieu ici, tout sera en place pour le grand jour.

– Alors, je m'y engage, à condition de pouvoir inviter nos amis de Montréal.

Ida n'était pas vaniteuse de nature. Elle sentit pourtant un frémissement d'orgueil à la pensée que le mariage de son fils chéri revêterait un faste qui ferait rêver les filles de la région.

– Si on revenait à la liste des invités. Chacun inscrit sur sa feuille les noms des personnes qui lui sont chères. J'aimerais que l'on ne dépasse pas une centaine d'invités. L'oncle James aura sans doute quelques noms à ajouter. On s'y met, proposa Rosie.

On se sépara en deux groupes pour débuter. Sur un côté la famille O'Brien, de l'autre ceux de L'Orignal. Rosie n'écrivit que six noms : Margaret et William Linton, James Linton et son épouse et les parents de Margaret. Mary n'en inscrivit pas beaucoup plus : l'oncle James bien sûr, quelques membres de la parenté éloignée, deux amies et leurs époux. Daniel, lui, réfléchissait et transcrivait le produit de ses réflexions. Sa page se noircissait progressivement.

Monsieur Olivier voulait convier tous les gens de robe de L'Orignal, une couple d'anciens confrères à la magistrature et leurs épouses.

Ida et Michael n'avaient qu'une courte liste. Cousine Madeleine, le grand-oncle John d'Ottawa, monsieur Kenley, le gérant de l'hôtel. Comme monsieur le juge avait invité les principaux personnages de la cour, ils n'en ajoutèrent pas.

Tous avaient terminé, tandis que Daniel écrivait encore avec vigueur, consultant Mary de temps à autre.

– Je me limite, je me limite, croyez-moi. Nous ne devons pas commettre d'impair. Certaines personnes ont la rancune tenace quand elles ont été laissées de côté.

Finalement, on arriva à un consensus. Il restait encore quelques places, au cas où on aurait commis un oubli, ou pour les convives de James.

– Voilà un bon travail de terminé. Reste l'inquiétude d'avoir oublié un personnage important. Vous réviserez Mary, au besoin.

– Ne vous inquiétez pas, mon ami.

La bonne apporta des boissons chaudes. Rosie, encore faible, était totalement épuisée par sa journée. Michael fut le premier à s'en rendre compte.

– Ma pauvre chérie. Nous abusons de vos forces. Vous n'en pouvez plus.

– Je suis bien lasse en effet. Je crois que je vais aller dormir. Je vous prie de m'excuser.

Les voix continuèrent de bourdonner au rez-de-chaussée. Rosie mit un certain temps à sombrer dans le sommeil. Ce jour avait été un long rayon de soleil qui avait tout de même drainé ses forces. Par moments, elle avait cru ne pas pouvoir y arriver. Elle laissa le bonheur entrer par toutes les pores de sa peau, l'envahir complètement et s'endormit comme les bébés qui font risette dans leur sommeil.

Le lendemain, après la grand-messe, les pourparlers concernant l'organisation du mariage continuèrent. Les mères discutaient de leur toilette respective, les hommes de l'organisation matérielle, monsieur Olivier se faisant fort de réquisitionner toutes les voitures disponibles chez les voituriers, de Plantagenet à Hawkesbury, sans oublier celles du *Grand Hotel.* Il ne fallait pas tarder à réserver si l'on ne voulait pas être déçu.

Rosie disait qu'elle voulait des monceaux de fleurs à l'église, de la belle musique aussi.

– Margaret doit être de retour de voyage. Je désire qu'elle soit ma dame d'honneur. Je ne veux pas d'autre cortège. Ce sera un instant de paradis, l'amour sera palpable, les anges chanteront les plus exquises mélodies dans un jardin fleuri. C'est tout ce que je désire.

– Bon, c'est déjà pas mal, rétorqua Daniel, moqueur. Je me demande où nous irons quérir les anges. Je me débrouillerai, enfin je l'espère.

Il y eut un fou rire dans l'assemblée.

Dans l'après-midi, les amoureux allèrent marcher en bordure de la rivière. L'air était doux et calme. Ils contemplèrent l'onde qui glissait placidement.

– Tu vois, notre vie sera à l'image de cette eau. Elle glissera, parfois étale et lisse puis, à certains moments se gonflera, menaçante. Mais, à nous deux, nous saurons la contenir. Ce qui compte, c'est de ne faire qu'un, dans toutes les circonstances.

– Si nous l'oublions, nous reviendrons à cet endroit pour nous rappeler ces sages paroles. Comme je vous aime Michael, répéta Rosie.

– Moi aussi! J'ai un aveu à vous faire. Comme l'alliance est le signe extérieur de notre union, j'exige d'être le seul à en défrayer le coût. Je n'ai pas les moyens de vous offrir des diamants. Vous qui pouviez aspirer aux plus importants bijoux. Je suis désolé. Je vous promets de commander au bijoutier une exclusivité fabriquée de ses mains et qui ne vous fera pas honte.

– Michael! jamais, au grand jamais, je ne rougirai de vous. J'ai eu le choix et, choisir c'est aussi renoncer. J'avais un diamant de deux carats au doigt. Je l'ai remis sans un regret, avec soulagement même, puisque ce geste me délivrait d'une promesse impossible à tenir.

Ils revinrent en flânant. Le soleil égaré entre l'épaisseur des branches mettait des reflets d'or sur les cheveux de la jeune fille.

Restait à fixer la date du mariage. Pour cela, il faudrait consulter James Gouin afin de connaître le jour de la fermeture du *Grand Hotel*.

En rentrant à Montréal, Rosie trouva une carte de visite au nom de madame William Linton. Cela lui fit tout drôle. Elle écrivit un mot à la hâte, la priant de venir dîner le lendemain, si ses obligations le lui permettaient. *J'ai une surprise fantastique à partager. J'ai également besoin de toi. Fais vite si possible.*

Margaret débarqua chez les O'Brien à onze heures, le teint frais et la mine resplendissante. Les deux amies se firent la bise, contentes de se retrouver

– Le mariage te va bien, Margaret.

– William est un homme délicat et attentionné. Je jouirai de mon libre arbitre, en tous les cas bien davantage que beaucoup de femmes de notre époque. J'ai l'intention d'en profiter autant que possible. Je me sens bien. Et toi?

Rosie l'entraîna vers la serre, qui avait entendu tant de confidences depuis leur jeune âge. La future épousée déclara tout de go :

– Je me marie!

– Vrai! Avec Michael? Ton père a consenti...

– Oh! il y a eu des drames ici pendant ton absence. Pour l'instant, je préfère passer ces événements sous silence. Je te raconterai plus tard. Maintenant je suis trop heureuse, trop surexcitée. Monsieur Olivier, tu sais celui pour qui Michael travaillait, nous lègue sa maison. Il ne garde que l'usufruit de trois pièces et d'une chambre de bonne. C'est une demeure exquise. Je peux l'organiser à mon goût. Tu te rends compte. Et mon père me dote. Je serai la petite bourgeoise de L'Orignal. Ton mari et toi pourrez venir nous visiter. J'ai des chambres d'amis tout confort.

— Un vrai moulin à parole, dis donc. Tu te maries quand et où?

— Tout de suite après la fermeture du *Grand Hotel*. Mon grand-oncle James veut organiser la réception.

— Tu renonces à une cérémonie à Montréal?

— Ce sera plus beau là-bas. Tu verras. Acceptes-tu d'être ma dame d'honneur? Il n'y aura que toi. Je ne veux pas de cortège.

— Oui, bien sûr. J'en parlerai à William, pour la forme seulement.

— Si tu es d'accord, nous irons magasiner vendredi, avec maman. Les mères ont choisi d'un commun accord de se vêtir de la couleur des feuilles qui se dorent en automne. Pour toi, j'aimerais du bleu roi. Est-ce que ça te va?

— Tout pour te plaire ma chère. Tu me sembles bien préoccupée de chiffons, toi l'amoureuse éthérée.

— L'un n'empêche pas l'autre. Je souhaite que l'harmonie extérieure soit à la mesure de mon euphorie intérieure. Tiens, ma félicité est si grande que j'embrasserais les passants dans la rue. Je me retiens bien sûr.

Elles éclatèrent d'un grand rire.

Le mercredi, l'oncle James arriva de Québec et monsieur Olivier de L'Orignal. Ils s'enfermèrent dans le bureau avec Daniel pour préparer des surprises, selon leurs dires. Les femmes étaient bien intriguées. Tout ce qu'elles apprirent, c'est que le bal de fermeture avait lieu le samedi 10 octobre.

— Il sera précédé d'un cocktail offert par le Canadien Pacifique pour l'inauguration officielle de la nouvelle gare. Les trains sont sur le point de circuler en ce moment, si ce n'est déjà fait. La compagnie profite de l'affluence du bal pour souligner l'événement. Ma Rose, vous préférez vous marier mardi le 13 ou mercredi le 14? demanda James.

— Hum! ne dit-on pas que le 13 porte malheur? questionna Mary.

— Ce sont des balivernes auxquelles je ne crois pas, rétorqua Rosie.

— N'empêche!

— Il faudrait consulter Michael et Ida, de toute façon, ajouta Daniel.

— C'est vrai. Envoyons tout de suite un message.

— Il y a un autre problème. Nous en sommes venus à la conclusion que la cérémonie religieuse devrait se tenir à trois heures de l'après-midi. Ça, ce n'est pas gagné d'avance. J'ai rencontré monseigneur Duhamel à quelques reprises chez un confrère dont il est un parent éloigné. Je veux bien tenter ma chance, car il est presque certain que la permission devra être donnée par l'archevêché. Je suis le mieux placé pour cette tâche, émit Louis Olivier.

— Si vous ajoutiez un don important pour ses bonnes œuvres, l'argent n'est jamais de refus. « Je vous remettrai un chèque en blanc », sourit Daniel.

— Il faut absolument réussir, conclut James, trépignant d'impatience.

– À ce moment-là, j'offrirai un vin d'honneur à ma résidence, avant le départ pour Caledonia Springs. J'espère que les ouvriers auront fini les travaux dans mon appartement. Il y a de la poussière qui s'infiltre partout. Nous devrons effectuer un nettoyage en profondeur. Je veux que tout brille.

– Est-ce que je peux décorer le solarium alors? s'enquit Rosie.

– Où trouveras-tu le temps? s'interposa Mary.

– Madame Keough m'aidera. Rien n'est impossible.

La maison connaissait une effervescence oubliée depuis bien longtemps. La vie, comme la sève au printemps, coulait d'abondance.

En fin de journée, une dépêche arriva de L'Orignal. Michael avait une préférence pour le 14 octobre. Il savait que sa mère et sa cousine Madeleine étaient superstitieuses.

James Gouin consulta la liste des invités. Il y ajouta le nom de son partenaire d'affaires dans l'aventure Caledonia Springs, le capitaine Bowie et sa compagne. Il vérifia si Michael avait pensé à John Kenley et fut satisfait de constater que ce dernier n'avait pas été oublié.

Les trois hommes avaient des allures de conspirateurs. Mary était franchement étonnée de voir son mari affable et souriant, visiblement ravi de s'impliquer à fond dans des détails qu'en d'autres temps il considérait comme futiles, tout juste dignes des femmes. Ils étaient maintenant tributaires de la réponse du curé Bérubé, mais plus probablement de monseigneur l'archevêque. Cet état de choses, en hommes habitués à commander, les mettait en rogne.

Monsieur le juge regagna L'Orignal pendant que l'oncle demeurait à Montréal.

Le vendredi matin, Rosie se leva en même temps que le soleil qui sortit avec effort d'un voile de brume. Elle porta un soin particulier à sa toilette. Quelle jeune fille n'a pas rêvé un jour d'une robe de mariée? Pour Rosie, c'était le symbole, la clef qui allait lui ouvrir la porte d'une vie partagée avec l'homme dont elle était si passionnément éprise.

Au déjeuner, son père lui dit avec émotion :

– Ma Rose, j'essaie de réparer mes torts. Je n'ai pas beaucoup de mérite car j'y trouve du plaisir. Ta robe, tu la choisis exactement à ton goût. Tu ne regardes même pas le prix. Tu ne me croiras pas si je te dis que je ne tiens pas à épater la galerie. Je désire simplement que tu sois contente, qu'à tes yeux, elle soit unique.

– Papa, vous souvenez-vous de ces surprises merveilleuses que vous rapportiez pour moi quand j'étais enfant? Aujourd'hui, je suis redevenue votre petite d'autrefois.

Elle frotta sa joue sur la barbe piquante et lui donna un baiser sur le front. En cet instant, elle comprit pourquoi il avait été si difficile d'envisager une rupture avec son père.

Elles partirent toutes les trois, comme des enfants qui font l'école buissonnière, conduites par le cocher qui devrait exercer sa patience. Elles passèrent au rayon des robes de mariées chez *Morgan's*. Rose revêtit quelques modèles qu'elle trouva ou trop élaborés ou trop chargés. Non, vraiment, aucune ne lui convenait. Mary, pour sa part, avait choisi la sienne, ainsi que le chapeau assorti. Elle était satisfaite.

Depuis quelques années, de chic petites boutiques spécialisées avaient poussé à l'intérieur ou dans le pourtour du *Golden Square Mile*, car l'industrie du mariage, aussi bien que celle du deuil, étaient des domaines lucratifs. Elles en dénichèrent une, puis deux, puis trois. En entrant dans *Belle du jour*, elles firent face à un mannequin qui exhibait une tenue vraiment différente et sans époque.

– Ah! voilà ce que je veux. mademoiselle, elle me plaît beaucoup. Est-ce possible de l'essayer?

– Mademoiselle a bon goût. La patronne est allée en France au mois d'août. Elle en a rapporté deux robes exquises, dont celle que vous voyez. L'autre a déjà trouvé preneuse. C'est si rare à Montréal, les confections européennes.

La vendeuse s'empressait. La robe de Chantigny, arachnéenne, glissa comme un gant, sur le corps souple. Pendant que l'employée fermait la multitude de boutons délicats dans son dos, Rosie admirait la coupe en corolles de la dentelle, taillée de longueurs différentes de façon à donner l'impression d'une fleur qui balayait le sol à l'arrière. Le haut était strict, fermé par un col baleiné. Quand elle sortit du cabinet d'essayage, l'air radieux, Mary et Margaret s'exclamèrent :

– Oh! comme elle te va bien!

– N'est-ce pas? Michael me trouvera ravissante. Ce sera le plus beau jour de ma vie.

Quand elle s'informa du prix, un nuage passa sur ses yeux. Elle avait opté pour une vie simple et voilà qu'elle choisissait une toilette hors de prix. C'était un paradoxe inacceptable.

– Je crois que c'est trop cher, maman.

– Qu'est-ce que ton père a dit ce matin? Il sera fâché que tu ne la prennes pas.

– Vous savez madame, les importations se payent. Je suis convaincue que dans ce quartier, elle partira en un rien de temps. Les gens ont les moyens.

Mary se sentit vexée. Il y avait une pointe de condescendance chez la marchande.

– Justement, nous habitons parmi ces gens. C'est juste que ma fille a des scrupules. Elle a toujours été raisonnable. Allez, mettez-la dans un carton et n'en parlons plus.

– Vous croyez maman?

– J'en suis certaine!

Margaret furetait maintenant pour trouver quelque chose de seyant. Il lui répugnait un peu d'encourager cette commis qui les avait snobées. Elle dénicha pourtant, ce qu'elle voulait, taffetas et col en pointe sur un léger décolleté en dentelles de Bruges. Le marché fut conclu. Elles rentrèrent exténuées. Daniel, qui décidément travaillait moins ces derniers temps s'exclama en les voyant:

– Vous avez dévalisé les boutiques ou quoi?

– Presque... répondit Mary.

– Quelle mine tu fais Rosie? On dirait que tu te sens coupable?

– Je l'aime tant papa. Je crois bien que c'était parmi les plus chères. Ce n'est pas sage...

– Tu l'aimes... alors tu n'as fait que m'obéir. C'est bien... ça ne t'arrive pas très souvent.

– Vous la verrez seulement le 14 octobre. Surprise! Elle en rêva durant la nuit.

À L'Orignal, monsieur le curé Bérubé avait déclaré qu'il avait tout juste le temps nécessaire à la publication des bans et qu'il n'avait pas l'autorité pour bénir un mariage à une heure aussi inconvenante. Les participants à l'office seraient privés de la Sainte Communion.

Non, il lui fallait la permission de l'évêque. Monsieur le juge prit donc le chemin d'Ottawa. Son confrère avait réussi à leur obtenir une audience avec son Éminence, à l'heure du déjeuner, qu'ils prendraient les trois à la même table. Monsieur Olivier fit valoir l'attachement paternel qu'il vouait à Michael. Les pourparlers furent âpres.

– Donnez-moi une seule raison valable pour déroger ainsi au rite de notre sainte mère l'Église? tonna le prélat. D'autant plus que le curé devra être à jeun au moins six heures à l'avance.

Il fallait répondre vite et bien. Surtout ne pas parler de bal ou de danse, cette invention de Satan. Heureusement, son expérience d'avocat l'avait habitué à ces situations :

– Vous connaissez le *Grand Hotel* de Caledonia Springs. Vous vous souvenez, en 1882, monseigneur Clary, évêque de Kingston, y avait fait une cure. Vous aviez chanté une messe pontificale en sa compagnie à L'Orignal. Or, le *Grand Hotel* appartient au grand-oncle de la mariée, un vieil homme assez solitaire de Québec qui voudrait y offrir un souper de gala en l'honneur de sa nièce. Il pense que les invités seraient beaucoup plus à l'aise, à cause de la distance à parcourir, avec une cérémonie dans l'après-midi. D'ailleurs, la famille, pour votre dérangement, est prête à souscrire un montant intéressant à vos bonnes œuvres, que vous soutenez avec tant de charité chrétienne.

– Évidemment, une fois n'est pas coutume... Il faudrait cependant que les mariés et leurs témoins assistent à la messe de sept ou huit heures, je ne connais pas l'horaire, et communient. Il faut s'assurer que les futurs époux soient en état de grâce.

– Dieu est grand monseigneur, qui permet une telle joie à deux vieillards de réaliser une bonne action, grâce à votre magnanimité.

Puis il sortit le carnet de chèques. Son confrère s'étouffait dans son col rigide, afin de ne pas rire.

Donc victoire! Leur plan allait fonctionner. Vite, avertir James qu'il pouvait procéder à l'organisation de la fête. Désormais les cartons d'invitation pouvaient être imprimés.

Monsieur et Madame Daniel O'Brien
ont l'honneur de vous faire part
du mariage de leur fille Rose
avec Monsieur Michael Keough
fils de feu Samuel et de Madame Ida Keough

La bénédiction nuptiale leur sera donnée
en l'église Saint-Jean-Baptiste de L'Orignal, Ontario
le mercredi 14 octobre 1896 à 3 heures p.m.

Un vin d'honneur suivra la cérémonie à la résidence de
Monsieur le Juge Louis-Adolphe Olivier.

Un souper sera offert au Grand Hotel
de Caledonia Springs
suivi d'un grand bal.

Pour ceux qui le désirent, l'hébergement
vous est offert gratuitement les 13 et 14 octobre.

R.S.V.P. avant le 6 octobre 1896

CALEDONIA SPRINGS HOTEL,
CALEDONIA SPRINGS, ONT.

On avait utilisé les enveloppes portant le sceau du *Grand Hotel*. Il était si harmonieux. Il faisait classe. Monsieur Gouin avait été flatté de cette délicatesse. Les amoureux, très occupés, s'écrivaient de brefs messages par télégrammes tous les jours. Ils avaient convenu que Michael ne viendrait qu'une seule fois à Montréal avant le mariage. Rose voulait son aval quand elle aurait sélectionné l'ameublement de leur future chambre à coucher.

– Ce sera notre paradis, c'est à deux que l'on choisit.

Maintenant que cette corvée importante était expédiée, Rosie se mit en quête du ménage dont elle avait besoin. Les meubles en rotin blanc, causeuses, fauteuils, petite table ronde accompagnée de deux chaises, supports à fougères furent faciles à trouver. Elle choisit du tissu à fleurs bleues pour les différents coussins. Elle paya, donna ordre de les expédier à la gare de Caledonia Springs par fret. Quelques tapis nattés complèteraient l'ensemble. Michael allait peindre le plancher et Ida garnirait le haut des fenêtres d'un volant de dentelle bon marché pour compléter le décor.

Chacun s'activait avec ardeur, tout le monde faisait sa part. Ce jour-là, Rosie et Mary s'étaient arrêtées devant la boutique d'un antiquaire qui recevait souvent des meubles des États-Unis, parfois même d'Europe. Il était reconnu pour les belles pièces qu'il tenait en magasin. Il avait par conséquent une clientèle triée sur le volet. Elles descendaient de voiture, quand deux dames de leurs connaissances, vêtues de noir comme des corbeaux, les saluèrent.

– Bonjours chères amies. Nous sommes surprises de vous rencontrer ici. Une relation de madame Linton mère nous a mises au courant au sujet de Rosie. Il paraît qu'elle épouse un petit clerc de la campagne. Un mariage sans doute dans l'intimité, puisque nous n'avons pas été invitées.

– Oh! une intimité toute relative, puisqu'il y aura une centaine de personnes. La réception aura lieu au *Grand Hotel* à Caledonia Springs, un centre hydrothermal cinq étoiles. Il y aura un bal somptueux en soirée, glissa Rosie avec l'envie de mordre.

– Vous savez la campagne a ses charmes. Ma fille habitera une maison de treize pièces, tout près de la rivière des Outaouais. Elle a laissé parler son cœur, je l'approuve, mon mari aussi. Vous aurez sans doute l'occasion de connaître son futur époux puisqu'ils participeront à certaines fêtes à Montréal. Vous serez étonnées de constater comment il sait briller dans le grand monde, autant par sa beauté que par ses belles manières et sa politesse. Au revoir chères dames, ma fille et moi sommes pressées.

Après qu'elles se furent éloignées, Rosie grinça :
– Les chipies!

– Rosie, calme-toi. Ton choix ne peut pas faire l'unanimité dans notre monde. Il faut que tu l'assumes. Tu seras en butte à des commentaires hostiles, on te bannira même de certaines réceptions, par mesquinerie ou étroitesse d'esprit.

– Mère, vous savez comment me ramener à la réalité. Ces gens-là ne méritent pas mes regrets. Je ne les laisserai pas écorcher mon bonheur. Les snobs, je n'ai jamais pu les supporter.

Elles passèrent en revue le contenu de la boutique sous l'œil bon enfant du propriétaire. Dans une pièce à part, il leur montra des meubles en acajou, arrivés dernièrement du sud des États-Unis. L'armoire à glace, à quatre portes, dont deux entièrement en miroir, séduisit Rosie. Une table de toilette agrémentée d'une psyché, une tête de lit qui culminait en une pointe sculptée, un bureau pour monsieur trapu. Rosie fit mesurer le tout pour être certaine que l'ameublement trouverait place dans la chambre.

– Monsieur, ces meubles doivent être transportés à L'Orignal. Il faudra un emballage spécial pour ne pas les abîmer.

– Ma petite, ils sont venus sans dommages d'une distance beaucoup plus considérable. Je crois qu'ils ont appartenu à des planteurs de coton, qui peu à peu ont été complètement ruinés. Croyez-moi, ils en ont vu d'autres.

– Vous pouvez me les garder jusqu'à samedi, mon fiancé voudrait donner son avis? Je suis certaine qu'il les aimera.

Le marchand hésita. Devant l'enthousiasme et la gentillesse de sa cliente, il accepta. D'ailleurs n'avait-elle pas mentionné qu'elle avait d'autres achats à effectuer?

Il était fort probable que s'il l'accommodait, elle prendrait le reste chez lui. Pour compléter le mobilier de sa chambre, elle se procura deux petites chaises dont les sièges étaient recouverts d'une tapisserie faite à la main, une table ronde peu encombrante, au pied central orné d'une boule sculptée d'où sortaient trois pattes recourbées. Une lampe à l'huile ventrue couleur perle, son globe décoré de danseurs.

– Je n'ai rien oublié maman?

– Je ne pense pas. Les planchers sont en bois. L'hiver sera là bientôt. Tu ne trouveras pas ça froid, au lever le matin? De toute façon, monsieur n'a probablement pas ce qu'il te faudrait en magasin.

– Si fait mesdames. J'ai un fournisseur de peaux de moutons et de chèvres qui m'approvisionne. Elles sont rangées dans l'arrière-boutique. Il y fait un peu frais. C'est plus encombré aussi. Voulez-vous les voir? Elles sont de très bonne qualité.

– Le poil soyeux des peaux de chèvres donnerait l'impression de marcher sur un nuage. De quoi se lever du bon pied quoi!

Elle en prit deux.

En entrant, Rosie avait remarqué un miroir biseauté d'une quarantaine de pouces de hauteur, surmonté d'un trumeau montrant des amoureux dans un jardin à l'époque de Louis XIV. À chacun de ses déplacements dans la boutique, ses yeux revenaient sans cesse au miroir qui lui renvoyait son image. C'était comme un appel. En passant devant, Rosie s'arrêta.

– J'ai envie de le joindre à ma commande. Je trouverai sûrement une place pour le mettre en valeur. Ne ris pas de moi, c'est le premier élément que j'ai vu en entrant. On dirait qu'il cherche à refléter des visages heureux.

– Tu es drôle, je pense que c'est plutôt le contraire. C'est toi qui veux y contempler ton bonheur. C'est une belle pièce. Prends-le et sortons d'ici. Si ça continue, tu rempliras un wagon de train.

Il n'y avait plus que les dernières instructions à donner à la couturière et le chaud cocon de leur chambre serait complété. Les rideaux de dentelle écrue et le jupon de lit étaient finis. Restaient la douillette, le traversin garni de glands, les draperies et les deux cantonnières. Débordée, l'ouvrière avait engagé deux jeunes aides. Pour ajouter de la couleur, on allait mêler le crème à une palette de rouille assez pâle. Rosie ferme les yeux et voit cet endroit où tous les gestes de l'amour seront permis. Plus de retenue, de convenances, de crainte d'être surpris. Anticiper ce bonheur c'est déjà y goûter. Elle eut une pensée pour toutes ces filles, mariées sans amour, qui redoutaient les mains de l'homme posées sur elle comme la plus terrible des menaces. Elle les plaignit de tout son cœur. Elle était une privilégiée, quoi que les commères puissent penser ou dire.

Dans le grenier de sa mère, elle a découvert une peinture couverte de poussière représentant Psyché et Éros. À l'époque, on l'avait trouvée trop osée. Elle l'a nettoyée soigneusement. La mythologie lui a appris que Psyché signifie papillon ou âme et qu'Éros est amour. Psyché obtient, après bien des tourments, l'immortalité unie à l'amour. Ce cadre sera le symbole de leur lutte et de leur passion victorieuse.

À L'Orignal et à Caledonia Springs, on ne chômait pas non plus. Ida avait confectionné sa toilette elle-même. Son chapeau à plumes d'autruche lui seyait particulièrement bien. Elle ne dormait que quelques heures par nuit. Certains jours, Madeleine venait la remplacer au bureau de poste.

L'organisation de la verrière avait demandé du temps. Les meubles étaient arrivés avec une rapidité surprenante. Le solarium avait subi une cure de jouvence qui plaisait à l'œil. Même les fougères, prises au *Grand Hotel,* étaient en place. Lors du vin d'honneur, un certain nombre d'invités pourraient s'y réfugier dans un décor chaleureux.

De l'autre côté de l'escalier, les marteaux des ouvriers cognaient en cadence. Puis, ce furent les odeurs de peinture et de vernis âcres et désagréables qui se faufilaient sous la porte et envahissaient la maison. La bonne, déjà bien âgée, ne savait plus où donner de la tête. Elle se lamentait sur le grand nettoyage qu'il y aurait à faire.

– La poussière, ça court vite et ça s'incruste.

– Ne vous en faites pas. J'embaucherai quelqu'un pour vous aider.

– Justement, ma petite-nièce serait d'accord pour venir, j'en suis certaine. Même que si la jeune dame désire quelqu'un pour la servir, ça lui plairait bien. Berthe est vaillante à l'ouvrage, excellente cuisinière, toujours de bonne humeur. Elle a vingt ans. Je pourrais la former un peu. Il me semble que deux jeunesses ensemble, ce serait plus gai, même si l'une est la maîtresse. Elle a l'air si gentille, cette Rosie.

– Nous lui en parlerons. Je trouve l'idée intéressante.

– Cette pauvre madame Clara, vous et moi, nous avons vieilli ensemble. Les vieux avec les vieux, les jeunes avec les jeunes, c'est comme ça que je vois la vie.

Monsieur Olivier ne répliqua rien. Cela avait un certain sens. Lui, il aimait bien la compagnie des gens encore pleins de vivacité, d'illusions et de rêves. Rosie et Michael étaient des rayons de soleil qui réchauffaient son cœur usé.

Michael, bien que pris dans le tourbillon des préparatifs, avait établi sa priorité : l'alliance, cet anneau
qui clamerait que Rosie était sa femme. Il était allé voir
le bijoutier à Vankleek Hill. Il lui avait expliqué qu'il
voulait une pièce unique. Il avait fait un dessin : un cercle
d'or jaune, entrelacé d'or blanc incrusté de marcassites.
Il regrettait beaucoup de ne pas pouvoir y mettre des diamants, trop chers pour sa bourse. L'artisan examina les
esquisses. La pièce serait difficile à réaliser. C'était un
défi. Soudain, il questionna :

— Est-ce vous qui épousez la riche héritière? Les
clients sont parfois légèrement bavards. Votre histoire
intéresse les gens.

— Oui, c'est moi. Si vous saviez, c'est beaucoup
plus romantique qu'un vulgaire mariage d'intérêt. Rose
O'Brien est une perle, un cadeau tombé du ciel.

— Eh bien! mon cher, vous êtes entiché de la belle.
Pour une personne aussi exceptionnelle, je tâcherai de
réaliser le chef-d'œuvre de ma vie. Quand les épousailles
auront-elles lieu?

— Le 14 octobre.

L'autre lança un sifflement.

— Ouais! Pas de temps de trop, hein?

— Non, en effet. Pouvez-vous me dire le prix?

— Pas plus que vingt dollars.

— Marché conclu. Je viendrai vous présenter ma Rose
un peu plus tard. Vous comprendrez.

À Caledonia Springs, en plus du bal de fermeture
de la saison au *Grand Hotel* qui occupait toujours intensément monsieur Kenley, il y avait l'absence de Michael à
son poste qui occasionnait souvent des maux de tête
supplémentaires. Puis, l'arrivée impromptue de James
Gouin qui parlait avec grandiloquence de l'organisation

d'une réception extravagante pour le 14 octobre, «la plus somptueuse que vous ayez jamais vue, mon cher ami. »

Des employés sillonnaient la campagne, à Plantagenet, Alfred et Hawkesbury, afin de louer des voitures pour l'événement. La consigne était claire : toutes les voitures de passagers, berlines, bogheis, calèches, victorias, landaus, étaient acceptables à une condition expresse. Toutes devaient être en parfait état. Elles devraient être amenées fraîchement nettoyées, au plus tard le 13 en soirée au *Grand Hotel*. Les envoyés devaient noter ou faire noter s'ils ne savaient pas écrire, le nombre de véhicules, le prix de location, et un détail qui intriguait tout le monde : combien de ces véhicules étaient munis de lampions.

Monsieur Gouin déplaçait beaucoup d'air. Il avait dessiné un plan de la salle, commandé une quantité étonnante de fleurs, établi un programme musical avec les musiciens, convoqué toutes les femmes de chambre et les messagers à une réunion. Ça n'en finissait plus et John Kenley commençait à trouver, en silence évidemment, que le patron nuisait à l'efficacité de son travail.

Le temps pressait tout le monde. Il se rétrécissait à plaisir, d'une façon maligne. Puis, Michael arriva chez les O'Brien, heureux de retrouver son amour, bien que son carnet débordât de démarches à accomplir. Il s'extasia devant l'ameublement que Rosie avait choisi.

– Nous y serons heureux et libres. Notre chambre sera notre havre. Des fois, il me semble que je rêve, que c'est trop beau pour être vrai.

Ils s'embrassèrent furtivement, se croyant à l'abri des regards. L'antiquaire, qui les avait vus, s'était contenté de sourire dans sa barbe. Il les trouvait attendrissants. «J'en ai jamais vu des pareils. C'est beau la jeunesse tout de même. » Avant leur départ il leur offrit ses vœux de bonheur.

Rosie rentra à la maison, pendant que Michael rejoignait Daniel, pour se procurer les derniers accessoires nécessaires à sa toilette.

Le dimanche se passa en famille. Pour Rosie, c'était le dernier dans la demeure de ses parents. Certes, elle éprouvait un brin de nostalgie. Elle refermait les pages d'une jeunesse exceptionnelle. Son désir de mordre dans l'avenir à belles dents était immense. Là-bas était leur roman à tous deux. Ils y écriraient leur livre d'images et, lorsqu'ils seraient vieux, ils reliraient les plus belles pages. La maison paternelle, elle y reviendrait souvent. Sa fille ou son garçon, ferait retentir le grand escalier de son rire cristallin et ferait revivre le temps de son enfance. Le cycle des saisons de la vie !

Le samedi, 10 octobre, les O'Brien se mirent en route pour L'Orignal. Eugénie avait été invitée au mariage. Elle voyagerait avec Margaret et ses parents. Elle essuya, du coin de son tablier, ses yeux mouillés. Cette petite, elle l'avait vue grandir. Elle sentit le poids de l'âge sur ses épaules. Les bagages étaient si nombreux qu'il fallut deux voitures pour les conduire à la gare. La hantise de chacun était de ne rien oublier. Soudain, Rosie s'écria :

– Ma bague, ma bague de grand-maman ! Je monte la chercher. Je veux absolument la porter le jour du mariage.

Elle redescendit, effarée :

– Ma bague n'est plus dans son écrin. Je ne comprends pas.

– Toi, c'est difficile de te faire une surprise ! J'ai apporté ta bague chez le joaillier. Tu voulais juste des boucles d'oreilles pour ton mariage. J'en ai fait fabriquer assorties à cette bague. Je ne voulais pas te le dire. Fouineuse va ! J'aurais dû penser à remettre la bague à sa place. J'ai le tout bien en sécurité et tu ne verras rien avant mercredi.

— Cher papa !

— Bon allons-y. Nous allons rater le départ du train.

Daniel O'Brien avait voulu louer des chambres à l'hôtel. Encore une fois, monsieur Olivier avait refusé. Il eut néanmoins un moment de désarroi en voyant le monceau de housses, de boîtes, de colis de toutes sortes qui encombraient une voiture entière.

Rosie fit la connaissance de Berthe, qui achevait de récurer le plancher de la grande chambre qui avait été celle de Clara et de Louis-Adolphe. Le sol brillait comme un sous neuf.

— Bonjour m'dame. Je m'appelle Berthe.

— Je suis Rosie, la future épouse de Michael Keough.

— Je vous avais reconnue à votre grande beauté, fit Berthe en baissant les yeux.

C'était une fille robuste mais agréable à regarder, avec son teint frais, ses joues rondes et ses nattes soyeuses. Elle avait le regard franc sans être déplacé. Elle plut à Rosie.

— M'dame, si jamais vous cherchez une bonne, je serais heureuse de vous servir. La servante de monsieur Olivier est ma parente. Elle me donnerait des références et s'offre pour me former selon vos exigences.

— J'en parle à mon mari tout de suite après la noce. Je vous donnerai une réponse. En tout cas, vous savez faire reluire un plancher. Vous me plaisez.

— Merci m'dame. Je viendrai vous admirer à la sortie de l'église mercredi. C'est beau l'amour.

Elle salua et sortit.

Les meubles arrivèrent seulement le lundi. Ce fut un véritable cauchemar de hisser la grande armoire à l'étage. On s'y mit à cinq hommes costauds. Un moment, on crut qu'on n'y arriverait jamais. Enfin, quand tout fut placé, la brave Berthe s'activa à remettre de l'ordre, à faire le lit en un tournemain. Michael posait les rideaux sous l'œil attentif de sa mère.

À l'heure où la noirceur se pointe, un vilain crachin s'était mis à tomber et la brume avait envahi le village. Monsieur Olivier sortit pour aller fermer une barrière restée ouverte dans tout le brouhaha. Il avait négligé de mettre ses souliers. Il avait gardé ses vieilles pantoufles si confortables. La galerie était mouillée, il glissa et fit une vilaine chute en bas des deux marches. Il sentit une douleur à la tête et au postérieur. Il essaya d'appeler à l'aide. Il en fut incapable tellement il était étourdi. Quelques minutes s'écoulèrent, qui lui parurent une éternité, avant que Michael le découvre.

– Mon Dieu! monsieur Olivier. Que vous arrive-t-il? Ne bougez pas.

Michael descendit l'escalier et se pencha pour mieux voir. Le vieil homme s'agrippa à lui de toutes ses forces et, d'un effort extrême, réussit à se mettre sur ses jambes. Michael passa le bras du blessé autour de son cou et, clopin-clopant, réussit à le ramener dans la maison où il s'effondra lourdement sur la chaise portemanteau. Avec l'aide de Daniel, ils l'installèrent plus confortablement dans un fauteuil du salon. Il finit par recouvrer l'usage de la parole.

– Ça ne sera rien. Ça m'a tout de même donné un sacré coup.

– Nous envoyons quérir le docteur Smith tout de suite. Vous êtes-vous frappé la tête?

– Non, non! Je me suis frappé très fort par exemple. Pas besoin de déranger le médecin pour si peu. J'aurai les fesses bleues pour le mariage. Sous mes vêtements, personne ne s'en doutera.

On n'écouta pas ses protestations et, tard dans la soirée, le docteur Smith était à son chevet. Il lui examina la boîte crânienne, fit faire différents mouvements de la tête.

– Ressentez-vous des étourdissements, des vertiges, des nausées?

– Plus maintenant. Sur le coup, j'étais ébranlé. J'ai juste un peu la migraine.

Ses hanches semblaient intactes. Le médecin paraissait tout de même sur ses gardes. Il se rappelait madame Clara. Son patient, vu son âge avancé était plus vulnérable. Il laissa une fiole dont le contenu devait être dilué dans de l'eau.

– Si vous avez des vomissements, il faudra m'appeler immédiatement.

Michael et Rosie se regardèrent consternés. Il était impensable que leur mariage ait lieu sans lui. Il avait tant fait pour eux.

Le docteur repartit dans la nuit noire, peu accueillante et humide. Ainsi était le destin des praticiens à la campagne.

Monsieur Olivier passa une nuit agitée sans complications, sous l'œil vigilant de la servante qui vérifiait régulièrement son état. Le lendemain, il était courbaturé, un peu plus voûté qu'à l'habitude. Finalement l'accident n'avait laissé qu'un postérieur bleuissant, plus de peur que de mal.

À l'aube, les averses nocturnes s'étaient espacées, avant de cesser complètement en avant-midi. Le soleil, d'un grand coup de torchon, avait lavé le ciel et aspirait activement les flaques laissées par la pluie.

En fin d'après-midi, un messager du *Grand Hotel* apporta un paquet fragile à l'intention de Rosie. Elle ne voulut divulguer le contenu du colis à personne, sauf à sa mère qui s'enferma avec elle munie de fil et de ciseaux.

Puis, le village s'anima. Des voitures de tous genres firent leur apparition. Certaines s'arrêtaient à l'*Ottawa Hotel*, d'autres à l'*Ontario Hotel* ou encore à l'*Orignal Hotel*. Les cochers improvisés garaient bogheis, landaus et berlines, dételaient les chevaux qu'ils mettaient à l'abri dans les écuries. Puis, après avoir pris un verre, ils remontaient dans l'une des deux charrettes qui les attendaient. Les enfants du village, surexcités par ce va-et-vient inhabituel, échappaient à la vigilance de leurs parents, curieux de voir de leurs propres yeux un spectacle auquel ils n'avaient jamais assisté.

– C'est demain que la belle demoiselle se marie? demandaient certaines fillettes, rêveuses.

Quand Michael quitta la maison ce soir-là, il murmura à Rosie :

– C'est la dernière fois. Demain, nous serons ensemble pour la vie.

Il l'embrassa aussi doucement que le frôlement de l'aile de l'alouette.

Ils avaient bravé le sort selon lequel ça porte malchance quand les futurs se voient la veille de leur mariage.

Le matin du 14 octobre, Rosie était debout avant le soleil. Peu à peu, les étoiles s'éteignirent et le ciel s'éclaira progressivement comme sous le pinceau d'un peintre, jetant une clarté dorée sur le paysage teinté de vermillon, de lie-de-vin, d'ocre et de vert sombre. La température s'annonçait claire et tiède. Le miracle de l'été des Indiens, ce court répit qui nous leurre avec tendresse en nous laissant croire que la froidure est encore loin.

La jeune fille se sentait agitée et impatiente à la fois. Son cœur palpitait. Elle respirait lentement et se répétait : « C'est le plus beau jour de ma vie. Pourquoi m'énerver ainsi? » Pour se calmer, elle fit sa toilette et revêtit un simple tailleur de fin lainage beige, gansé de noir. Elle rejoignit ses parents et monsieur Olivier qui l'attendaient en bas pour la messe matinale prescrite par l'évêque. Michael, accompagné de sa mère, vint les rejoindre, tout fringant :

– Vous vous rendez compte? Aujourd'hui, j'entends de la musique partout, dans le vent, dans le battement d'aile d'un oiseau, dans le soleil qui brille. C'est la chanson du bonheur. J'épouse ma Rose.

La messe, bien que brève, leur parut longue. Les futurs s'embrassèrent sur le trottoir, les yeux noyés d'émotion.

– Vous êtes heureuse ma mie?

– Tellement! Il y a une marée lumineuse à l'intérieur de moi qui éclabousse tout ce qui m'entoure. Cet après-midi, nous nous ferons mutuellement le plus précieux cadeau du monde : ma vie en échange de la vôtre.

Rosie fut bientôt happée par le tourbillon des préparatifs de dernière heure. D'abord confiée aux mains expertes de la coiffeuse du *Grand Hotel*, elle avait insisté pour avoir une coiffure peu sévère. On la maquilla légèrement. On l'enserra dans son corset, la parfuma. Maintenant bien apprêtée, sa mère posa sur sa tête une couronne de boutons de roses qui retenait un voile d'une extrême simplicité, très plissé, afin de lui donner du volume. Mary tendit à Rosie les perles roses, cadeau de son père.

– Ma petite, c'est aujourd'hui que tu prends ton existence en main. Fais-en bon usage. Je serai toujours là pour toi. J'ai compris très tôt la grandeur de votre amour, à toi et à Michael. Je t'aimais assez pour te donner le choix. Va maintenant.

Mary avait le cœur gros. Elle avait pris sa fille par la main pour la conduire vers l'avenir. À partir d'aujourd'hui, elle ne lui appartenait plus.

Daniel eut le souffle coupé lorsqu'il vit sa fille entrer dans le salon. Aujourd'hui, il ne regrettait plus rien. Sa vie sans sa Rose aurait été un long deuil. Plus tard, elle lui donnerait des petits-fils qui lui succèderaient. L'eau coule et ne revient jamais. Il passerait, la lignée continuerait.

Dehors, les rues grouillaient de beau monde, de chevaux qui hennissaient, de badauds. Jamais le village n'avait connu une telle effervescence joyeuse. Berthe s'était glissée au premier rang, devant l'église, ne se laissant pas bousculer, bien déterminée à tenir la première loge.

L'église se remplit rapidement. De longues boucles de tulle blanc marquent tous les bancs des invités. Pas une place n'est libre. Au jubé, l'orgue à soufflet se demande s'il aura assez de force pour accompagner la chorale, le ténor et l'orchestre du *Grand Hotel*.

Dans le chœur, sur des piédestaux de bois, une dizaine de corbeilles de fleurs pastel donnent l'impression d'un jardin d'éden. À l'avant de l'église les chandelles des trois lustres voient leur flamme mltipliée par les reflets. Le soleil qui entre à flots fait danser des morceaux d'arc-en-ciel sur la voûte et sur les colonnes. Un tapis rouge court de l'entrée jusqu'à l'autel. L'orgue a commencé à jouer un hymne joyeux accompagné de deux violons. Les mères ont pris place. On ne saurait distinguer la villageoise de la montréalaise. Elles ont fière allure toutes les deux. Puis, Michael, accompagné de monsieur le juge qui s'efforce vaillamment de ne pas laisser deviner les tiraillements de son corps meurtri, font leur entrée, très droits et très dignes.

Le silence s'étend sur l'assemblée. Dans cette absence de bruit soudainement retentit l'appel du clairon. Rosie, au bras de son père, descend du landau aux initiales des O'Brien, blanche comme un grand lys, la taille fragile, telle une porcelaine de vitrine sous la jupe à corolles. À la main, un minuscule bouquet de roses à rubans courts, assorti à sa couronne, elle s'arrête un instant pour que sa dame d'honneur place son voile.

Là-haut, la musique a repris. À l'entrée de l'église, Rosie fait une pause. Elle ne voit que Michael, sa belle chevelure ondulée, ses yeux brûlants d'admiration, son sourire retenu.

Un souffle d'émoi courut sur l'assemblée. Des paupières s'humectèrent. Rosie fit un sourire à son père et, ensemble, ils remontèrent la grande allée, ornée de chaque côté d'arcades supportées par des pilastres carrés.

– Oui, je le veux.

Michael glissa l'anneau ciselé au doigt fin de son épouse.

– Je vous déclare unis par les liens sacrés du mariage jusqu'à ce que la mort vous sépare.

C'était vrai! Le ténor chantait l'alléluia. Leurs cœurs répétaient alléluia. Ils étaient transfigurés. C'était probablement ce qui touchait le plus l'assistance.

Malgré la rigidité des règles religieuses, ils se serrèrent la main furtivement. Les deux mères avaient essuyé une petite larme égarée sous leur voilette. Même les témoins, dignes dans leur frac, avaient senti leur gorge se nouer.

L'*Ave Maria* faisait trembler la voûte de l'église, les mariés s'avançaient lentement, suivis de Margaret, des O'Brien, de monsieur Olivier et de madame Keough, et de l'oncle James avec la cousine Madeleine, intimidée.

Ils descendirent les marches accompagnés par la fanfare locale. Berthe, perdue dans la foule, mordait son poing afin de ne pas sangloter. Dans sa ferme, on ne lui avait jamais raconté d'aussi belles histoires. Toute sa vie, elle se souviendrait du soleil égaré dans le grand ciel bleu qui jetait du poudroiement d'or sur leurs figures radieuses, sur la perfection de la scène.

Le vin d'honneur était servi par des employés du *Grand Hotel*. Les convives s'étaient dispersés, certains à l'intérieur, d'autres sur la pelouse. Il faisait si doux. Deux violonistes jouaient de la musique tamisée. Après le toast, monsieur Olivier demanda la parole.

– Chers amis, bienvenus dans la demeure des nouveaux mariés. Pour vous qui venez de l'extérieur, quand vous penserez à Rosie et Michael, c'est dans ce décor que vous les imaginerez. J'occuperai un logement de trois pièces à l'extrémité sud de la maison. C'est une gentillesse de leur part pour adoucir mes vieux jours. Ici, tout leur appartient. Nous leur souhaitons d'y vivre heureux.

On applaudit, plus ou moins chaleureusement, selon le degré de préjugés que l'on nourrissait. N'empêche, ceux qui pensaient tout bas que Rosie avait fait un choix lamentable, se mettaient à changer d'idée.

Quand la brunante commença à se répandre – le soleil a besoin de plus de sommeil en automne –, les invités prirent place dans des voitures de divers genres s'étendant sur des centaines de pieds. Rosie avait insisté pour que Blanche-Neige la conduise. Les trois premiers landaus étaient donc celui de monsieur Olivier, puis celui des O'Brien et celui du *Grand Hotel*. Daniel avait été contrarié que sa fille ne choisisse pas son vis-à-vis qu'il avait fait transporter de Montréal exprès pour l'occasion. Il avait pris le parti de se taire. Rien ne devait ternir la joie de sa fille.

Et soudain, le miracle se produisit. Les conducteurs, descendus de leur siège, d'un même mouvement, allumèrent les lumignons attachés aux voitures. Le cortège s'ébranla sous le regard ébahi des badauds. On aurait dit des lucioles qui dansaient une farandole à une cadence mesurée. Quand ils atteignirent le sous-bois, le spectacle fut encore plus impressionnant. Les lumières serpentaient dans le soir, formant une guirlande qui reliait toute la noce. Le *Grand Hotel* était en vue. À l'étonnement de chacun, il était aussi sombre qu'un lieu abandonné. Que se passait-il? Un groom demanda à Michael et Rosie d'attendre le signal avant de descendre. Inquiet, Michael demanda :

– Il y a un problème?

– Non monsieur! J'ai des ordres.

Les voitures s'agglutinaient maintenant jusqu'au-delà de la barrière. Un sifflet retentit à l'intérieur et, d'un coup de baguette magique, la façade du *Grand Hotel* s'illumina en entier. L'effet fut saisissant.

Des femmes de chambre, des chasseurs et des valets avaient été placés dans chaque pièce pour créer le résultat voulu.

La table d'honneur, comme chaque table d'ailleurs, étaient décorées de roses. Le menu était soigné, l'ambiance ressemblait à un soir de première. Un gâteau à quatre étages serait servi à la fin du repas. James Gouin était fier de lui. Même monsieur Bowie était charmé. Il n'avait jamais vu l'établissement briller d'autant d'éclat. Un photographe immortalisa les mariés dans un décor qui n'avait rien de surfait.

Les épousés ouvrirent la danse sur une valse de Strauss. Ils pensaient tous les deux à ce premier bal où ils avaient dû se masquer pour dissimuler leur identité. Leur valse durerait pour toujours.

– Quand nous ne serons plus que deux fantômes, nous reviendrons en ce lieu et nous danserons sous la lune d'octobre, soudés l'un à l'autre pour l'éternité, ma Rose.

Ils avaient convenu que, sur le coup de minuit, ils se retireraient discrètement. À onze heures, Rosie lança son bouquet aux filles célibataires. C'est une Madeleine rougissante qui l'attrapa.

– Moi, je ne pense pas me marier. C'est un hasard.

Elle était bien contente tout de même, d'avoir ce souvenir de Rosie.

Le couple venait d'entrer dans la plus luxueuse chambre de l'hôtel. Enfin seuls !

Rosie tressaillit. Elle plongea ses mains dans la chevelure de celui qui bientôt serait son amant, tandis que celui-ci s'empêtrait dans le voile pour la serrer contre lui et l'embrasser d'une manière passionnée, qui trouble les sens et fait perdre la maîtrise de soi.

Tandis qu'il déboutonnait la robe, il se penchait à tout moment, il s'arrêtait pour poser un baiser dans son dos, sur ses épaules, pour effleurer un sein pas encore débarrassé de son armure. Il n'aurait jamais pensé qu'il était aussi compliqué de dévêtir une femme. Enfin la robe glissa, ne laissant voir aucune nudité sous l'amas de sous-vêtements.

– Mets-toi à l'aise, dit Rose, je passe dans la salle de bain et je te prépare une surprise. Laisse juste une lampe allumée.

Plusieurs minutes s'écoulèrent. Il attendait, impatient.

– Ferme tes yeux, cria-t-elle derrière la porte.

Il obéit sans comprendre. Elle se regarda dans la glace et se trouva indécente et désirable. Cette tenue, elle ne l'avait montrée à personne. Elle sortit et lui permit d'ouvrir les yeux.

Alors, la vision l'affola. Elle était là, dans la clarté diffuse, vêtue d'un long vêtement transparent, laissant deviner toutes ses formes, tous ses secrets. Ses cheveux défaits l'enveloppaient d'une mante fauve. Fou de désir, il courut vers elle, la prit dans ses bras et la déposa sur le lit. Leurs bouches, leurs mains, leurs jambes s'emmêlèrent en un tourbillon de passion, de mots tendres, de gestes nouveaux. Quand il la renversa sous lui, elle gémit doucement, s'accrocha à ses épaules comme un bateau qui a trouvé son port.

Ils s'endormirent très tard, corps enlacés. La chevelure de Rosie, éparpillée en coulée de bronze sur l'oreiller blanc brillait sous l'éclat d'un rayon de lune à son déclin qui leur faisait un clin d'œil complice.

LES VOIES FERRÉES DANS L'EST ONTARIEN AU DÉBUT DU XXᵉ SIÈCLE

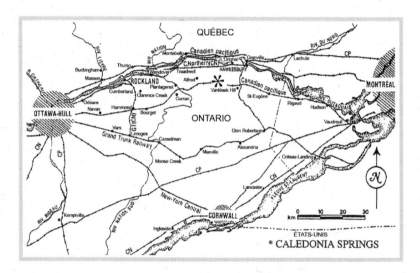

Au début du XXᵉ siècle, Caledonia Springs, située
sur la ligne du Canadien Pacifique Montréal-Ouest, est reliée
au réseau des chemins de fer qui sillonnent alors le continent.
Carte modifiée de : Vianney Laporte et Serge Béland, *La petite histoire de
Rockland. Un siècle de développement, 1868-1968*, p. xi.

TABLE DES MATIÈRES

Images

Collection **Romans**

La rose des sources
est le trois cent quatre-vingt-treizième titre
publié par les Éditions du Vermillon

Composition
en Bookman, corps onze sur quinze
et mise en page
Atelier graphique du Vermillon
Ottawa (Ontario)
Films de couverture
Impression et reliure
Imprimerie Gauvin
Gatineau (Québec)
Achevé d'imprimer
en avril 2011
sur les presses de
l'imprimerie Gauvin
pour les Éditions du Vermillon

ISBN 978-1-926628-41-7

Imprimé au Canada